Writing The Blockbuster Novel

畅销小说
写作指南

Albert Zuckerman

[美] 阿尔伯特·扎克曼 著

姚瑶 译

北京联合出版公司
Beijing United Publishing Co.,Ltd.

图书在版编目（CIP）数据

畅销小说写作指南 /（美）阿尔伯特·扎克曼著；
姚瑶译. — 北京：北京联合出版公司，2023.8
（读与写）
ISBN 978-7-5596-6697-0

Ⅰ. ①畅…　Ⅱ. ①阿…　②姚…　Ⅲ. ①小说创作
Ⅳ. ①I054

中国国家版本馆CIP数据核字（2023）第108032号

WRITING THE BLOCKBUSTER NOVEL
by Albert Zuckerman
Copyright © 1994 by Albert Zuckerman
New and expanded edition © 2016 by Albert Zuckerman
Simplified Chinese translation copyright © 2023 by Shanghai GoRead Culture Communication Co., Ltd.
Published by arrangement with Writers House, LLC through Bardon-Chinese Media Agency
ALL RIGHTS RESERVED

北京市版权局著作权合同登记号　图字：01-2023-0952号

畅销小说写作指南

作　　者：[美]阿尔伯特·扎克曼
译　　者：姚　瑶
出 品 人：赵红仕
选题策划：九读文化
责任编辑：周　杨
特约编辑：顾冰珂
封面设计：语　风

北京联合出版公司出版
（北京市西城区德外大街83号楼9层　100088）
北京联合天畅文化传播公司发行
深圳市福圣印刷有限公司印刷　新华书店经销
字数200千字　889毫米×1240毫米　1/32　10.25印张
2023年8月第1版　2023年8月第1次印刷
ISBN 978-7-5596-6697-0
定价：59.00元

我将此书献予所有写畅销小说，
却因各种原因并未取得应有巨大认可的作家。

我的客户和朋友中就有这样的人：
《战争年代》的作者
迈克尔·彼得森

《四家[1]》的作者
罗伯特·谢伊

《城堡主人》的作者
F. 保罗·威尔森

《荣耀姐妹》的作者
露西·费里斯

《一千个白人女性》的作者
吉姆·菲格斯

1　四家（Shike），日本姓氏。

目 录
CONTENTS

序　言

肯·福莱特

在小说家所需具备的诸多素质中，有三种是重中之重——小说家必须想象力丰富，必须有较高的读写水平，必须一条道走到黑。不过，你也许拥有以上三种素质，却仍旧写出了一本烂书。我知道的。我就写过好几本。

打从记事起，我就做过许多精心编织的白日梦，内容不外乎假如我遭遇海难、流落荒芜孤岛，或者成为百万富翁，抑或不得不上战场，我会做些什么。

当我还在襁褓中时，妈妈一天到晚给我讲故事。我不知道究竟是这些故事滋养了我的想象力，还是我只是遗传了她的本领。无论如何，步入校园后，我可以随口编出故事，就像踢球一样毫不费力。

在我自己的孩子年少时，我会给他们讲即兴创作的幻想故事。在公交车站，儿子会问我，为什么有些公交车是红色的，有些却是绿色的。（那时候，伦敦城的公交车全都是大红色的，乡村公交车则是绿色的。）我会说："我们要上的那辆是蓝色公交车。它会在眨眼间带你去你想去的任何地方，但它在你的一生中只来一次。如果我们赶上了蓝色公交车，我想去美国西部见见比利小子[1]。你想去哪儿呢?"

如果你也可以做到，那么你就是想象力丰富的人。但别太扬扬自得，要感谢你妈妈。

作家的读写水平也要高于平均水平。绝大多数人都发现，把想法转化为文字简直难如登天。他们能给朋友写封信，或者给同事发份备忘录，但要让他们写份四页纸的报告，或是给当地报纸写篇文章，他们便惴惴不安。

如果有人要我帮忙修一辆无法启动的车子，我也会紧张：我大概知道需要干什么，但我需要花一整天去做别人五分钟就能搞定的事。我并非成长于汽修之家，我成长于阅读之家。唯一能够让你妙笔生花的途径就是经年累月地阅读与书写。

我认识的大部分作家都热衷于艰深的拼写和语法问题。比方说，"each other" 和 "one another"[2] 是否有语义上的区别？有些人说 "each other" 应当用在只涉及两个人的语境中，而 "one another" 则指涉三人或更多的人。文字编辑或许会纠正没有遵守

1　比利小子（Billy the Kid, 1859—1881），美国罪犯、枪手，西部传奇人物。十七岁开始杀人，终其一生都是亡命之徒，二十一岁时遭警察击杀。也有人认为他是除暴安良的西部英雄。

2　二者都有"彼此""互相"的意思。

这一规则的作家。但也有些权威人士坚称二者并无区别，人们在日常对话中也没必要对二者加以区分。

你是否觉得这就是个不足挂齿的小问题？若你这么想，那你大概率不会成为职业作家。文字就是我们的工具，微妙的区别无比重要，哪怕读者并不会注意到。当我头一次遭遇"each other"和"one another"的难题时，想到我很可能这辈子都误用了这两个词组，我真是有点惊慌失措。

作家们往往迷恋双关语、文字游戏、变体拼写、地域方言、洋泾浜英语的形式、新造词，以及同他们所使用的语言息息相关的一切。同样，画家们往往沉迷于光线是怎样落在物体表面并改变了事物的模样的。若你不热爱你所使用的语言，那么你永远不会成为作家。

最后，你必须一条道走到黑。大多数人动笔写一部长篇小说后永远都写不完它。

一开始，你会被写作过程中的新鲜感（原谅我用双关语[1]）驱使，不断写下去——你的脑袋创造出了人物和情节啊。然而，当你已经写了五十甚至一百页，你会意识到，你还得再写六个月甚至一年才能写完。你想着所有你错过的电影，所有你同朋友在酒吧里度过的夜晚，所有你无法观看的电视节目，所有你无法完成的家务活——为了什么呢？为了一部很可能没有一个人想看一眼

1　长篇小说的英文是 novel，新鲜感的英文是 novelty。

的长篇小说。在这一刻，大多数人都放弃了。然而，极少数人会说："去他的吧，或许没人愿意看它，但我已经动笔了，我要写完它。"

任何拥有上述三种素质的人都可以写长篇小说。如果你想写出一部"成功"的长篇小说，那你需要更多的东西。你需要这本书。

我的第一部长篇小说并不是超级畅销书。它以首版平装本[1]的形式在英国、美国和德国出版。在美国，你现在依然能买得到它。书名是"巨针"，而它仍在售卖的唯一原因是，人们将它与我的另一本书《针眼》搞混了。

若是你读过这本书，你能看到一个拥有我所提及的三种素质却完全不具备技巧的人会写出一本怎样的书。

我从《巨针》走到《针眼》的一路上是阿尔伯特·扎克曼陪伴的，他就是你手中这本书的作者。

起初我认为阿尔[2]是个假装无所不知的讨厌鬼。对于我的写作灵感、大纲和草稿，他总有负面评价要说。那时我已经在英国出过书，但在《巨针》之后，他再也无法将我的任何作品兜售给美国出版商，而他对此总是能找到一些该死的借口。

我给他发去一份大纲或草稿，得到的反馈则是一点说教。他

1　在欧美地区，一本书的首版通常是精装本。

2　阿尔伯特的昵称。

的说教始终这样开始，"我没办法在美国卖掉这本书的版权，因为……"，紧随其后的是对美国出版业的评头论足，但事实上这是小小的一堂课，教的是一本畅销书需要具备什么：我需要读者能够快速认同的人物；书的背景应当设定在人们想去造访的社会环境中，而不是贫困潦倒的英格兰工人阶级聚集区；故事缺乏强烈的戏剧性疑问——一种能从头至尾吸引读者注意力的疑问。

但他又知道什么呢？他不过是个三流文学经纪人，写过几部长篇小说，那些小说还没我写的成功。但问题就在于，无论他有多么不入流，我反复思量之后总能发现，他是正确的。于是我开始听取他的建议。"你故事里的人物没有过去。"他曾这样说过。我就是从那时开始给我的主要人物安排双亲、童年、青春期的痛苦回忆等。当我头一回尝试为我的长篇小说（就是后来的《圣殿春秋》）写大纲时，阿尔评价说："你织就了一幅中世纪生活的壁毯，但我需要的是一系列环环相扣的通俗剧。"数年后，我给他的便是环环相扣的通俗剧，人们很爱这本书。

鲜少有人能够给出这种建议，即便有，也没有阿尔·扎克曼的建议那么好。我从来不曾完全独占他，但现在，他写了这本书，我就不得不同成千上万的作家分享他。跟你们说实话吧，我有点嫉妒。但是管他呢，我可不能自私啊。

所以他来了。享受他吧。向他学习。他是最棒的。祝你们写作好运。

2016 版前言

　　这本书最初写于二十多年前，但有意思的是，人们热衷于购买和阅读的畅销书几乎没什么变化。我所提倡的结构体系与写作技巧仍旧同 1994 年时一样有效。但如今，读者如何找书、如何购书，又为何选择纸质书、电子书或有声书，这一切全都发生了翻天覆地的变化。还有个新情况是，作家所要扮演的角色大幅增多，他们需要成为自己书籍的营销员和赞助商。

　　回到 1994 年，渴望通过写小说为生的人，或文学功底了得的人，可以选择不写畅销书。然而，即便在那时，出版商也要艰难挣扎，才能不在写得很好但销量中等的书上亏钱。这些小说里有迷人的角色、巧妙的情节、充满异域风情的背景，但并不能让人手不释卷。可如今，销量一般的作家真的很少能凭借预付金或版税生活，即便他们的作品能够通过传统渠道出版。当然，某些类型作品（浪漫、悬疑、奇幻、科幻）有时的确能让不少作家过得不错，或者至少活下去。

　　如今的新小说家（有点经验的作家也是一样），甚至是那些作品具有畅销潜质的作家，必须重视社交媒体并成为个中好手。如今，成打的网站都在评论书籍、采访作者、举办作者访谈活动。现如今，互联网比其他任何因素都更能将不为人知的作品和作家送上青云。

在一年时间里，我的客户朗·利夫每天都在"投稿"（Scribd）网站[1]上传一首她新写的情诗。现在，她的第一本书《爱与厄运》已经卖出十五万本，而她公开露面时被几百个粉丝围得水泄不通。所以，如果你不是在互联网上起家，或者你从网络开始，却不大擅长于此道，那么训练自己深入其中，或者雇个专家来协助你，设计你的网站，并让你的网站出现在尽可能多的其他合适的网站上，就至关重要了。

在过去大约五年里，另一重大（真的很大）创新就是自出版。如今，每个人都有可能绕开出版商，自己大规模售卖自己的故事。眼下，亚马逊上的图书有一百万种之多，其中一半以上都是自出版物。这些自出版物中或许有不少尚未被发现的珍宝，但绝大部分自出版物顶多只能给作者带来一点毛毛雨般的收益。没错，有《五十度灰》这样被兰登书屋抢购的意外，很多年前还有部《龙骑士》。大把作家的色情浪漫小说在《纽约时报》畅销书榜上昙花一现那么一周、两周或三周，但几乎所有此类作品都是以电子书的

1　Scribd，文档分享平台。网友可以在该平台浏览书籍，也可以上传并分享自己喜欢的书籍。

形式低价销售。

　　所以我仅建议那些运用互联网比写作更有天赋的人，或者两者均有天赋的人自出版自己的作品。信誉良好的出版社有训练有素的编辑、推广员、市场营销人员、销售、封面设计师、文案编辑、衍生权利经理——在我看来，每一位作者都可以在这些专业人员的帮助下获得巨大收益。

　　如果你像其他成千上万的作者一样，无法让出版商对你的长篇小说（或非虚构作品）感兴趣，你当然可以自己出版它。但你得知道，即便是那些取得过傲人成绩的作家，在因被先前合作的出版商拒绝或压价而决定单干，自己做自己的全职出版顾问后，往往也只能得到微薄的回报，甚至一败涂地。

01.

开篇

这本书写给以下这些人——已经出版过一部或多部长篇小说的说书人；深信自己通过不懈努力已经精通虚构技巧的要素却无法出版精装本作品的作者；作品叫好、获奖却无法以此谋生的作者；收到的预付金和版税远远低于预期的作者。

这本书也有益于初学者和尚未出版长篇小说的资深作者。不过，若你属于这个群体，那请记住，罗马不是在一天之内建成的。对一个初学者而言，尝试创作一部畅销小说或许就像一名高中生运动员企图加入匹兹堡钢人队 [1]，或是学了一年钢琴就试图同纽约爱乐乐团共同演奏贝多芬的《第五号钢琴协奏曲》。这种事的确偶有发生，但是如果你在作品类型和体量上不那么野心勃勃，比方先写写浪漫小说或悬疑小说，那么你将更有机会出版第一本书。这才是真正的机会。

这本书不是写给所有已出版作品的小说家的。有的作家想开辟新的文学道路，以当代普鲁斯特、乔伊斯、卡夫卡甚至福克纳般的价值令严肃读者目眩，或渴望复制《万有引力之虹》《尤利西

---

[1] 匹兹堡钢人队（Pittsburgh Steelers），美国宾夕法尼亚州匹兹堡市的美式橄榄球队，六届超级碗冠军。

斯》《恶棍来访》等小说近来缔造的"文学上"的畅销奇迹。这本书无法为这样的作者提供任何帮助。更为确切地说，这本书将深入剖析并希望阐明当今出版业中所谓的"商业畅销书"究竟为何物。

任何一部成功令全球数百万读者心潮澎湃的长篇小说的创作，都包含一个基本要素，那是一种无法用语言描述的魔法，在某种程度上与人类的灵魂相似。神迹或进化工程学以无数器官、腺体、骨骼、静脉和细胞组织造就了人类的肉身，这些都可以通过 X 射线、超声波或显微镜进行检测。科学能够测定身体素质，区分疾病和健康、虚弱和强壮。流行小说同样如此。你可以剥开由单词织就的表层，看到长篇小说如何像手表一样，由众多环环相扣的部分组成，所有部分都必须精准地相互推动。在最受读者喜爱的小说中，这些部分的设计方式都既独一无二，又似乎遵循了某种规则。

如果你有志于在畅销书榜上看到自己的名字，那你很可能非常熟悉那些经常名列其中的作家。阿尔伯特·扎克曼并不在其中。你或许会问，这家伙是何许人也？他有什么资格？他凭什么来讲这些呢？诸多顶级出版专家——作家、编辑、文学经纪人——都毫不犹豫地声称自己对此一无所知。

答案是，我给一打大书当过助产士——《纽约时报》畅销书、美国文学协会和每月读书会主选图书、《读者文摘》精选图书，被改编成电影和电视迷你剧的长篇小说。从故事的初步构想到创建并重建情节大纲、塑造人物并强化人物关系，再到在初稿上重塑场景和角色，在二稿和终稿上丰富、重写和打磨作品，最后将作品交给出版商，我在这整个过程中与这些大书的作者并肩工作。

肯·福莱特曾慷慨地称我为"全世界最棒的编辑"。荣幸之至，但我可能并不是。不过，清楚的是，在某种程度上而言，我和他一起做的工作促使他的小说卖出超过七千五百万册。同没出版过作品的作家合作，而后让他迅速升入出版业的平流层，这尤其令我兴奋。我初次品尝到这种兴奋是在与安妮·托尔斯泰·瓦拉赫一起工作时。1982年，她的《女性的工作》刷新了当时的处女作预付金纪录：八十五万美元。我的天才前妻艾琳·古吉在炮制了一系列青春浪漫小说后，于1986年开始创作主流女性小说，而我则和她并肩作战。《谎言花园》成为一份两本书合同中的一本，拿到了近百万美元的预付金，精装本和平装本占据《纽约时报》畅销书榜十九个星期，后来又以十七种其他语言出版。

巨额预付金有助于让一位新作者被更多的人看到，并能促使出版社花更大的力气推广该作者，但你绝不能由此断定，小额预付金就必然意味着你的书印数少，将一败涂地。大家普遍认为《大白鲨》让彼得·本奇利获利大约一千万美元（包括电影带来的收益）。但最初来自道布尔戴出版社的保底版税仅有七千五百美元。至于《教父》，普佐与普特南出版社的合约只提供五千美元的预付金。然而，派拉蒙影业基于大纲和四章内容，给他支付两万五千美元，购买了电影版权的优先权。若是没有这份收入，普佐是无法把书给写完的。

我最初将《针眼》的大纲寄给美国的各家出版社后，根本没有出版社愿意出版它。在20世纪70年代中期，福莱特正苦苦支撑一个家庭，家里有两个孩子，勉强糊口。他创作类型图书，希望能成为自由作家。他费了很大的劲让这本书以首版平装本的形式在英国出版，报酬微薄。而在美国，福莱特的大纲从出版商那里得到的顶多就是一个哈欠。然而第一稿在1977年的春天到达我的手上时，我极为振奋。这是一部令人心惊肉跳的惊悚小说，有望成为畅销书。然而，让一个新人作家变得广为人知堪比谋杀，是非常困难的事之一。一切都取决于怎么出版这本书。

我也才做了三年的文学经纪人，让许多书得以出版，但我经手的书里没有一本具备《针眼》这样的巨大潜力。我该如何操作呢？我紧张地问自己，不想搞砸这千载难逢的机遇。传统做法是将副本寄送给十几家主流出版社，然后再将版权卖给出价最高的竞标者。但我看到了这种做法的危险之处。最有可能给出可观预付金的是大出版社，大出版社一般都有知名作者，那么在他们的书目上，这些作者的作品不可避免会排在无名之辈作品的前面。我想要一家能疯狂推广福莱特的出版社，在其出版书目上，《针眼》是最重要的书。

阿尔伯出版社是家充满活力的小出版社。他们通过巧妙的广告与制作，让好莱坞演员蒙哥马利·克里夫特不那么精彩的自传小小地火了一把。他们以五千美元的预付金从我手里买下了它，在它被另外三十九家出版社拒之门外之后。我问自己，这家小出版社能够为福莱特这本厉害的书做些什么呢？阿尔伯出版社最多只愿意也只能报出两万美元的预付金。我向福莱特解释，这本书极有可能拿到更高的预付金，但我建议他把作品交给这家出版社，他照做了。这本书被赋予了一个灵感四溅的标题（在英国，它是以"风暴岛"这个标题出版的）。这本书编辑精良，护封得体又出色，推广得力，销售节节攀升。平装本售出了七十万册，精装本在畅销书榜上待了超过三十周，书还被拍摄成故事片，一夕之间将一贫如洗的作者变成富翁。

如果希望从你手里的这本书中获得最多，那就在阅读这本书时读几部畅销小说。首先，你越是了解当下的畅销书越好。更具体地说，你将发现接下来的章节充满来自五部长篇小说的资料和例证：普佐的《教父》，玛格丽特·米切尔的《飘》，考琳·麦卡洛的《荆棘鸟》，肯·福莱特的《圣彼得堡来客》，诺拉·罗伯茨的《目击者》。在我眼中，前三本书是当代通俗文学经典，同时也是畅销书。后面两本书也取得了巨大的成功，我能用最低限度的猜想去阐明它们的源起与每一步的发展。再重申一次，你应当读一下这些书，并且在通读本书时，将那些书放在手边，这有助于你把我即将阐述的写作技巧和流程转化为你自己的写作。

事实上，如果你未曾读过这些小说中的一本或多本，我建议你在看完第二章后放下本书，拿起《圣彼得堡来客》来读。若是你已经读过这部小说，那就重温一下吧。在读完第三章后，你应当已经熟悉或重新熟悉了另外四部小说。在字里行间，我会深入挖掘以上五部小说的基础结构和技巧方法。为了从本书中汲取最大养分，你需要熟悉上述全部作品。

现在说一些注意事项。我觉得我应当指出，有一派观点非常清晰，坚持认为虚构写作是无法教授的。然而大多数高等院校都提供全套虚构写作课程。在一些机构，写作课还是主要课程。艾奥瓦大学研究生写作项目已经培养出数十位值得尊敬的作家，包括一些普利策奖得主。显而易见，小说写作的某些基础部分是可以传授的。我之所以清楚这一点，是因为我做过写作老师，很乐于分享这份红利，无论是经济上的还是情感上的。然而，正如聋人在努力成为音乐家的过程中将度过极为艰难的时光，有些极为聪慧、极具天赋的人，无论付出多少努力，也无法成为小说家。小说艺术与技巧的一些关键部分极难传授或学习。

切记，学习如何写小说是个过程。你要付出大量时间和无尽辛劳。如果仅仅上了短短几个月的课程就断言自己不适合当小提琴手，那你就太傻了。写小说也是一样，如果你对此有激情，那么你必须给自己数年时间去练习，学着克服错误，并向自己证明你掌握了必要的写作技巧。

优秀作家所具备的珍贵品质之一，是编辑和批评家们所谓的"腔调"。我相信"腔调"基本是与生俱来的，但有时也可以通过经年的努力习得。J. D. 塞林格的"逐行写作"风格（《麦田里的守望者》）与任何人的风格都不一样。在那些并不熟悉斯蒂芬·金作品的人当中，斯蒂芬·金的知名度似乎主要建立在他怪诞而超自然的情节之上，然而他对美国小镇习语的抑扬顿挫和微妙差异天赋异禀，能够表现出其粗鄙而狡黠的语调和节奏。对我而言，斯蒂芬·金的腔调独特而富有艺术性，堪比莫扎特和凡·高。

苏珊·艾萨克斯的作品（《最毒妇人心》）弥漫着尖刻的机智，是一种时髦的纽约玩笑，是独属于她的特征。若要指出其他一些行文风格可在数行或一页之内就辨识出来的受欢迎的小说家，我会提名汤姆·沃尔夫、安妮·泰勒、派特·康洛伊和诺曼·梅勒。这个名单可以一直列下去，永无止境。

若是仔细研读，关于如何构建一部畅销小说，这本书会教给你一大堆知识。但若你还不具备独特的腔调，那么这腔调必须来自你对语言的特殊喜好，来自韵律、语调，来自人们的言谈被你听到、编入你的头脑时所蕴含的细微差别，来自你本人对这个世界极为私人又有所偏颇的高妙见解。但是振作起来。这不应当成为困扰你的头号难题。纵然独特而具有辨识度的腔调是严肃小说里重要乃至决定性的部件，但在畅销长篇小说中，它不是最重要的部件。事实上，不少畅销书的腔调你都难以归类，并且从任何方面来说都难以用独特这个词形容。

最优秀的作家所具备的另一项技能是注重细节，这也更多是出于本能而非后天所能习得。但他们并非注重一切细节，他们只在意那些最为生动有力的细节。最杰出的说书人拥有敏锐的感官，就像视觉艺术家一样灵敏，可以用语言来奏乐。这不仅体现在对话中，还体现在人物的思维与情感中，体现在视觉认知、声音、气味、可感知的感觉和内脏反应之中。我们当中有些人生来就拥有文学上的满分视力和完美音高，极少数人能学着去发展这些天赋，有些人却永远做不到。

冷漠的人，顽固不化的愤世嫉俗者，厌世者，厌女者，恐同者，任何内心不曾为其生命中的至少某些人洋溢过爱与赞赏的男人女人，即使并非全无可能，他们也会发现，自己很难创造出相互间深度牵扯的虚构人物，而读者在乎的恰恰就是这样的人物。一部小说要流行开来，作家要靠小说过活，就必须在乎读者。

像《飘》这样的精彩故事，其曲折跌宕渐渐淡出我们的记忆良久后，我们依然记得郝思嘉和她难以抑制的激情。安东·契诃夫写过短篇小说、长篇小说以及四部伟大的戏剧——《海鸥》《三姐妹》《万尼亚舅舅》和《樱桃园》。这四部作品里都有庞大的家庭，这些家庭里有母亲、姐妹、姨妈、表亲、姻亲，但没有一部作品里出现父亲。契诃夫憎恨自己的父亲，并意识到自己无法充满同情地塑造出这样一个角色，因此选择从不写父亲。

小说家的干劲、意志力和勇气这些素质也是无法教授的。任何人若以为写小说或许是赚钱的轻松方式，那他就是在拿自己开玩笑。要怀着毅力和决心攀登的巍峨山峰可不止一座，叫人精疲力竭的山峰之后依然是山峰，是一整片山脉——完成一本畅销小说所需要的正是这种顽强。一个作家若是无法放弃已经写完的五百或八百页草稿，从第一页开始从头再来，抛弃许多个场景和全部章节，改变并丰富人物关系、人物及场所，强化冲突和高潮，那他同样不太可能获得高水准的持续戏剧性，而这是大部分畅销小说都要具备的。

有些作家过度保护自己的情节观念、古怪角色、初稿、钟爱的场景、连珠妙语等，在顶级通俗小说家的行列中，也没有多少位置能留给他们。阅读范围最为广博的作家往往都以最开放的心态接受建议和建设性批评。这些批评来自他们信任的编辑、文学经纪人、职业作家同行。但说到底，作家自己必须具备敏锐的判断，这样才能准确判定该接受和拒绝哪些建议。他还必须成为最残酷的批评家，无情地剖析自己的文本，想办法一遍又一遍地完善作品。

在一流小说家的工具箱中，最后一样重要且无法传授（至少这样一本书无法传授）的是文化、渊博的常识、丰富多样的人生经历。对柏拉图、莎士比亚、托尔斯泰、陀思妥耶夫斯基、普鲁斯特、海明威（试举几例）的作品烂熟于心的作家，在情节、戏剧性情境、典型人物、人性洞察、精妙比喻及对语言的其他高超运用方面有取之不竭的资源。历史、政治，富贵名流、匪帮、运动员和牛仔的生活习惯，酒店、餐厅、商店、世界各大城市的俱乐部、大公司、医院、律师事务所、官僚机构、军事机构和高科技武器系统的运作方式，通晓这些的作家能编织出坚实而毫无漏洞的事实背景，这有助于促使读者搁置怀疑，接受作家凭想象力创造出的世界的真实性。

然而，小说的本质是情绪。一个小说家真正的宝藏（你也可以称之为灵感源泉），皆在他亲身体验过的感受、激情、痛苦与狂喜之中。在写作的过程中，他通过人物转化这些经历。弗朗索瓦丝·萨冈所作《你好，忧愁》或许是20世纪最著名的成长小说。她创作这本书时自己就是个十几岁的少女，她通过小说出色地向读者展现了人生中这段艰难时期的焦虑、痛苦及温柔。但是，我坚信，她如果试图在十几岁时栩栩如生地呈现母亲对孩子强烈的爱，或者丈夫对亡妻的感情，那肯定不会写得那么好。在肯·福莱特的《圣殿春秋》中，一条极为精彩的情节线就是一对新婚夫妇家庭内部的纷争和嫉妒——夫妻双方都因从前的通奸行为有孩子。福莱特先前的六本畅销书中都没有这种元素。然而在写《圣殿春秋》时，身为两个孩子父亲的他也步入了第二段婚姻，而他的妻子有三个孩子。我可以肯定，他从未想过有意把这段人生经历化用在小说里。然而，亲自体验的这些日日上演的家庭争执和矛盾，确实变成了他的一部分。正是这种对日常情感的汲取，在不知不觉间成了每个小说家的素材之源。

让我们更为简单地看待这个问题。女性作家普遍能把分娩剧痛写得更出色，而男性作家则更擅长写战争的激烈与恐怖。那些四十岁或更年长的作家往往在塑造成熟人物和年轻人物时都很成功。

好吧，我阐述了一些限制性因素，可能适用也可能不适用于你；也阐述了小说家艺术与技巧的某些我怀疑不能快速传授或习得的方面。但是别灰心。如果你正在阅读这本书，那我猜你可能已经具备上述某些或全部素质。若是你不具备，那也没什么能够阻碍你迈开腿，一步一个脚印地获得它们。无论你目前处在作家的哪个成长阶段，你都将发现蕴藏在后续章节中的方法和技巧的实用价值。

02.

WRITING THE
BLOCKBUSTER NOVEL

何为大书

"我的书到底有什么问题？"心急如焚的作者会冲我如此咆哮。

"要是该死的出版商能带我去几个城市做巡回宣传，搞一些像样的广告，那这本书绝对能大卖特卖。看看这些评论——'这是我今年读到的最好的悬疑小说''让我想到了约翰·D. 麦克唐纳的许多巅峰之作''扣人心弦甚至让人汗毛倒竖'。"

而我的回答可能是："嘿，你的书当然没有任何问题。事实上，这是一本精彩绝伦且完成度极高的作品。但是从出版商的角度看，这是本小书。"

"小，小？你在说什么？好书就是好书。这不就应该够了吗？"

不幸的是，作家们将慢慢发现，一本书真的很好，因而被评论家赞美，甚至被很多颇具鉴赏力的读者赞美，不足以证明它一定能被广大读者发现。一本应该斩获美国图书奖或普利策奖的小说，或许也只能售出寥寥几千册。而纽约的出版公司拥有人数众多的经理、编辑、销售员、营销员、仓库管理员、会计，开销庞大。如果不能在一年中有至少那么两三本书在成千上万的书籍中脱颖而出，卖得不错，那么他们将无法维持运营，也无法继续发行新小说。

许多名声卓越的作家年复一年出版了许多优秀的作品，他们中的许多人得知某个初出茅庐的小说家拿到五十万美元的预付金，或者某个"知名作家"（但在他们眼中很差劲）拿到几百万美元的预付金，便会感到憎恶甚至暴怒。的确，对绝大多数作家来说，出版商看起来都像是吝啬鬼。然而事实上，比起一本保底版税一万美元的小说，出版商会更开心也更舒坦地接受一本保底版税百万美元的小说。七位数的预付金意味着他们可能拿下了脱口秀主持人愿意采访的作家，意味着书店会把这本书陈列在橱窗中，意味着药店、超市、机场书报亭会进货，意味着电影和电视制作人将为这本书的改编权竞价，意味着尽管电影、电视、体育、网络和人类其他休闲活动竞争激烈，这本书仍然能以某种方式挤进去，渗透进无边无际的公众意识。

能够做到这样的书便是（暂时没有更好的名词）"大书"。编辑和出版商像魔鬼一样追求拥有如此潜力的手稿和提案（当然，流行作家也追逐），愿意近乎疯狂地为它出价。但是，这玩意儿究竟是什么呢？在本章接下来的内容中，我将指出大书的主要特征，而在后续章节中，我将深入介绍这类书的细节。

高风险

大书的首要特征便是：一个人物、一个家庭，有时甚至是一整个民族濒临极度险境。至少有一个主要人物常常命悬一线。但更重要的是，在这类书籍中，处境危险的个体往往不光代表自己，还代表一个群体、一座城市、一个国家。《圣彼得堡来客》中的费利克斯既是追踪者，也是被追踪的对象。作为追踪者，若是他身为刺客取得成功，那么他不仅是杀死了一个男人，更能由此阻止俄国与英国结盟、联手对抗德国，这样他便能拯救数百万年轻同胞免于在一场疯狂的战争中被屠杀。而对于瓦尔登勋爵和英国特工来说，追杀费利克斯同样风险极高。如果他们成功守卫了受到威胁的俄国亲王，他们便不仅拯救了一条人命，还间接维护了英国与沙皇的盟约，还能使自己热爱的英国不至于被德国皇帝征服。

不过，在许多主流女性小说中，最重要的风险不是生或死，而是人物的自我满足，如《飘》中的郝思嘉和《荆棘鸟》的主人公麦吉。纵然这种风险——有情人未必终成眷属——本身或许平凡单调，无外乎日常生活的林林总总，但这些女主人公的欲望、渴求和激情是由她们的创造者狂热且毫不留情地注入的，所以她们要面临的问题能够像大骚乱、谋杀或国家级灾难一样，有力地扣动读者的心弦。

"大于生活"的人物

大书的第二个关键特征是"大于生活"的人物。小说中的人物如同现实中的人物一样，都由他们所做的事定义。在大书中，主要人物必行非凡之举。《教父》里的黑手党头目唐·柯里昂放话说，他想让他的教子在一部好莱坞大片中扮演主角。制片厂的头儿因遭受威胁而感到气愤，拒绝了唐·柯里昂的要求。这位黑手党头目为了证明自己的能力及其目的之严肃，派人宰杀了这位老板的珍贵财产——一匹昂贵的纯种赛马，并将砍下的马头放在老板的床上。普佐让唐·柯里昂存在于法外之地，是一个独立王国里白手起家的统治者，明显拥有控制亲友、仆人、雇员和大量非法企业的至高权力。

在《飘》的开篇章节中，郝思嘉被描绘成一个任性妄为、反复无常、放荡轻浮、自私无礼的少女。但是在小说的后面部分，当战争的浪潮冲击南方邦联，亚特兰大沦为喧嚣与战火的地狱，敌对的联邦军大肆侵入，郝思嘉虽然没有学过接生，也没有经验，却接生了梅勒尼的孩子。而后她竟敢无视爆炸的炸弹与火炮射击，携着不省人事的梅勒尼、刚出生的婴儿、深受惊吓的普莉西在毫无保护的情况下逃入沉沉夜幕。

在塔拉庄园，郝思嘉发现母亲死去，父亲老迈糊涂，姐妹们卧床不起，种植园全毁了，没有钱，也没有粮食。而她呢，这辈子连一丁点活都没干过，却振作精神，鼓起勇气，耕田犁地，迫使背叛的家仆和姐妹们来帮助她。当一个危险的北方拾荒佬溜进家中时，这个曾经连屠宰场的猪叫都受不了的年轻女子惊恐万分，随后却下定决心，悄悄溜去找到手枪，并鼓足勇气向小偷射击。为了不在税务拍卖会上失去自己眷恋的种植园，她唯一能够想到的办法就是哄骗白瑞德娶她。但她绝不会像个乞丐一样去求他。不，她不顾保姆的强烈抗议，斩断妈妈的丝绒窗帘，缝出一条新裙子。这样一来，她去找白瑞德时便可以像个施恩的女王。

戏剧性疑问

大书的情节或许乍看之下颇为复杂。深入细致的故事梗概会很长，并且纵横交织（比如《飘》的故事梗概）。然而，再凑近一些，更仔细地观察，便能发现整本书简单又清晰的"脊柱"——持续不断的核心冲突和主要问题。主要人物皆是围绕核心冲突互动，主要问题驱动并串联起海量场景。小说的地基便是它的悬念因素，我称之为戏剧性疑问。在《飘》中共有三个戏剧性疑问：郝思嘉能否成功让艾希礼回应她的爱？在小说的后半部分，一旦明确艾希礼并非她的那个对的人，她能否意识到自己真正爱的是白瑞德？而白瑞德又能否赢得她的爱？

作为基础组织原则，戏剧性疑问在惊悚小说中比在《飘》或《教父》这样枝蔓庞杂的作品中更为明显。《针眼》的戏剧性疑问是："针"能带着同盟国的登陆日计划顺利逃到德国吗，还是英国情报人员会在他逃掉之前抓到他？弗·福赛斯最为畅销的作品《豺狼的日子》的故事建立在暗杀戴高乐的企图之上。这部作品的戏剧性疑问再简单不过：豺狼能干掉法国总统吗，还是警长能追踪到豺狼，想尽办法在刺杀事件发生之前抓到他？

不仅仅是大书，悬疑小说和浪漫小说这样的类型小说也是基于直截了当的戏剧性疑问构建的：侦探能否追踪到杀手？女主人公能否与梦中情人在一起？这类书缺乏大书具备的其他特征。然而丹尼尔·斯蒂尔、迪克·弗朗西斯、托尼·席勒曼这样的类型小说家，最初也是以平装书赢得拥趸，而其受欢迎程度一本胜过一本。这证明，除了通过"大书"，作家还可以通过其他途径成为出版明星。

高概念

将"高概念"与戏剧性疑问相结合，你或许更有机会搞出一本大书。你也许对这个术语不太熟悉，高概念实质上是指极端甚至疯狂的前提。一位年轻律师能否逃离一家貌似体面的律所？这家律所其实在秘密为黑手党洗钱，任何律师若是胆敢开口说想要离开，都会被黑手党杀掉。这一句话包含了约翰·格里森姆《糖衣陷阱》的戏剧性疑问和高概念。在奥利弗·哥德史密斯的《前妻俱乐部》中，三位中年女性被冷酷无情的富豪丈夫一脚踢开，因为这三个男人都找上了年轻女孩。未被善待的前妻们怒火中烧，伺机报复。她们能办到吗？基础悬疑因素很明显，但更重要的是情境的新鲜度和与时俱进的话题性。如今的商业大亨几乎毫不例外，都想拥有花瓶妻子。难怪派拉蒙影业的女性制片人雪莉·兰辛 1991 年被这个高概念故事吸引，在我把这本书的出版权卖给西蒙与舒斯特出版集团旗下的海神出版社之前，就花一大笔钱买下了电影版权。

《目击者》便是建立在高概念的前提下。如果不是由诺拉·罗伯茨这样受读者喜爱的作者来写，这本书很可能至今仍找不到出版商。

十六岁的天才少女被独裁母亲严格规训，母亲打算将女儿培养为医学领域的高端人才。女儿伊丽莎白生平第一次反叛了。她对同龄青少年的生活方式毫无经验，趁着母亲去很远的地方参加医学会议，她头一回决定去商场，试着买点东西。她在商场偶遇了同学茱莉，茱莉特别想进一家时髦的夜店，但她没有能够证明自己已经二十一岁的身份证。伊丽莎白拥有非同寻常的技能，为自己和茱莉伪造了证件。

在夜店，伊丽莎白初次品尝到酒精的味道，在舞池里尽情放纵，最终跟一个刚认识的年轻男人回了家。她觉得自己被这个男人深深迷住了。男人突然间被叫走。坐在屋外的门廊上时，伊丽莎白从自己沉迷其中的宇宙中清醒过来，看到茱莉和其约会对象被残忍杀害。

伊丽莎白逃走了。被警察逮捕后，她才了解到，同她和茱莉在一起的俄罗斯年轻人是歹徒。她是暴徒犯罪的目击者，眼下的处境非常危险，因此被带去"安全屋"。她逐渐信任并爱上了自己的保护者，后者为了保护她而中枪。她又一次逃脱，就在所谓的"安全屋"爆炸之前。

太荒谬太牵强了，没错，但具有很强的戏剧性。问题被强有力而自然地提了出来：这个天资聪颖但天真单纯的姑娘会发生什么故事？

重点是，大书需要建立在强戏剧性情境之上，建立在必须囊括怪诞且惊人行动的情节之上，这样才能接连引出有力的对峙。

现实生活中的事件往往不具备如此令人不快又高度有序的不可能性。有人听说过哪个年轻人从大学校园返回家中，结果发现叔父杀死了父亲并娶了母亲吗？莎士比亚对人性、家庭关系、年轻人的爱、政治斗争、戏剧传统的洞察，还有其自身的语言魔法——一言以蔽之，文学技艺——让我们相信哈姆雷特和他诡异的困境是真实的。罗伯茨也是如此，她用自己的方式让她笔下的乡下小伙子变得可信，让读者相信这乡下白马王子绝不会放弃自己赤裸裸的企图，一心想要融化冰山女士。没有哪个作家比斯蒂芬·金卖出的书更多，也没有哪个作家比他更能谋划出诡谲的情节。但金的技能，甚至天赋在于——绝大多数的一流通俗作家都是如此——一方面，对自己亲身经历过的日常对话与生活细节进行再创造；另一方面，怀着高度的兴奋之情精心安排故事情节。纵然这些都是人造的幻想元素，但我们高高兴兴地丢开了怀疑。

多重视角

大书的另一个重要面向就是，它能让读者与不止一个人物共情。所以大书一般都使用多重视角。整个故事并非由无所不知的作者或小说中某个人物以第一人称来讲述，而是通过一小群主要人物的感受、想法、感情来呈现。大书并不以小说家的声音客观描述背景和其他物理细节。与此相反，我们被引导着经由人物的感受，感知并体验这个被创造出来的独特世界。人物的个人感受和情绪提供了偶尔偏颇但往往色彩斑斓的光线，我们由此见到了他以及与他打交道的人物。

《圣彼得堡来客》这样的小说提供了很好的范例。每个章节，要么是整个章节，要么是一整个段落，都完全只从书中四个主要人物之一的视角来写。这样便维持了一种高度的紧张感，因为在每个场景中，我们经由视角人物体验事件过程，这些人物因正在发生的事情产生了激烈的情绪波动，承担着很高的风险。费利克斯被人满伦敦城追缉时非常害怕被抓住，我们经由他的感受而非追捕者的视角体验了这场疯狂大逃亡。

借由年龄、背景和国籍大相径庭的两男两女的内心感受、希望与渴念展开故事，赋予了文本心理层面的复杂性与丰富性。这种微型色谱在仅以单一视角展开的侦探小说和浪漫小说中向来严重缺失。这本书简直就像是福莱特撰写的四部独立小说，在关键的戏剧性十字路口不断彼此碰撞。

背景

关于大书的要素，我要为新人作者指出的最后一点是背景。畅销书的读者乐于遁入虚构人物的思绪、心灵及命运变迁之中，也乐于被卷进全新的、不熟悉的甚至充满异国情调的环境。亚瑟·黑利写的《大饭店》和《航空港》，充斥着关于经营大都会酒店与机场的方方面面的数以千计的细节。我们大多数人常常途经这些地方，但对其幕后运作、日常问题、技术上的复杂性知之甚少，甚至一无所知。再加上一个好故事，如此大量的信息集合就成了一种经验学习。总的来说，读者是愿意学习新东西的。

举个更当下一点的例子。汤姆·克兰西的《猎杀"红十月"号》包含的大量潜艇及水下战方面的技术信息，恐怕同你在美国海军学院教材上能发现的一样多。詹姆斯·米切纳的大流行正是源于将小说技巧与对历史信息的明智筛选相结合，而筛选都是服务于戏剧片段、客观描述、人物的行为与思维方式。他将历史信息编织进小说中，构筑了《夏威夷》《切萨皮克湾》和《波兰》这样的作品。

然而，我不建议眼下想要尝试写畅销书的作者使用历史背景。肯·福莱特这样的名作家可以用《圣殿春秋》这样的中世纪传奇故事吸引读者，但如今，鲜少有读书俱乐部会选择历史小说作为主推图书，而这些俱乐部真实反映了精装本小说购买群体的口味。这一群体很富裕（如今的精装本小说售价都在二十五到四十美元之间），但占我们的人口总量不超过百分之三。他们往往青睐那些背景设定在有权者、有钱者或有名者世界的故事。他们并不喜欢罪犯、小农场主、蓝领工人、接受社会福利救济者，甚至典型中产家庭的生活环境。

最后警告

但是，在我们进入写作技巧与工作方法的重要细节之前，还有个警告。小说是一门艺术，而艺术不是数学。我能够也将要展示并分析构建大多数主流畅销书所需的细节元素、技巧与结构。但归根结底，在小说和其他艺术中并无确定无疑的规则。如果一位作家足够聪颖，能把书写得不错，同时漠视这门手艺里大家普遍接纳的关键元素，那也行。你必将发现，我认为构建畅销小说所必需的这块或那块积木，并不存在于这本或那本大畅销书里。对于我提出的每一项原则，你都能找出一本你喜欢的但无视这项原则的书。

比方说，我建议大书采用多个主要人物的视角（第六章会专门剖析这一方法），通常不少于三个。然而，近年来最精彩最成功的两部小说都是仅从一个人物的视角写的。这两本书是斯科特·特罗的《无罪的罪人》和《举证责任》。

我深信，有志于写本大书的作者绝不能碰成长类故事。但在菲利普·罗斯的所有小说中，《波特诺伊的怨诉》无疑是他最成功的作品，一直都是。而 J.D. 塞林格也因为《麦田里的守望者》的出版，六十多年来一直为人所熟知。

我还坚持认为，一部小说要成为大书，读者必须能与其中一个、两个甚或三个主要人物心有戚戚（愿意衷心爱护他们则更好）。但你或许会问，那么汤姆·沃尔夫的《虚荣的篝火》又怎么样呢？这本书的字里行间闪烁着幽默机智、含沙射影、令人耳目一新又绝妙高超的语言，情节错综复杂、巧妙地编织在一起；他的故事背景富有生动的细节，是 20 世纪 80 年代那种肆意妄为的缩影。他的讽刺是有效的，但在他的这本书中，艺术法则并没有登场。

　　若你扪心自问：在我的故事中，那些生死攸关的因素是否至少对主要人物具备重大意义？我是否创造出了一个（或两个）人物，他们在某些方面出人意表，甚至到了夸张的地步？我的小说主旨能否用一个简单但强有力的戏剧疑问概括？我的情节是否围绕高概念的冲突来构建，读者能否在西德尼·谢尔顿和迈克尔·克莱顿的任意一本小说中找到类似的冲突？我是否塑造出了至少一个（不止一个更好）能让读者产生情感羁绊的人物？我是否将人物放置于在某些方面非同寻常或惊险刺激的环境中了，这种环境能否让读者感觉自己正步入一个全新的世界？那么你在畅销书榜中抢占一席之地的机会——无论你如何天才、如何勤勉，这样的机会也不过只有一线——就会有所提升。

　　那么如何才能做到这些呢？接下来的章节将会指明方法。但别指望我会从头到尾手把手地教你，为你解释（更不用说保证了）如何才能确定无疑地写出一本畅销书。假设你手里已经有作品的翔实材料，我所能做的就是用范例教你。我将阐明五个截然不同的作家如何汇集并运用独特技巧，让自己的作品尽善尽美。如果之后你能将这些技巧用到自己的写作中，同时还能将你独一无二的特质掺入其中，比如你个人的某些技艺，那么你就能够走上通往畅销小说家的路。

03.

WRITING THE
BLOCKBUSTER NOVEL

设定小说的背景

我们阅读小说是为了取乐，然而绝大部分读者沉浸于小说时可不只是为了体育赛事甚或电影能带来的那种片刻的兴奋。他们将自己代入那些与他们截然不同的人物的困境与悲喜之中，由此获得享受。读者也喜欢被小说带进充满异国情调的环境之中，在那里，他们几乎像是游客或学生，能够观察并了解风俗、传统、仪式、服装的款式与礼节、社会与商业规则，这一切与他们生活里的那一套不太一样或完全不同。

小说背景的重要性

小说背景可以成为构建情节和塑造人物的关键元素。在《圣彼得堡来客》中，瓦尔登勋爵这个人物出现在他位于城里和乡下的奢华大宅里，出现在伦敦的俱乐部和宫廷中属于他的那个地方，被那么多他连名字都不知道的仆人环绕，是1914年之前的大英帝国的一个典型符号。与此同时，作为文学形象，他还得到了一些附加的真实性、可信度与深度，福莱特通过爱德华时代的一个上流社会男子的视角展现他的日常饮食、穿衣，以及参加官方活动、努力成为全心奉献的丈夫与父亲的行为。

从情节来说，在瓦尔登的例子中，与德国的战争迫在眉睫，这一历史的和舞台外的威胁为故事提供了推动力。在《飘》中，美国内战影响了克莱顿县和佐治亚州，这一大激变背景触发了人物的行动，米切尔还把真实的战斗和随后的重建写进情节的主要事件中。我就举一个例子，北方武装力量进攻亚特兰大这一可怖背景，赋予了郝思嘉、梅勒尼和梅勒尼的新生宝宝逃离被重重包围的城市这一行动很强的戏剧性。

某些畅销小说似乎比《飘》这样的史诗作品简单得多。这类小说的构建，可以基于对基本必需品、食物、暖和的衣服、避难所，仅仅活下来、爱和人类亲密关系的挣扎求索。然而，如果能艺术性地为其染上独特的色彩，赋予其在鲜为人知的环境中的隐秘细节，再以技巧书写，这样的书会非常受欢迎。请看简·奥尔《洞熊家族》中的史前猎人与采集者，赛珍珠的代表作《大地》中近乎饥肠辘辘的中国农民，以及约翰·斯坦贝克《愤怒的葡萄》中 20 世纪 30 年代无家可归、流离失所的美国流动农民。

在以环境因素为主导的畅销书中，亚瑟·黑利（《航空港》《大饭店》《超载》《汽车城》《钱商》）、詹姆斯·米切纳（《阿拉斯加》《切萨皮克湾》《波兰》《夏威夷》《得克萨斯》）、詹姆斯·克拉维尔（《大班》《望族》《幕府将军》）这些小说是广为人知的范例。黑利选择了当代美国的一些场所作为小说背景，我们这些读者可能去过这些地方，但仅仅看到了其表面。他让我们深陷于大银行、大酒店、庞大的电力设施、疯狂忙碌的机场那日复一日的运作之中。

与此同时，黑利围绕一群人物构建了扣人心弦的故事，这些人物的互动带来了叙事的刺激感。黑利还将读者并不熟悉的工作场所中的这些人做的事活灵活现地呈现出来。对我等门外汉来说，这些背景环境完全跳脱日常，读来引人入胜。大家都知道黑利写一本小说要花三年时间，据说他会用其中一年全身心投入对专业背景的调查研究。

米切纳的专长是历史。他的小说背景可以是宇航员、二战时期南太平洋的美国水兵，或其他十几种普通人遥不可及的人的世界。战争、革命、争夺权力或经济主宰权，抑或纯粹争取活下来，通常都要跨越几代人的时间，这为小说人物指明了行动方向，并最终控制了这些人物的命运。通过这样一堂历史课，读者懂得了招商方式、宗教习俗、建筑技术、丧葬仪式、庄稼种植方法等相关知识，简单来说就是这些天差地别的人物一生中的关键活动。据说米切纳雇了一个调查团队帮助自己构建小说中的一切事实，但他同时也是个雷打不动的环球旅行者，努力获得第一手的气候特征、印象感受与信息。

路易斯·拉摩的作品统治了西部小说这一类型超三十年之久（现在依然如此）。他会采访每一个他能找到的旧时代治安官、牛仔和前科犯，用磁带记录他们的回忆。他对旧时西部的原始资料收集成癖：日记、旧书、报刊、信件，不一而足。他还会去造访自己小说里的故事背景地。

近来流行小说的一个趋势是上述基础上的一个有趣变种，也就是出版圈里广为人知的科技惊悚小说。像汤姆·克兰西写《猎杀"红十月"号》，就采用了《针眼》和《豺狼的日子》等当代经典作品的整体架构。但是，正如我在前面章节提到的，克兰西将这种结构与黑利那样的专业背景相结合，他的背景是高科技、权势滔天的军方、海军以及航空科技装备。这类小说中会有能力惊人、运作复杂的精密仪器，比如声呐无法察觉的苏联新型核动力潜艇、深潜救生艇、"超种马"远距离载重直升机或 F14 "雄猫"喷气式战斗机。这些背景对故事的重要性同小说人物平起平坐。福莱特的《飞剪号奇航》不那么高科技，但泛美航空公司 1939 的"飞剪"号飞机是塑造小说的重要现实元素。这架飞机的油耗、客舱布局、行李存储空间、起降能力、工作人员配置、途中预定降落点等全都是故事情节的关键。

调研

在背景地真实地生活或工作过，显然能够给写作者创造纹理丰富的新奇背景带来巨大优势。罗宾·库克原先是名医生，后来写医学惊悚小说。《无罪的罪人》和《举证责任》都是围绕律师展开的，作者斯科特·特罗本人就是名律师。乔纳森·凯勒曼写了一系列绝妙的悬疑小说，他笔下的主人公亚历克斯·德拉维尔是个儿童心理学家，正如作家本人一样。如果海明威不曾在第一次世界大战时期担任过救护车驾驶员，如果琼斯不曾在第二次世界大战前服役于美军夏威夷基地，那么《永别了，武器》和《从这里到永恒》就不会是现今这副模样。

但亚瑟·黑利从未担任过航空调度员，普佐不是黑手党头目，肯·福莱特也不曾做过间谍，玛格丽特·米切尔出生于美国内战结束几十年之后。这些作家都是通过调研来设置小说背景的。书面材料——书籍、学术期刊、报纸、未公开的信件和日记——是某些小说必不可少的元素。对于《圣殿春秋》这种背景设置在久远过去的小说，文档往往是唯一可供使用的资料——除了中世纪大教堂这样的历史遗迹。对于背景设置在当下或近代的小说，造访特定的环境，甚至长期停留，采访对故事背景有亲身经验的人，都能极大地丰富小说。

《燃烧的密码》背景设置在第二次世界大战时期，但肯·福莱特还是在 1979 年游历埃及，去感受这个国度与她的国民，呼吸当地的空气，亲眼看看将会出现在他故事中的那些地方。至于《飞剪号奇航》，为了弄到泛美"飞剪"号的第一手飞行资料，他从伦敦前往佛罗里达，造访为数不多还健在的前机组成员，在 1990 年时，这些人都已七八十岁了。

如果你无法造访故事的发生地，那就尽量去采访去过那里的人。如果你会写到飞机、轮船或实验，那就去采访开过飞机、驾过船、做过实验的人。找到他们，打电话给他们，去见他们。大量精彩绝伦的小说的创作，主要是建立在图书馆研究上。但是，你若能掌握更多一手资料，那就更有机会使你的小说充满新鲜感，让你的故事更逼真。

将信息织入情节

　　来自个人知识储备或调查研究的背景信息颇有价值，是有些书最重要的部分；但若没能将其妥帖地编入故事这件织物，这些资料可能会让小说死掉。如今的读者早已习惯电影和电视，对于大段的描述性内容毫无耐心，尤其是在小说开头处，这时人物魅力还没建立，情节还没展开。作家太容易醉心于在调研过程中发现的美味的珍闻逸事，而后强行将之塞进小说。结果这份书稿要么会令文学经纪人或编辑深感无聊，遭到拒绝，要么就是书出版了，却使读者懊恼。读者刚对故事里的人物产生代入感，注意力就被转移了。他会跳过铺陈信息的段落，回到情节。因此，除非了不起的调研成果能够以某种方式为人物增色或推动情节发展或两种效果均有，否则抛弃调研成果也许会令你的书更好。

　　现在该看看案例了。我们来仔细看看，在我们要重点研究的小说《圣彼得堡来客》与《教父》中，一点点的调研成果是被如何使用和织入故事中的。

《圣彼得堡来客》的背景编织

　　在福莱特这部小说的第二章，短短几页文字就将四个主要人物介绍给了读者，暗杀情节也展开了。忽然间，故事的问题就成为：夏洛特能否学会熟练地拢起她的舞会礼服并穿着它走路？这条裙子近一米长的银线拖裾上镶着珍珠粉色的雪纺边，末梢上扎了个硕大的白色丝绸蝴蝶结。夏洛特与母亲之间的这个小场景，其本质当然是为了展现夏洛特有多么标新立异、坦率大胆。这个场景也告诉我们，夏洛特即将进宫并首次进入上流社会交际圈，费利克斯将在此之后试图谋杀奥洛夫。夏洛特身着白色绢网长裙，网纱上缀着水晶。她站在一面巨大的试衣镜前，裁缝围着她手忙脚乱，妈妈则在指导她的举止仪态。这一连串小细节将我们拉入人物琐碎的日常生活之中。而这些描写性的细节并未偏离主题，也不会让人感到无聊，因为福莱特恰到好处地将它们融入了夏洛特与莉迪亚的互动中。

　　在第九章中，瓦尔登去他在蓓尔美尔街上的舒服的老俱乐部（同他干净整洁、女人当家作主的家截然不同）。他去见政治保安处的巴泽尔·汤姆逊，希望警方已经抓到刺客。他们吃着精心烹调的午餐，瓦尔登悻悻地从汤姆逊那里了解到费利克斯残暴的过去（读者对此早已知悉）。瓦尔登得知自己可能是俄国人的下一个暗杀目标时吓坏了。福莱特文笔诙谐，将那个时代一顿典型的俱乐部奢华午餐和汤姆逊揭露的（对瓦尔登而言）令人震惊的真相穿插在一起，两者形成鲜明对比。两人从雪莉酒、布朗·温莎汤、水煮鲑鱼开始用餐，下菜酒是一瓶莱茵白葡萄酒。他们的主菜是红醋栗酱烤羊肉配烤土豆和芦笋，羊肉是当着他们的面从一大块上片下来的。紧随其后的就是一小碟鹅肝酱。两位男士都拒绝黑森林蛋糕，选择了冰激凌，瓦尔登又点了半瓶香槟。之后他们吃了斯提尔顿奶酪和甜饼干，搭配俱乐部的一点年份波特酒。一餐收尾，瓦尔登吃了一个桃子，汤姆逊则吃了梅尔巴梨，而后他们到吸烟室喝咖啡、吃饼干。这份调研成果真是美味。它描绘了爱德华时代富有贵族的一举一动，滑稽地描绘了他们在饮食上的奢靡浪费。这份研究成果被天衣无缝地编织进情节之中。

《教父》的背景编织

到第六十四页末尾处，唐·柯里昂家族所有人物都已经出场，好几条次要情节线也被抛了出来，普佐把一个黑手党家族的组织架构完全铺陈开来。我们了解到，在家族头目教父和执行他命令的实际办事人间有三个层级或曰缓冲带，因此实际办事人做的事无法被算到教父头上。我们同时还了解到军师扮演的角色，他是教父的左膀右臂，是其备用大脑，教父知道的一切他全都知道，或者说几乎全知道。

重点是，在小说里，这些信息并不是像我上面那样直接给出的，而是随着小说情节的持续发展，通过戏剧冲突透露出来的。两个试图强暴亚美利哥·博纳塞拉女儿的小流氓即将遭到殴打，作者以这种方式展示教父的秘密指令链条是如何运作的。教父的指令必须经由缓冲带下达到实际办事人。

至于军师汤姆·哈根，他身负更为微妙而困难的工作：飞往加利福尼亚，说服好莱坞一家制片厂的头儿。这位老板已经果断说了不，而他要改变老板的想法，让教父的教子约翰尼·方丹出演一部战争大片的主角。哈根及其军师身份不是通过抽象的下定义，而是通过交代给他、由他完成的具体任务来说明的。

第六章中的戏剧性事件是干掉保利·加图，他被怀疑是叛徒。克莱门扎作为加图的堂主或者说上司，面临着两个难题：首先，他该把加图的工作交接给谁？其次，如何才能不动声色地干掉加图？普佐通过克莱门扎处理这两件事的过程，讲述黑手党内部的晋升程序、主管人员的选拔、弃尸方式与如何谨慎地让尸体消失无踪。他还讲了在两个黑手党家族发生战争时，必须设置秘密公寓，"士兵们"可以在房间里藏身，在床垫上睡觉。加图被杀的过程中也有信息元素：尸体被遗弃在车中，杀手赶往停在附近的另一辆车，这辆车会带着他们逃离。如今看来，黑手党的办事传统与技巧似乎稀松平常，毕竟《教父》之后，黑帮小说和电影数量激增。但在当时，普佐给出的信息新鲜又奇异，尤其是这些信息还被娴熟地整合到了故事之中。

利用情绪

当你为自己的小说设置背景时，可以记住一个原则：利用情绪渲染描写。如果我们读者是通过某个人物的感受注意到日落、房子、潜艇的特点，我们就会觉得对这些事物的描述是故事进程的一部分。比起你这个作者冷冰冰地描述这些细节，我们更容易接受前者，并不觉得其突兀。小说人物也是如此，读者要能亲眼看到人物。如果你的人物看向镜子，评价自己的外貌，或者读者可以通过另一个人物的眼睛和挑剔的品味搞清楚这个人物的长相，那么，比起直截了当地对其衣着和样貌进行摹状陈述，这些描述文字能更为顺畅地流向情节发展。

正如我提及的这些例子，你的书要尽量避免直接堆砌信息。去寻找将信息织入情节的方法。比如说，你正在写毒贩的故事，你想准确传达可卡因和海洛因究竟是怎样加工的，你有哪些选择呢？你可以创造一个场景，在这个场景中，某个人物想以某种方式加速提炼，而另一个人物害怕加速的结果，反对这么做。随着两人反复讨论，毒品加工方式轻轻松松就会浮出水面。也可以让他们的加工点被警方捣毁，在余波未平的紧张气氛之中，一个兴奋的警察重述他们的制毒过程。又或者你可以写一个或买或卖或讨价还价的场景，使得炫耀制毒流程变成必需情节。可能性无穷无尽。

选择背景

好的，我们已经对福莱特和普佐如何处理小说背景略有研究。那么现在，你该如何为自己的小说选择背景呢？为了销量考虑，理想选择将是这样的背景——紧贴热点、时髦、"性感"，而且你本人已经非常熟悉。这样你就不必花大量时间去做调研，但是请记住，写任何小说都得多少做点挖掘工作，寻找至关重要的事实信息。

热点当然是随着时间变化的。在冷战时期，约翰·勒卡雷《柏林谍影》这样的小说能够成为畅销书。当下，出版商几乎不会考虑写冷战的故事。在越南战争结束后的二三十年里，公众似乎想彻底忘记这场战争；而后在20世纪80年代，一批背景设定在那场血腥战争中的小说出版，其中一些，比如约翰·德尔·维奇奥的《第十三谷》成了畅销书；但现如今，这场战争也不再是通俗小说的沃土。

性感设定

那么，眼下的热点和流行是什么呢，更不必说什么"性感"了，你肯定要这样问。我会给出一些建议，但要记住，这些建议是在2016年提出的，如果你是在五年之后捧起这本书，那么这些建议的有效性就不得而知了。但更为重要的是，我会尽量展示出如何确定你正考虑使用的背景是否具备一定的"热度"。

近年来，生物和基因工程的发展令人震惊，并将持续震撼世人。因此，克莱顿为他的畅销书《侏罗纪公园》选择了这样一个"性感"的背景。这是一片必定充满惊喜和发现的沃土，容得下成百上千部优秀小说。

其他可供考虑的热门背景：计算机科技、软件、艾滋病研究、器官移植、污染控制、货币投机、洗钱、合法或非法军火交易、原子能、电动玩具、信用卡战争、有机食品生产——简而言之，新闻媒体频繁聚焦的主题大都可以为你所用。有些背景不是特别热门，但经常作为后备选项被一次次使用，且效果不错：法律、医药、贵金属与宝石交易、巨额融资、职业间谍等。

那些此前似乎从来不曾对小说阅读群体敞开过的新环境，一旦以某种独特的腔调书写出来，便能让读者极度兴奋。谭恩美的《喜福会》就为有兴趣的读者介绍了中国移民那封闭又充满异国情调的世界。特里·麦克米伦的《待到梦醒时分》获得巨大成功，第一次用通俗小说的形式揭示了20世纪90年代黑人单身中产女性的人生况味。当然，普佐多年前就用黑手党世界做了同样的尝试。

需要规避的背景

也有一些背景是你需要规避的。有些过时了，因为属于它们的时代已经一去不返；有些是因为被写得太多，大众似乎已经看腻了；还有些背景离花二十美元甚至更多的钱去买一本小说的读者的口味和兴趣太远了。除了冷战和越战，百老汇剧院也是个典型的例子，它的时代已经过去了。娱乐业（电影、摇滚乐、芭蕾、戏剧、电视）已经被无数小说写过，文学经纪人和出版商看到写这些的小说都不会正眼去瞧。政治和政治运动也常被认为是过度曝光的内容。

纵然简·斯迈利的《一千英亩》赢得了 1992 年的普利策奖，还是本畅销书，但我不会推荐你把小说背景设定在农场里。只有不足百分之一的人能够负担定期购买精装本小说的开销，而富裕群体对富人而非穷人，对城市居民而非乡民，对有权有势的人而非受压迫的人的故事更感兴趣。城市与城市也是不同的，比如纽约和旧金山就被赋予了其他城市（比如哈特福德或堪萨斯）难以复刻的吸引力与诱惑力。我并不是建议你的小说只能设定在顶层公寓或公司董事会议室中。然而，虽然遗憾，但事实就是，如果你的故事发生的主要场所是监狱或者流浪者收容所，那么你恐怕很难找到出版商。

历史背景

在你结合本书阅读的那五部小说中，有三部的背景设定在半个多世纪前。而你最喜欢的其他作品可能是詹姆斯·克拉维尔的《幕府将军》，盖瑞·杰宁斯的《阿兹特克》，或者肯·福莱特的《圣殿春秋》。这自然会让你以为，我会为你推荐这样的写作方向。但如我之前所说，我是不会这么做的。简而言之，比起历史故事，当代故事拥有更好也更成熟的市场。假如你想卖出作品的影视版权，我更不建议你选择历史背景。尽管《与狼共舞》和《最后的莫西干人》已成功影视化，但好莱坞制作人极为担忧构建历史背景和"服化道"的庞大制作费。我估计，近年来，影视化的小说中有超过百分之九十都是现当代背景。当我最初同肯·福莱特一起工作时，他正渴望写一本围绕中世纪大教堂的小说。我建议他等一等，他听了。在写完六本惊悚小说后，他已经拥有遍布世界的追随者。而后他冒险写了《圣殿春秋》。很幸运，每个国家的读者都很喜欢这本书。但是，如果他不曾壮大自己的受众在先，那么这本书显然不可能进展得如此顺利。尼古拉斯·吉尔德是我的另一位作者，写过两部杰出的小说，小说背景设定在古亚述帝国，这两本书在美国默默无闻，在德国和意大利却大获成功。但作家们总希望在自己生活的地方得到肯定，现在吉尔德正转而写作《血缘》，这是一部当代小说，还是惊悚故事。但他接下来要写一部关于耶稣的某个表兄弟阻止耶稣受难的惊悚小说。

04.

WRITING THE
BLOCKBUSTER NOVEL

如何拟定大纲

没有哪个明智之人会在缺乏一整套详细规划的情况下，就开始建造摩天大楼或独栋住宅。一部大书必须具备足够牢固的文学的横梁与托梁，能够从头至尾支撑整部小说，还要有无数环环相扣的部件，因为大书和任何一种建筑一样精密复杂。可是，依然有作者不先写大纲就动笔写小说。他们说，大纲限制了他们的创造力，使得他们笔下的人物无法随意徜徉，不能变得有趣；大纲也剥夺了写作的乐趣，因为这一计划性流程完全否认只有在写小说时才能发生的发现绝妙之处的可能性。

我的推测是，这样说的作家中没有几个人在畅销书榜上见过自己的书。我所参与的每一本超级畅销书都是经过了计划、重新计划、再计划，很像不停地修改建筑图纸。一些大牌作家写出完整大纲前，必须先写出小说中的几个场景，由此深入了解自己笔下的人物；而另一些作者则能毫无准备地就开始写大纲。玛格丽特·米切尔似乎是个例外，她在写《飘》的时候似乎没有用到纸面的大纲。然而，为了确保能够按照设想构建某一情节、万无一失地将故事推向高潮，她的做法是先写最后一章，再一章一章往前写。

构建大纲的流程就如同写小说，往往都是关乎如何分层。我相信，没有哪个作家在初次尝试时就能构建出百分百满意的大纲来。为了证明这一点，我现在要带着你浏览《圣彼得堡来客》的四版大纲，这些大纲是从1980年1月到8月写的，历时八个月之久。你将看到福莱特如何有意识地一步步构建故事，这个故事包括了高风险、"大于生活"的人物、强烈的戏剧性疑问、令人惊奇的情节前提、几个视角人物之间深厚的情感羁绊、充满异国情调的有趣背景。

先说说先于这本非同寻常的小说以及整个大纲构思过程的一些事。这是福莱特的第四部重要作品。《针眼》和《燃烧的密码》的背景都设定在二战时期，《三角谍战》的背景则是20世纪60年代的阿以冲突。出版合同要的是一部"背景最好是二战"的惊悚小说，但我和他都觉得，当时的市场上已经充斥二战和冷战故事，而他现有的读者和潜在的新读者或许更想看到新的故事背景。我指出，已经有些年不曾出现背景设定在一战时期的畅销小说了。他认定，1914年的伦敦能够为谍战小说提供精彩纷呈的背景图卷。他自己也很喜欢战时背景或者处在战争边缘的国度，因为他想寻找不单关涉个体，也关涉民族命运的情境。因此，在落笔写下第一个字之前，他先决定了背景。这一背景是高风险的，在这一背景下，作者可以将"大于生活"的人物放入使人亢奋的戏剧性情境中。

福莱特的小说（还有其他畅销书作家的小说）都是从情节开始的。小说开头往往只有极具故事性的情境，用一两句话就可以概括出来。你将看到福莱特如何逐步运用大纲充实小说情节，并将其复杂化，与此同时又缩窄并加强小说的焦点。人物同样关键。

福莱特通过一份又一份大纲，增删小说人物，也增删人物的过往及性格特征，这都是为了构建人物形象，让他们有趣、令人印象深刻，增进读者对他们的感情。

从本质上来说，这四版大纲以及对其的分析囊括了这本书的全部信息，是这本书的微缩版本。认真学习福莱特的做法，你将见证一部畅销小说结构的孕育过程，外加引导其成形的原则。后面的章节将充实、延展、再度强调首先在这里提出的观点。我建议你读完本书后再次阅读本章节。届时，福莱特所做的工作和我的分析将对你更有意义。

一则警告。除非你是真的一门心思、绞尽脑汁地学习如何写大纲并真的写，不然你恐怕会发觉本章余下内容密度极高、晦涩难解、冗长乏味，甚至无聊至极。因此，如果你阅读本书的目的是快速收集一些或许能助益写作的小诀窍，那么我建议你要么直接跳到第五章，要么就只读第一份和最后一份大纲。对于作家而言，构建《圣彼得堡来客》这样的小说是绞尽脑汁、旷日持久、极为复杂的过程。任何想要跟随或理解这一过程的人都必须有耐心和毅力。你必须做好准备，深入挖掘小细节的根基，应对失败的开端、困境及错误等复杂问题。如果你真的想挑战自我，或许可以在读完每一份完整的大纲后，将你认为更好的大纲给写下来，然后再去翻阅福莱特的下一份大纲，将自己的大纲与他的进行比较。之后再挖掘我对小说创作原则的分析，这些原则影响了福莱特的抉择。

四版大纲
第一版提纲

背景：第一次世界大战的起因

塞尔维亚是个小国，属于如今的南斯拉夫[1]。它被邻国奥地利控制，奥地利当时非常强大，是众所周知的奥匈帝国。奥地利企图吞并塞尔维亚，塞尔维亚因此寻求俄国的保护。尽管如此，1908年，奥地利还是强占了塞尔维亚的一片领土——波斯尼亚省。1914年，一群塞尔维亚爱国学生在萨拉热窝城区刺杀了前来访问的奥地利大公。随后：

1. 奥地利（本已对塞尔维亚抱有不良企图）以这次刺杀作为借口，向塞尔维亚宣战。（然而他们并没有真的发动攻击。）

2. 俄国（公认的塞尔维亚的支持者）勉强组织了军事动员。（征兵，整编入伍者，用火车将他们运送至边境。）一开始，俄国仅发起了部分动员。但紧接着，俄国将军们意识到部分动员会让自身陷入风险，他们可能会被奥地利的盟友德国攻击，因此俄国发起总动员。

3. 一旦俄国组织军队对抗奥地利和德国，德国当然也要组织

1　2003年2月，南斯拉夫联盟共和国更名为塞尔维亚和黑山。2006年6月3日，黑山共和国宣布独立。同年6月5日，塞尔维亚共和国宣布继承塞黑的国际法主体地位。这些历史事件都发生在《圣彼得堡来客》出版之后。

军队。然而，德国的问题在于，俄国与法国结盟，德国将军们担心，一旦他们组织军队在东线对抗俄国，法国就会攻击他们的西线。于是他们决定对法国发动闪电般的致命一击，试图由此将法国排除在战争之外。因此德国入侵了法国。

4. 德国入侵法国的计划包括横扫比利时。没什么人在乎比利时，虽然一个古老条约（1839 年）允许（但并非强迫）英国维护比利时的中立地位。然而，英国的确很在乎德国，德国发展飞速，威胁到英国在海上、世界贸易和殖民地的统治地位。因此，德国入侵比利时，英国以 1839 条约为由，对德宣战。

这便是奥地利与塞尔维亚的纷争发展成英国和德国之间战争的经过。

第一部分

1. 爱德华时代的伦敦贫民窟比起狄更斯时代也没有好到哪里去。污秽、疾病、极度贫困、酗酒和极端剥削是这些贫民窟的典型特征。三个婴儿里就有一个在一岁生日前死去。在引入学校体检制度后，在六个孩子里就能发现一个挨饿、有寄生虫或无法得到教育。在一些家庭里，人们站着吃饭，因为家里没有椅子。在白教堂区，官方给出的居住拥挤程度是每四千平方米居住二百十四人，而事实上，每四千平方米生活着六千人。

在伦敦东区，最穷的英国人同来自东欧的更穷的移民混居一处。俄国难民、波兰人、德国人、拉脱维亚人、列特人，他们带来的政治思想在伦敦肥沃而腐烂的贫困土壤中扎了根。最有力量的政治组织是"犹太无政府主义者联合会"，他们出版了自己的报纸——《工人之友》，这是一份意第绪语报纸——并成功组织了血汗工厂工人的一次大罢工。

在这样的社会背景中，1914 年初，一个德国间谍现身。他自称费利克斯·莫罗茨夫，冒充为俄国无政府主义者。他得到的指示是汇报伦敦难民革命者的信息，尤其要密切关注德国移民，因为他们可能计划着归国。

费利克斯是个复杂且行动力强大的人。他由一对忠厚的德国中产夫妇抚养长大。十一岁时，他发现他们并非他的亲生父母。事实上，他是一个已经去世的乡下姑娘和一个身份不明的年轻贵族的孩子。遭受欺骗与背叛之感在费利克斯心头挥之不去。他对贵族是既仰慕又痛恨，在为统治阶级工作时冒充为无政府主义者，这象征了他内心的矛盾。他也有理性的一面，愿意成为大人物，并将秘密情报工作看成晋升之路。他渴望战争。他二十五岁。

在扮演无政府主义者这一角色时，他流露出一些激情。他以拉斯普廷[1] 般的形象登场，情绪饱满，极富魅力，脾气暴躁，盛气凌人。

1　皮奥特·拉斯普廷（Piotr Rasputin），即钢力士（Colossus），美国漫威漫画宇宙的超级英雄，一个有着艺术家灵魂的变种人，为人十分友善；X 战警里的毕加索，比起战斗，他更喜欢为队友画肖像。

他在德国有妻小，但他来到英国后做的第一件事便是娶个伦敦姑娘，并让她怀孕。对费利克斯而言，永远没有不存在背叛的爱情。

2. 英国国家安全局创始于 1906 年，当时被称为"MO5"，只有一个工作人员，即它的创始人弗农·凯尔上尉。凯尔头一次开口要个助手时，他的上司很惊恐，但情报部门总是会发展壮大，这是自然法则。到如今，即 1914 年，凯尔手下有四名军官、一名律师、两名调查员、七名文员。他的办公室是约翰大街小剧场的地下室，不在斯特兰德大街上。

凯尔是个不同寻常的人。他是英国军官和波兰女伯爵的儿子，小时候就游历了全欧洲，学会了法语、德语、意大利语、波兰语。在义和团运动时期，他服役于中国，并通过了中文和俄文的陆军翻译考试。他似乎在东方搞坏了身体，原本充满希望的戎马生涯终结了。他患了严重的哮喘、休息痢[1]、背痛，几乎难以坐直身体开车，连短途自驾旅行都做不到。

这是个有着钢铁般意志的男人，非常强悍，城府极深。他半开玩笑地告诉《名人录》的编辑，他的爱好是钓鱼和玩槌球。有个同事热衷于说凯尔能像狻犬嗅到耗子一样嗅到间谍。或许事实并非如此，但这彰显了他刻意给下属留下的印象。表面看来，他从胡子到明镜般的靴尖都是传统军官的样子，但事实上，他内心

1　休息痢是指痢疾时止时发，久久不愈。

阴险，灵活多变，丝毫不传统，办事时有最不绅士的一面。他自称为天才伪造者，但这既是玩笑也有深意，因为实际上，他在利用那些被监禁的伪币制造者。他被人们称为"K"，开启了英国情报主管以姓氏首字母为人所知的传统。凯尔同当时还年轻的逞凶好斗、反复无常的温斯顿·丘吉尔颇为亲厚，丘吉尔此前是内政大臣，现在是第一海军大臣。丘吉尔极度热衷秘密谍报，帮助凯尔省却了官场上的诸多繁文缛节。

当普鲁士海军军官从德国大使馆去加里东路的理发店时——这就有点像是从中央公园南区去布鲁克林理发——凯尔的机会来了。理发师的名字是卡尔·古斯塔夫·厄恩斯特。凯尔拦截了厄恩斯特的邮件。事实证明，这家理发店是德国情报网在英国的邮局。

凯尔开始一一追踪那些间谍，但是，确认间谍身份后，他并不逮捕他们，除非他们真的获得了什么重要情报或试图离开英国。这是他建立的英国国家安全局的另一个传统。

3. 英国国教正值顶峰。他们操纵着半个世界。他们永远也无法再度拥有此刻的辉煌，但对此一无所知。老浪子爱德华七世死于1910年，但现在依然是爱德华时代：在维多利亚执政六十三年间所积累起来的财富、权力与威望正被大肆挥霍。人们大吃大喝。房屋宏伟富丽，衣着华美绚丽，娱乐活动奢侈糜烂。礼仪规范达到空前复杂的程度——比方说，穿着棕色靴子的人绝不能靠近伦敦，顶多只能走到阿斯科特。邦德街和裁缝街的服装店发了小财，他们提供一天中不同时段和不同社交场合必不可少的服装。在八百万就业人口中，有一百万受雇为家仆。那是个虚伪的时代：人人都能对维多利亚时代的道德观动动嘴皮子；基于奥斯卡·王尔德判例，同性恋知识分子被赶到海外，但王室成员光顾巴黎妓院，梅毒泛滥。

瓦尔登伯爵是个有钱人。他的大部分财产都在伦敦地产之中，因此幸免于农业价格崩盘，他有些朋友的资产就因此缩水。为了照顾自己、妻子、两个年少的女儿，他在伦敦、萨里、蒙特卡罗和苏格兰的家中一共雇用了超过一百名家仆。这一年，他的大女儿夏洛特年满十八岁，很快就要"出来了"，也就是说，盘起发髻，现身宫廷，为了遇见合适的丈夫而参加"伦敦季"[1]无穷无尽的派对与舞会。

夏洛特亭亭玉立，是温室里的花朵，天真无邪，有修养，很任性，理想主义。她接受的教育狭隘且不切实际。一年前，她还梳双马尾，穿及膝袜。她问家庭教师："进入社交场之后，我要做什么呢？"

"哦，参加派对，野餐，享受一段美妙绝伦的好时光，直到结婚。"

"那结完婚后，我要做什么呢？"

1　指伦敦社交季，起源于 18 世纪。每年 4 月至 8 月，英国上流阶层会举办各种社交活动。

"呀，我的孩子，你什么都不用做。"这番对话一直回荡在夏洛特心头。

对于统治阶级而言，伦敦季是个婚恋市场，而这一年的头奖是阿列克谢·安德里维奇·奥勃洛莫夫亲王，一位英俊潇洒、富甲一方的三十岁俄国青年。他同欧洲半数皇族沾亲带故，包括英格兰的乔治五世。沙皇是他的叔叔，非常喜爱他。每一位初入社交界的贵族小姐的母亲都想把他变成自己的女婿。

夏洛特在自己的亮相舞会上见到了他，并迅速发觉他为何长久以来逃避婚姻——面对女人，他总是非常害羞。她成功将他从保护壳里拉出来一些，他则热切地谈论俄国改革之必要：农业机械化，言论自由，土地改革，工业化，民主制度。

当然了，他只是个莽撞的年轻人。长辈们信心满满，他一旦寻觅到妻子，安定下来，就会明白，目前的俄国好得不能再好了。

4. 当夏洛特在瓦尔登庄园与世隔绝地长大时，欧洲政治家们一直在缔结各种盟约，这些盟约确保一旦有任何一个国家进入战争状态，其他国家都会参战。同盟国（德国与奥匈帝国）被敌对国家包围：法国、比利时、英国、俄国，还有巴尔干半岛。一如往常，德国军事谋略家面临的问题是两条战线上的战争风险——在东线对抗俄国，在西线对抗法国。因此，德国的外交目标是让俄国保持中立。这样的尝试已经有过一次，但失败了：在1905年，德国皇帝和沙皇签署了《比约克条约》，但双方高官转眼就将其撕毁。

德国当时的间谍头目是古斯塔夫·施泰因豪尔，一个夸夸其谈、野心勃勃、诡计多端的前平克顿侦探（千真万确）。他就是那个在加里东路上剪头发的"普鲁士海军军官"。他在英国有二十二个间谍。战争于1914年逼近时，施泰因豪尔在一份英国报纸上读到奥勃洛莫夫亲王人在英国，于是心生一计。

如果能让英国和俄国陷入争端，如果争端发生的时机恰到好处，或许就能将俄国排除在即将到来的大战之外。如今，摩擦的苗头业已存在于英国与俄国之间——英国收留了俄国革命者。（英国这样做是因为民意以及自由党反对残暴的沙皇政权。）施泰因豪尔认为，如果沙皇最宠爱的侄子在英国境内被俄国革命难民暗杀，那么两国的关系必将趋冷，这对德国很重要。

施泰因豪尔去英国给费利克斯下命令。

5. 黎明时分，夏洛特从派对回家，震惊地看到有个女人睡在人行道上。她的陪护人解释说，有成千上万的男人、女人、儿童没有地方睡觉，只能睡在伦敦的街道上。夏洛特真的不知道世上竟然有穷人。她回到家，冲母亲咆哮："为什么从来没人告诉过我！"她的怒不可遏还有另一重隐秘的缘由：她刚发现婴儿是怎么来的。如此看来，她迄今为止接受的教育可以说就是一场为了欺骗她而精心策划的阴谋。夏洛特遗传了父亲坚强的意志和母亲的心软，面对这种境遇，她绝不会坐以待毙。

既然她已逐渐开始发现真实世界的事物都是何面目，那她能做些什么呢？她了解到，作为女人，她甚至无权投票！她把奥勃洛莫夫亲王抛在脑后，转而发现了一个截然不同的团体，一个艺术家团体。她结交了一些思想前卫的朋友，会见了一些当时颇有智识的颠覆分子：托马斯·哈代[1]、埃米琳·潘克赫斯特[2]、伯特兰·罗素[3]、萧伯纳[4]，D. H. 劳伦斯[5]。她宣布自己信仰（仅停留在理论上）自由恋爱，震惊了社交界的朋友。她还计划参加为妇女争取选举权的示威游行，让父母担惊受怕。

6. 凯尔，英国国家安全局的首脑，仍旧在读理发师厄内斯特的邮件。因此他提前了解到施泰因豪尔将来到英国，并派人跟踪了施泰因豪尔。

施泰因豪尔会见费利克斯，阐明了自己想到的办法。费利克斯表现得非常积极——对他而言，经由上级批准杀死一位贵族是

---

1 托马斯·哈代：英国作家。代表作有《德伯家的苔丝》《无名的裘德》《还乡》和《卡斯特桥市长》等。

2 埃米琳·潘克赫斯特：英国女权运动代表人物、政治活动家，是英国妇女参政权运动的奠基者之一。

3 伯特兰·罗素：英国哲学家、数学家、逻辑学家、历史学家、文学家，分析哲学的主要创始人，世界和平运动的倡导者和组织者。代表作有《西方哲学史》《哲学问题》《心的分析》《物的分析》等。

4 萧伯纳：爱尔兰剧作家。1925 年获诺贝尔文学奖，是英国现代杰出的现实主义戏剧作家。代表作有《圣女贞德》《伤心之家》《华伦夫人的职业》等。

5 戴维·赫伯特·劳伦斯，20 世纪英国小说家、批评家、诗人、画家。代表作有《儿子与情人》《虹》《恋爱中的女人》和《查泰莱夫人的情人》等。

件一箭双雕的事。费利克斯不知该怎样接近奥勃洛莫夫，施泰因豪尔给他看了英国报纸，上面报道说奥勃洛莫夫出席了瓦尔登女子爵夏洛特亮相社交界的舞会，舞会在贝尔格雷夫广场十九号举办。找到夏洛特，施泰因豪尔说，她或许能把你带到奥勃洛莫夫面前。

7. 凯尔知道这场会面，但不知道他们交谈的内容。他决定近距离监视费利克斯。一天晚上，在一个俱乐部里，他想方设法站到费利克斯身边，甚至与他简短交谈了几句。凯尔本能地感觉费利克斯很有意思，并且是个危险人物。可是凯尔人手不足，不可能二十四小时监视每一个潜在的间谍。但他在地下革命者中却有耳目，其中之一便是安德烈·巴雷，一个布尔什维克党人。凯尔要求巴雷尽可能深入了解费利克斯。

这是凯尔的重大失误。

8. 夏洛特去参加争取妇女选举权的集会。国王拒绝接见潘克赫斯特夫人，因而争取妇女选举权的团体成员便朝着白金汉宫前进。警察受命驱赶她们，但尽量不要逮捕什么人（因为争取妇女选举权的团体成员在监狱里比在外面更麻烦），而这一政策的结果是女人们遭到殴打。游手好闲的男性旁观者加入攻击。最为英勇好战的女性挥舞印第安棒，撒胡椒粉。

有个眼睛明亮、个子高高的俄国人救出被打的夏洛特。他衣着潦草，告诉夏洛特他叫费利克斯。

斐迪南大公在萨拉热窝遭暗杀。

第二部分

9. 起初，费利克斯只是打算跟踪夏洛特，直至找到奥勃洛莫夫。但在示威游行中看到她后，他想到了更好的办法。

他同她结交，对她进行政治教育，并诱奸了她。他们并没有恋爱。夏洛特是在延续她的青春期叛逆，尽管费利克斯拥有近乎催眠般足以支配她的能量，她也没有迷恋上他。费利克斯是在利用她，同这么个贵族发生性关系让他获得快感，但他并没有拜倒在她的石榴裙下，至少现在还没有。

他向她讲述俄国人的生活状况，讲述残暴到不可思议的沙皇统治。他让她读马克思和克鲁泡特金[1]。他解释什么是革命，什么是通过实际行动来进行宣传。他谈到绑架奥勃洛莫夫，以他作为筹码，或许可以要求官方释放政治犯。她觉得这是个伟大的想法。

10. 布尔什维克党人安德烈·巴雷知道能从哪儿搞到炸弹，费利克斯向他求助。巴雷带费利克斯去伊斯灵顿见了一个疯狂的拉脱维亚年轻人，这人答应给他们做炸弹。

巴雷同凯尔见面。他告诉凯尔，费利克斯同夏洛特之间有风流韵事，但对涉及奥勃洛莫夫的事只字未提。

为什么呢？革命运动中的每一个人都信任巴雷，因为大家都

---

[1] 彼得·阿列克谢耶维奇·克鲁泡特金，俄国无政府主义者、地理学家。他的父亲是俄国世袭亲王，但他放弃了贵族继承权。著有《田野、工厂和工场》《互助论：进化的一种因素》和《夺取面包》等大量著作。

知道他在沙皇警察手中遭受了难以想象的严刑拷打。他们拔掉了他的指甲，还切掉了他的阴茎。人们都认定，沙皇不可能有比巴雷还坚决的敌人。错。巴雷实际上就是个空壳，完全没有自己的意志。他不光向凯尔汇报，从根本上来说，他是为警备队也就是俄国秘密警察工作——虐待他的那些人。他已经把暗杀阴谋报告给了警备队，他们命令他竭尽所能提供帮助。

为什么呢？（1）这是警备队的方针，给无政府主义者的怒气煽风点火，从而证明他们空前严酷的镇压是正确的。（2）在伦敦尤其如此，他们企图利用密探恐吓英国人，让英国人把革命者遣返回国，让革命者在自己的国家里承受监禁、严刑逼供与死刑。（3）尽管沙皇认为奥勃洛莫夫是个对谁都无害的莽撞小伙子，很快就会安定下来，但警备队担心，他如果没有安家立业，便会成为一名危险的社会民主主义者，产生恶劣影响，可能会大大压缩他们的权力，因此他们很乐意看到他死去。

11. 夏洛特又开始同奥勃洛莫夫往来，并说服母亲在萨里的瓦尔登庄园为他办一场周末派对。夏洛特之所以能成功说服妈妈，一部分原因是她暗示奥勃洛莫夫可能爱上了她。奥勃洛莫夫当然爱上了她，并得出结论，任何进一步的举动都能被对方安然接纳。

夏洛特安排费利克斯受雇为瓦尔登庄园的园丁。

而后她头一次去了费利克斯家，见到了他的妻子——她已经快要临盆。在这一刻，夏洛特对费利克斯的信任开始减退。

12. 巴雷长时间的沉默令凯尔起疑，于是凯尔派了个调查员去见他。费利克斯看到调查员从巴雷家离开，于是一直跟着调查员到了英国国家安全局总部。费利克斯意识到巴雷是英方的线人，于是将他杀害。随后他带上炸药，去瓦尔登庄园过周末。

奥地利对塞尔维亚宣战。

第三部分

13. 星期六早上，奥勃洛莫夫向夏洛特求婚。"绑架"安排在当天下午实施，计划是夏洛特把奥勃洛莫夫诱哄到一处废弃的林中小屋。夏洛特担心，如果她拒绝奥勃洛莫夫，对方可能会马上离开瓦尔登庄园。因此她回答他要考虑一下，并承诺当天下午在小屋给他答复。

宾客当中有位杰出的外科医生。夏洛特迟疑而尴尬地问他："当一个女人停止……出血……严重吗？"医生回答："这通常意味着她怀孕了。"夏洛特脸色煞白。

14. 凯尔得知巴雷的死讯。他同费利克斯失去联系。他想到联结此人的另一条线索——瓦尔登女子爵。他去了贝尔格雷夫广场，结果被告知瓦尔登一家在乡下，正为奥勃洛莫夫亲王举办周末派对。凯尔怕有所延误，于是径直去了瓦尔登庄园。（或许他发的电报被费利克斯或夏洛特拦截了？）

15. 夏洛特提前去了小屋，告诉费利克斯她怀孕了。费利克斯在安装炸弹时被她打断。

凯尔抵达瓦尔登庄园，随后又外出寻找奥勃洛莫夫。

夏洛特意识到这根本就不是什么绑架，而是谋杀，她会跟奥勃洛莫夫一起被炸死。她告诉费利克斯，他这么做会杀死他自己的孩子。突然间，他们双双意识到，炸弹就要爆炸了，因为费利克斯给炸弹安置引信时被打断了。费利克斯扑到炸弹上。他半个身子都被炸飞了，弥留之际，他告诉夏洛特，别把孩子送养。夏洛特答应了。

奥勃洛莫夫来了。他认定夏洛特偶然间救了他的命，其他人也肯定会这样认为。

夏洛特答应嫁给奥勃洛莫夫。

俄国发起军事动员。

全书完。

对第一版大纲的分析

读了这篇大纲，你应该备受鼓舞。这个胚胎最终将发育成占据《纽约时报》精装类畅销书榜二十周之久的书，这本书将以二十四种语言售出超过四百万册。你或许已经得出一个正确的结论：这份大纲并不怎么样。但福莱特的故事背景里有一些有意思的元素，而且这个故事具备一个基本的戏剧性情境——暗杀企图。但在第一次尝试中，他不觉得（你也许也不觉得）有必要深挖所有主要人物的完整过往，把一个错综复杂的惊悚情节的所有起伏都想出来。

因此，关于大纲，首先要牢记于心的是，坐下来，在一天或一周时间里写下一份大纲，你可以看着它说，嘿，真的有用。这似乎很困难，但你绝对不能胆怯或气馁。你应当做好心理准备，你的第一份大纲可能有点模糊不清，或者焦点不集中，而且很可能会在结尾留下一些未做交代的部分，一些没有解决的情节线。而后你不得不回过头去，重新开始，让情节更加曲折，丰富人物背景，让人物之间的关系更为复杂，更改你先前设定好的元素，让其顺应你的新想法。你可能也会在第二份大纲中发现缺点，而后不得不再重复这一步骤。在这份初版大纲后，福莱特又写了另外三版大纲。而《圣殿春秋》呢，福莱特写了九版大纲。

但请注意，规划一本书与真正把它写出来并不相同。如果你能够克制住，别把大纲写成小长篇，那么你的终版大纲能为你提供更好的服务。在每一个主要人物进入故事时，都为他们写下一两个扎实的段落，这样做对你大有帮助。随着工作继续推进，写一两段（但不要超过一页），以此确定每一章或者每一个主要场景的主要事件。对于大纲长度，并没有什么成规，但我建议你将大纲长度控制在二十到四十页双倍行距页面之间。在这个阶段的工作中，尽量不要用细节、对话、描写或内心独白拖累自己。等真正开始组织文字时，你肯定想要尽可能无拘无束地写，让灵感把你带向水到渠成之境。而大纲呢，正如你将在本书倒数第二章中看到的那样，当你提笔开始写作，小说便会呈现出属于自己的生命力，那么大纲里总有那么一些部分无论如何都会被弃之不顾，并要重新构思。

和福莱特的前三部主要作品（《针眼》《三方角力》《丽贝卡之谜》）一样，在你刚刚阅读的大纲中，主要冲突集中在两个情报部门之间：为英国服务的凯尔和为德国服务的施泰因豪尔。但这两方从未发生正面冲突。他们距离最近的一次，是凯尔派手下去盯这个德国人的梢。而他们同其他任何人物也不存在紧密关联，因此他们似乎只具备非常机械的功能。而费利克斯——普鲁士特工，潜在刺客——被描绘为一个完全反面的冷酷杀手，是欺诈女人的骗子，有两个妻子，还诱奸了天真无邪的夏洛特，使她屈从于自己的意志。最终，夏洛特与费利克斯正面对峙，反败为胜，但无论是她还是其他人物都没能呈现出强大主要人物的特质。

还要注意，人物的动机几乎全是政治性的。因为没有给予这些人物高浓度的人际关系，福莱特还没能在人物层面建立起高风险，除了夏洛特和费利克斯之间有那么一点点。奥勃洛莫夫在整个行动中没有什么作用，只不过是夏洛特身边一个滑稽的追求者，并为其他人提供了目标——德国人和俄国秘密警察都想让他死。夏洛特的父母瓦尔登勋爵夫妇，是瓦尔登庄园的所有者，而瓦尔登庄园是高潮行动的发生地，但他们的作用微不足道，只是为故事提供了些许爱德华时代奢靡浪费、挥金如土的时代色彩。这些人物中没有一个是"大于生活"的，也没有一个能让读者产生情感共振，只有夏洛特是个潜在的例外：一个从天真无邪变得英勇无畏、直言不讳的年轻女性。

　　然而，这份大纲最主要的问题是焦点涣散。这本书是讲谁的？是谁从头到尾引起并锁定我们的兴趣？比方说，施泰因豪尔想让奥勃洛莫夫被刺杀，这是不够的；俄国秘密警察也希望奥勃洛莫夫死掉，他们在某一个场景中忽然出现，然后就退出整个故事，从头到尾不曾有过一个具名的人物让这个群体鲜活起来，这样也是不够的。给了费利克斯指示后，暗杀背后的主要力量施泰因豪尔立即消失。夏洛特呢，尽管她知道费利克斯蒙骗了她，却继续帮助他。还有凯尔，他表面上的角色是阻止暗杀，但在结尾的高潮处完全不露面，他也没有做任何特别激动人心的事情。正如故事所呈现的，核心冲突发生在凯尔和费利克斯之间，但这个核心冲突从来就没有立住。只有一次，在俱乐部里，凯尔站在费利克斯身边，但这两个人从未直面彼此。

　　尽管如此，有了这份大纲，这本最终必将逐步成形的书的种子已经种下，并且差不多是种在了对的地方。暗杀计划提供了一个清晰而具有高度挑战性的戏剧性疑问。事关全球局势，没有比这更高的风险了。故事背景虽然还处在胚芽状态，但已经有了色彩，很可能会非常迷人。而且，德国间谍诱奸贵族处女，之后又扑向爆炸的炸弹，救了她和自己未出世的孩子，这样的场景或许会带来让人非常兴奋的内容。

　　那么福莱特是如何在接下来的大纲中逐步添砖加瓦的呢？现在就来看看吧。

你将反复看到的省略号代表对从第一份大纲中复制过来的背景资料的省略。楷体字则代表对前一版大纲中主要行动的概括性复述。

第二版大纲

楔子

彼得和丽兹是两个来自美国的年轻旅人，他们正在游览位于英国萨里的瓦尔登野生动物园。这个动物园坐落于瓦尔登庄园的领地范围内，瓦尔登庄园是一座对公众开放的豪华古宅。彼得和丽兹最喜欢的是美丽至极的园林，其中有景观、瀑布、湖泊、假山、秘密小径。最棒的是那些装饰性建筑，那是一些异想天开的小建筑，疯狂的造型多种多样，作为装饰品散落在花园里。其中之一是个好玩的小凉亭，距离庄园宅邸一点六公里，一部分掩在灌木丛中。彼得和丽兹找到了进去的路。这地方很干净，有大理石座椅，还有一个仍在喷水的人工喷泉。他们抽了大麻，享受这充满格调的环境，想象着曾经住在这里的富豪们如何生活。他们做爱，假装自己就是瓦尔登勋爵夫妇。不久之后，他们听到一个声音："我听到了粗重的呼吸声，所以在外面等着。"进来一个老妇人，她绝对有八十岁。彼得意识到他们有点过分了，于是道歉。老妇人的眼睛闪闪发光："别担心，我曾经也在这里跟人上过床。"彼得和丽兹看了彼此一眼，眼神的含义是：她住在这里！事实证明，她是这里的所有者。"我在这里做过爱，也差点在这里被杀死。"她说。她自称瓦尔登女士，以下是她讲述的故事：

第一部分

1. 1914 年，凉亭是一对十多岁姐妹的秘密据点，她们就住在瓦尔登庄园。这对姐妹是夏洛特和贝琳达，她们分别十八岁和十六岁（尽管根据她们的对话，两人显得比实际年龄小一些）。通常情况下，她们都由家庭女教师贴身管教，但在家庭教师休假的时候，就由一个好说话的女仆接管她们。女孩们去凉亭的时候，女仆萨拉就去见男友。

……今天，夏洛特和贝琳达正在聊性，就当今标准而言，她们对于这一事物简直是惊人的无知。她们都知道宝宝是在女人体内生长的，但搞不清宝宝是怎么出来的。夏洛特知道鸡蛋是从母鸡的哪个部位出来的，有一次，贝琳达碰巧看到一头奶牛生小牛犊，但她俩一致认为，她们自己的身上根本没有那么大的孔能让一个小婴儿钻出来。因此她们怀疑自己先天畸形。她们没办法和其他人讨论这件事。她们并没有考虑宝宝是怎么来的——她们假定在一个女人二十一岁左右时，宝宝会自然出现，这样就可以解释为什么女孩们在十九、二十岁时就要被催促着嫁人。

2. ……对性保持沉默是个众所周知的阴谋，而夏洛特和贝琳达是这个阴谋极端的受害者……

……夏洛特和贝琳达的父亲瓦尔登伯爵是个典型的上层人士，

但又很讨人喜欢……他五十岁，有些人到了这个岁数可谓正值盛年，他便是。他高大健硕的身躯尚未沦落到松弛肥胖的程度。亲切的态度掩盖住他极高的智商。但他对生活的全情享受是发自内心的。他喜欢狩猎聚会和社交舞会，喜欢年轻男子与成熟女性相伴左右，喜欢去剧院和音乐厅（看歌舞杂耍），喜欢喝啤酒和波特酒，喜欢打牌和下棋。除了在皇室的一个礼仪性职位，他没有真正的工作，但他是不少高级政客的朋友，在上议院很是活跃，并经常从事秘密外交工作。

……战争风险悬在整个欧洲头顶，德国的外交策略致力于让俄国保持中立，而法国和英国则渴望从俄国得到可靠的承诺——如果德国攻击法国，那么俄国就要攻击德国。

正是因为此事，外交大臣爱德华·格雷爵士拜访瓦尔登。他是个瘦长脸的观鸟爱好者。格雷解释说，有个年轻的俄国上将会在社交季（5月、6月和7月）待在伦敦。他是阿列克谢·安德烈维奇·奥勃洛莫夫亲王，三十岁，是沙皇宠爱的侄子，还是瓦尔登的妻子莉迪亚的远亲。表面上，奥勃洛莫夫将要来此寻找一位新娘，但他同时也将就英俄军事合作召开秘密会谈。瓦尔登会说俄语，将代表英格兰参与谈判。格雷说，坦白讲，如果你能让他们做出承诺，那我们就能赢得战争；如果你做不到，欧洲就会被德国征服。

3. ……英国是整个欧洲唯一没有移民限制的国家。因此，伦敦就是革命难民的天堂，无政府主义者在这里格外强大，有自己的俱乐部和自己的（意第绪语）报纸。英国的大开国门政策激怒了俄国秘密警察，即臭名昭著的警备队，但自由党政府和英国舆论反感沙皇残酷的国内政策。

警备队在位于伦敦的俄国大使馆安插使馆随员，监视这些流亡海外的麻烦制造者。他们远比爽朗但无能的英国秘密警察和苏格兰场[1]"政治保安处"成功，这些人根本连孟什维克和好人都分不清。但警备队可不仅仅是盯梢者……

警备队在伦敦的高级谋略家是瑟奇·费尔冯琴，他是个冷静的人，但又不完全是个理智的掌局者，非常痴迷于文件。警备队负责俄国大使馆所有的电报往来，编译并破译密码，因此费尔冯琴得知奥勃洛莫夫即将到访伦敦。他动起了脑筋。

……革命者公然鄙视他（奥勃洛莫夫），并秘密认定他所渴望的民主政体是对真正的革命最大的威胁。但警备队就像所有情报机构一样，在政治上无比天真，居然把他视为高度危险的人物……

他们还认为（据费尔冯琴推断），奥勃洛莫夫在伦敦期间遇刺，可能是被移民英国的俄国革命者暗杀的，这难道不会迫使英

---

1 苏格兰场：英国伦敦大都会警力的代称，是英国大伦敦地区的警察机关，原址位于伦敦的威斯敏斯特区，离上议院不远。苏格兰场不仅负责大伦敦地区的治安，也负担着重大的国家任务，例如配合、指挥反恐事务，保卫王室成员及英国政府高官等。

国改变其大开国门的政策吗？另外，考虑到英国如此渴望从俄国
得到军事承诺，这样一桩暗杀甚至可能促使沙皇下令，把英国引
渡革命者作为俄国给出军事承诺的条件。

因此，暗杀奥勃洛莫夫能够给警备队带来双重好处。（他们竟
然要杀掉自己的领导人之一，这不是天方夜谭吗？不是。他们已
经杀掉了塞尔吉乌斯大公和内政部长，都是出于挑衅。）

费尔冯琴还通过电报得知奥勃洛莫夫将同瓦尔登伯爵会谈。
瓦尔登这个名字有点耳熟，费尔冯琴翻起了文件。瓦尔登娶了俄
国人莉迪亚。莉迪亚有一份档案：在嫁给瓦尔登之前，她与一个
名为费利克斯·莫罗茨夫的年轻人有染，后者是圣彼得堡的一个
无政府主义者。费利克斯也有档案……没错，他在伦敦。

费尔冯琴把手下叫了进来。

4. ……他（费利克斯）还是个学生时，同莉迪亚有过一段短
暂但狂热的情事。莉迪亚是个贵族的女儿。她迫于父母压力斩断
情丝，嫁给一位英国伯爵。随后，费利克斯在警备队受尽严刑拷
打，后越狱逃到英国。因此，他对统治阶级的反对除了有着深刻
的政治原因，也有深刻的个人原因。

他现年四十岁……很高，很瘦，须发浓密，不太干净，但他
身上有一种动物般的能量，令有些女人觉得难以抵抗。大多数夜
晚，你或许都能在斯特谱尼的朱比利街无政府主义者俱乐部看到
他在喝酒、争论政治问题。

今夜，安德烈·巴雷加入围绕费利克斯的那个小群体。巴雷

是一个狡诈而神经质的布尔什维克党人，和俄国大使馆有联系。巴雷说，他听说奥勃洛莫夫亲王即将来到伦敦，同瓦尔登伯爵进行秘密会谈。

这是"通过实际行动进行宣传"的好机会。大家坐在桌旁，喋喋不休地讨论暗杀。然而费利克斯一言不发。他如果打算做什么事情，是不会在公共场合筹谋的。

巴雷是个密探，他向俄国大使馆做了汇报。费尔冯琴问："你觉得他有没有意识到瓦尔登夫人是谁呢？"巴雷说并无迹象。"好吧，"费尔冯琴说，"他很快就会清楚的。"

第二部分

5. ……他（奥勃洛莫夫）初次登场是在萨沃伊饭店出席夏洛特初入社交界的舞会。他仪表堂堂，血统高贵，富可敌国。舞会是个光彩夺目的场合，崭露头角的少女身着华丽长裙，年轻男子衣冠楚楚……他谈论俄国革命之必要，夏洛特对此深深着迷，但被其他宾客拖去跳舞了。

片刻之后，在女士化妆间，她同一个表姐妹聊了些悄悄话，后者告诉了她生命在性方面的真相。

6. 费利克斯也在舞会上。为了近距离观察奥勃洛莫夫，他搞到一份临时服务员的工作。他并不打算今晚就杀掉亲王，原因不过是他还没有买武器的钱。他在一条走廊里看见了莉迪亚，听到别人称她为瓦尔登夫人。他大吃一惊。莉迪亚注意到他，然后面色煞白地走开了。他紧随其后，要求见她。她拒绝。但他感觉到自己对她仍旧有点影响力，现在他知道去哪里搞钱买谋杀奥勃洛莫夫的武器了。

7. ……在回家的路上，看到有个女人睡在人行道上，夏洛特坚持停下马车，去和那个女人说话。那个女人是萨拉，她曾是瓦尔登庄园的女佣。萨拉说自己因为怀孕被开除了……回到家后，她（夏洛特）冲母亲嚷嚷……她决定了，从现在起要为自己弄清真相（而不是忍受那种似乎只想蒙蔽她的教育）。

8. 莉迪亚三十九岁，风韵犹存，也有自己的麻烦事。早在1894年，在圣彼得堡，瓦尔登向她发起旋风般的追求，她便嫁给了他。她一直都很喜欢丈夫，但在青春期对费利克斯的激情也始终存留心间。而且，她嫁给瓦尔登时并非处女，对此她始终心怀愧疚。这种愧疚为他们的婚姻笼罩上阴影。如今，费利克斯再度出现在她的生命中，她心烦意乱。尽管她对他再也没有身体上的欲望，但愧疚与记忆犹新的爱意混在一起，让她极易受到他的伤害。在这样的骚动之中，她完全无法直视丈夫的眼睛，因此对他冷淡起来，拒他千里之外。

第三部分

9. 费尔冯琴了解奥勃洛莫夫的一举一动，因此能够给巴雷信息，让他成为费利克斯的左膀右臂。作为回报，费利克斯有义务让巴雷对自己的计划知情，因此费尔冯琴就能知道费利克斯在干什么。

现在，巴雷按照费尔冯琴的指示，带费利克斯去克勒肯维尔见一个做炸弹的波兰人，那是个疯狂的老化学家。费利克斯说他需要一个有定时装置的大炸弹。化学家报了价。我来筹钱，费利克斯说。

瓦尔登不在家时，费利克斯拜访了莉迪亚（他给了个假名，便获准进入）。他告诉莉迪亚他需要多少钱，并要求她在一周之内见他。莉迪亚迫不及待地想摆脱他，并担心瓦尔登会知道她的婚前情事，因此答应了。

10. 瓦尔登和奥勃洛莫夫就战争动员和军事谋划交换了信息。他们开始起草协议，根据这份协议，无论德国进攻法国还是俄国，英俄双方都将出兵进攻德国。奥勃洛莫夫或许在面对女人时很无助，但绝对是个强硬的谈判者。初次面谈卡在"进攻"这个词的定义上。

之后瓦尔登散了一会儿步。他已经注意到莉迪亚近来的情绪，对此略微有些恼怒。他发现自己经过了切尔西的一栋小房子，那是伯妮塔·卡洛斯的家，她的真名是莫尔陶·詹金斯。邦妮[1]是19世纪90年代的伦敦花魁。瓦尔登年轻时曾为她疯狂，事实上，这小房子就是他送给她的。她现在什么样了？他很好奇。上帝啊，她肯定有五十岁了。他继续往前走。

11. 夏洛特结识了先锋派艺术家，并宣布要参加争取妇女选举

1　邦妮：伯妮塔的昵称。

权的游行示威，令她的父母担惊受怕。

12. 莉迪亚此刻的难题是，她压根没有钱。家计开销都是由用人负责，而且他们不用现金——店主都是给瓦尔登寄账单，由他付支票。莉迪亚的裁缝、制帽师等也全都是寄账单。如果莉迪亚购物途中去皇家咖啡馆喝晨间咖啡，她就签单。她的个人财产包括不动产和股份，是不可能在家庭律师不知情的情况下卖掉的，这名律师是瓦尔登的好朋友。她本人并没有银行账户。因此，她极度尴尬地拿着一些珠宝去哈顿花园，把它们卖掉了。

13—14. 在争取妇女选举权的游行中，有个高大粗鲁的俄国男子救了夏洛特，使她免于挨打。他自称费利克斯……他把夏洛特带回自己的住处，诱奸了她。

15. 瓦尔登让莉迪亚佩戴她已经卖掉的某样首饰。她告诉丈夫首饰送去修护了。第二天，他在商店橱窗里看到那件首饰正在售卖。他冲了进去，指控店家偷窃。经理带他去了办公室，解释说这种事很罕见，有位女士出于秘密目的需要现金，因此背着丈夫出售了一些珠宝……瓦尔登深感蒙羞，把那些珠宝买了回去。随后他雇了一名私家侦探跟踪莉迪亚。

16. 依照费利克斯的指示，莉迪亚在一家餐厅预定了包间，同他在那里吃午餐。她把钱给了费利克斯。现在他又提了别的要求：一份工作。她写了封介绍信给瓦尔登庄园的管理员，让他雇用费利克斯当园丁。

第四部分

17. 侦探向瓦尔登报告说，莉迪亚同一名男子在餐馆包间共进午餐，男子同她年纪相仿，他们用俄语交谈。侦探尾随男子回家，因此掌握了他的住址。

瓦尔登指示侦探把费利克斯查个底朝天。

随后瓦尔登去见邦妮。她如今是个五十岁的妇人，安逸，丰满，欲火中烧，不再做妓女，靠投资所得生活，有点寂寞。看到瓦尔登，她格外激动。他们在床上度过了一个美妙的下午。瓦尔登开始考虑可以用什么方法少和莉迪亚待在一起，多同邦妮相处。

18—19. 费利克斯说服夏洛特，必须绑架奥勃洛莫夫，于是夏洛特说服妈妈在瓦尔登庄园为奥勃洛莫夫举办一场周末派对，暗示他可能会求婚。

20. ……爱德华·格雷爵士告诉瓦尔登，他必须在几天之内同奥勃洛莫夫签订协议（当然，协议还需要经政府批准）。瓦尔登说，他觉得奥勃洛莫夫下周末就会在瓦尔登庄园签约。

第五部分

21. 周末派对前的那个周四，费利克斯去克勒肯维尔取炸弹。化学家给他详细介绍了炸弹的构造。设置定时器是个精细活：必须先启动炸弹，然后再设置定时器，也就是一个闹钟。闹钟会在爆炸前两秒响起。如果没有被沙包那样柔软又厚重的东西闷住，炸弹就会炸死屋子里的所有人。

费利克斯带上炸弹，前往瓦尔登庄园。

22. 星期五早上，私家侦探向瓦尔登汇报。他说，费利克斯是个无政府主义者，昨天他去见了一个男人，那人是警察都知道的炸弹制造者。随后费利克斯乘火车去了萨里。

瓦尔登当然想到费利克斯可能是要刺杀奥勃洛莫夫。他要求俄国使馆为亲王派遣贴身保镖。他很好奇莉迪亚在这件事中扮演的角色，却又不敢去问她。

他忽然想到，如果奥勃洛莫夫被暗杀，秘密协议就毁了，俄国可能就不会参战。

23. 费利克斯此刻正在瓦尔登庄园里做园艺工作，他听说了贴身保镖的事，想方设法与房子保持距离（这里没人知道他是俄国人——他自称菲利克斯·莫罗）。

星期五晚上，他和夏洛特在凉亭里做爱。随后他告诉她，星期六下午四点钟，准时把奥勃洛莫夫诱骗到凉亭来。

24. 星期六一早，莉迪亚在瓦尔登的衣橱里发现了自己卖掉的珠宝。她决定坦白……

25. 费尔冯琴通过巴雷知晓了费利克斯的计划。午饭过后，他撤掉了奥勃洛莫夫的贴身保镖，声称奥勃洛莫夫拒绝他们跟随左右（费尔冯琴认为，在否认这一说法前，奥勃洛莫夫肯定已经命丧黄泉了）。

莉迪亚独自向瓦尔登坦白一切。瓦尔登没时间庆幸妻子还爱着自己，很显然，她的自白揭示了一场暗杀正在瓦尔登庄园上演！瓦尔登开始搜寻——无论是费利克斯、奥勃洛莫夫，还是夏洛特，全都不见踪影。

26. 奥勃洛莫夫独自走在林中，心里想着夏洛特是否会答应他的求婚……

夏洛特去了凉亭，发现费利克斯正在给炸弹定时，于是告诉他，他可能会连自己未出世的孩子都给炸死。他纵身扑向炸弹……

27. ……瓦尔登和莉迪亚和好如初，又度了一回蜜月……夏洛特答应嫁给奥勃洛莫夫。

世界陷入战争。

尾声

八十五岁高龄的夏洛特同彼得和丽兹聊了一整天。午餐时间，他们在凉亭共享三明治；晚些时候，等到所有游客都离开后，他们又在庄园宅邸的大厅里享用了晚餐。此刻，临近午夜，夏洛特给故事收尾。她的的确确嫁给了奥勃洛莫夫。他被任命为俄国与英国的军事联络官，因此战争期间都留在伦敦。革命期间，他失去全部家产，但瓦尔登让他当了一家银行的董事。让所有人大跌眼镜的是，他成了非常成功的国际银行家。瓦尔登颇为长寿，但在大萧条期间失去了钱财。莉迪亚的外孙们把瓦尔登庄园变成旅游胜地，重振了家族经济。

"真是个精彩绝伦的故事。"彼得说，"你该写本书。"

夏洛特哈哈大笑："没人会信的。"

"或许吧。"彼得沉思道。"好吧，"片刻后他说，"你可以把这些事写成小说。"

对第二版大纲的分析

如你所见，从第一份大纲到第二份大纲，福莱特做了大量修改，全都是至关重要且相当不错的改进。其中一些变化所带来的影响从根本上改变了整个故事，而我要特别指出的就是这些变化。

两名间谍头目不再是主要行动的编曲师。凯尔这个角色消失了，施泰因豪尔也是一样，所有涉及德国参与的部分都被删除了。收缩焦点，现在暗杀企图完全成了俄国人的事情。费利克斯成了俄国人，他在行动时多少得到了新人物费尔冯琴的协助。然而，这位俄国秘密警察代表并没有直接影响任何主要人物。你将在后面的草稿中看到，福莱特明智地把他和巴雷（前者手下可怜的密探）这两个人物从故事中去掉了。

巴雷、费利克斯和费尔冯琴都是反面人物，没有行动力极强的主要人物对他们进行强有力的阻挠，故事的焦点仍旧涣散，但比第一版大纲要好多了。纯粹政治性的情节都得以改头换面，转换成由人物和人物关系推动情节。

第二版大纲让四个主要人物——费利克斯、瓦尔登、莉迪亚和夏洛特——更加突出了一些，这四个人物的形象都有了进一步拓展，并且彼此之间被赋予了新的私人羁绊。

费利克斯不再是个唯利是图的德国人，而是变成了理想主义的俄国革命者。他年轻时是圣彼得堡的穷学生，疯狂地爱上了富有的贵族少女。瓦尔登夫人在第一版大纲里是纯正的英国人，现在成了俄国人。她成了费利克斯很久之前的女朋友，如今仍旧为年轻时的情事心怀愧疚，与此同时，又对这个她曾经挚爱的男人怀有强烈的感情。费利克斯在夏洛特初入社交界的舞会上发现了莉迪亚，大为震惊。基于从前的亲密关系，他可以利用她搞到购买炸弹的钱。随后瓦尔登发现莉迪亚消失的珠宝首饰，这点燃了他对妻子的怀疑，促使他雇用侦探，查明了费利克斯的底细，还导致他与从前的情妇旧情复燃。这一连串的因果关系推动了情节发展。要注意，这些都不曾出现在第一版大纲中。然而，在最终版大纲里，一系列错综复杂的线索将故事紧密串联起来，与之相比，这一版里的这些小线索显得微不足道。

在这版大纲中，费利克斯呈现出新的魅力。通过莉迪亚，他同瓦尔登一家之间的紧密关联开始激发我们的同情。他被改写为一个有追求的男人，不再是个职业杀手。在新版本中，他没有钱，也没有晋升的可能。他自己决定咬住奥勃洛莫夫不放。同时他还是个坐过牢、承受过严刑拷打的人，他曾深深热爱自己被残酷偷走的人生。因此我们会为他感到遗憾，并对他的举动抱有些许理解，但他冷酷地杀害了巴雷，这可不怎么温暖。他仍旧冷血，是个白璧有瑕的反面人物，比起强有力的人物来，这个人物的格局依然略小，不那么善良，而强有力的人物才能在最终成形的书中占据支配地位。

瓦尔登和奥勃洛莫夫亲王之前顶多就是舞台布景，现在他们的角色延展了，也更重要了。初入社交界的英国贵族小姐们都在寻觅富有的贵族丈夫，而奥勃洛莫夫这个有爵位的俄国单身汉不再仅仅是个富有的猎物，这个人物现在是带着绝密使命来伦敦——作为沙皇的侄子和私人使节，就一份协议同英国进行谈判。他还被设定为莉迪亚的远亲。但福莱特没给他什么事做，他只是同瓦尔登进行了一场谈判，还向夏洛特求了婚。

与他对称的人物是英国人瓦尔登爵士。瓦尔登会说俄语，在圣彼得堡与莉迪亚相遇并结合。瓦尔登的任务很重。如果他能让奥勃洛莫夫同意英国政府提出的条件，那么英国就能于一触即发的战争中战胜德国。现在我们能够理解瓦尔登，甚或开始同情他。我们之所以会生出这种感情，是因为他遇到了更为沉重的个人问题，他挚爱的妻子和女儿双双背叛了他。可以说，这是刺向他的匕首，同时对奥勃洛莫夫以及瓦尔登志在必得的协议构成致命威胁。但在这份大纲中，福莱特尚未让瓦尔登积极参与到暗杀情节中来，因而对他的个性呈现还是有些枯燥乏味，尤其是刚发现妻子闷闷不乐就同前情妇旧情复燃，更何况他还雇用侦探，而非亲自采取行动。

莉迪亚之前几乎没有存在感，现在却因为她的过去成了故事情节的主发条。这段过去导致她对费利克斯和丈夫的感情皆充满矛盾。她很怕年轻时的情事被人知晓，因此觉得必须给费利克斯一些钱，所以典当了一些珠宝，甚至为他写了推荐信，帮助他在瓦尔登庄园谋得职位。瓦尔登识破她的谎言，她羞愧难当，最终向丈夫坦陈一切。作者给了她颇为棘手的困境，使她成了主要人物，获得血肉，并且这一人物形象极有可能获得读者的深切同情。

从本质上来说，夏洛特在这两份大纲中并无不同，二稿只是增加了她和贝琳达的情节。在性这一话题上，维多利亚式的刻意沉默过分拘谨，在姐妹俩互动的场景中，夏洛特对于性的天然好奇响亮地甩了这种沉默一耳光。这些情节在最终版本中都得到调整，但就丰满夏洛特这一人物而言，这些都是进步。

最后，说一说新出现的楔子和尾声。福莱特将瓦尔登庄园设置为现今依然存在的地方，并让古怪的老妇人夏洛特和临时造访庄园的当下美国人物产生关联。我回忆起他之所以增加这些内容，是为了让发生在六十五年前的故事离当代读者更近一些。成书里的确有个尾声，但你会发现它同这一版的尾声没有丝毫相似之处，而且成书里也没有楔子。彼得和丽兹在凉亭里抽大麻、做爱给了故事轻快的基调，但这同之后的严肃故事没有任何关系。年轻游客在此取乐甚至削弱了小说的冲击力。因此，得把这看作失误，是个错误的开头。当你再读一遍自己写的情节和章节，并突然意识到它们并不该存在于你的小说中时，千万不要灰心丧气。

第三版大纲

楔子同上一版大纲基本一样。

一

1. 1894 年，第七代瓦尔登伯爵即将离世。他是维多利亚时代的典型贵族，热衷打猎、射击、钓鱼等活动，在临死时已经度过六十年美好人生。今天，他坚持要起床。他穿了件厚实的外套，裹得严严实实，穿过树林，去瓦尔登夫人的花园小筑，焦虑不安的用人伴随左右。他已故的妻子造了这栋小建筑，名义上是为女儿们建造的，可她只有两个儿子，并没有女儿。她不是个理智之人，从前总是自己在这里玩耍。年迈的伯爵四下散步，回忆妻子，最终落脚在城垛上，筋疲力尽，行将就木，凝望着妻子深爱的这片风景。他的小儿子乔治来了。伯爵询问起大儿子斯蒂芬。"他在圣彼得堡。"乔治回答。伯爵嘟哝道："他在那儿可没多少机会打猎。"而后他便去世了。

2. 1894 年，圣彼得堡最美丽的女人是莉迪亚，一位伯爵的女儿。她年芳十九，散发着脆弱而苍白的美，并且相当值得尊敬：衣着朴素，顺从父母，恭敬兄长，是个虔诚的教徒，按时做礼拜，极为理想主义，哪怕是最轻微的不当行为也能让她昏厥过去。然而，这一切从某种程度上来说都是一种表演，因为她正与一个名为费利克斯·莫罗茨夫的无政府主义学生秘密恋爱。这场恋爱疯狂而激情洋溢。

……他（费利克斯）在成长过程中一直认为自己与众不同，是个天选之人，只是暂时寄住在小资产阶级之中。他发展出一套极为威严的举止，本能地擅长在心理上占据支配地位。在他们没能支付他养父商店的账单时，他学会了蔑视贵族（他从前幻想自己是他们的一分子）。他看上去营养不良：个子很高，瘦得麻秆儿似的，脸色苍白憔悴，一双大眼睛总是盯着什么看。他暴躁，狂热，理想主义，并对整个世界心怀怨愤。在大学里，他成了无政府主义者。他之所以形成这样的政治观点，从理智上来说是有理由的，但激情则来自个人的困惑与仇恨。

这天晚上，莉迪亚在去英国大使馆参加欢迎会的路上偷偷抽出一个小时，与费利克斯相会。一如往常，在他们做爱时，她在达到高潮的瞬间大喊一声"救命"。

她来到使馆，喜不自禁，妩媚动人，并俘获了来访的英国人的心，那人便是斯蒂芬·瓦尔登。

年轻的瓦尔登即第八代伯爵，很像他父亲。他们实在太像了，所以无法一起生活。斯蒂芬生于1864年。在学会走路前就学会了骑马，学会写字前就学会了射杀猎物。他入读伊顿公学，结果因为行为不端被退学，之后入学牛津，获得历史学位，震惊了所有人。1887年，他初次造访非洲，在那里迷上了大型狩猎。

在第一次非洲之旅中，他收获了一名男仆，这名男仆从此陪伴他一生。普里查德是年十六岁（瓦尔登二十三岁），是伦敦衬衫制造商的儿子，聪慧，愤世嫉俗。他离开英国，跑到海上，后来在南非的桑给巴尔岛落脚。这两个游猎男子建立起亲密关系。普里查德对瓦尔登非常忠诚，但大体上看不起英国的统治阶级。而瓦尔登对仆人向来冷漠，但每当两人单独相处时，他都是以公司总裁同总经理说话的方式同普里查德讲话。

在伦敦时，瓦尔登追逐放荡女子……但邦妮呢，她是个歌手，当威尔士亲王喜欢上她时，她就把瓦尔登给甩了。

在那之前，瓦尔登已经发现英国令人窒息，所以他根本不怎么待在英国。他是个焦躁不安的年轻人，活着就是为了玩。他每年参加一次游猎，在两次游猎之间环球旅行。作为伯爵爵位的继承人，他在各国首都受到英国使馆的款待。外交官早已听闻他纨绔子弟的名声，却惊讶地发现他如此聪慧，并对全球政治颇有见地，且极具语言天赋。事实上，他正在为一些事情打基础，这些事之后会在外交事务中变得举足轻重。

在今晚的餐会中，他被安排坐在莉迪亚旁边。同他一贯追逐的女人相比，莉迪亚实在过于端庄，但他发现她很有魅力。他心想，如果我想娶妻……但我不想。而她呢，对费利克斯的感情根深蒂固，所以同他调情只是点到为止。

当天晚上，一封来自英国的电报告知他父亲去世。这个消息对他产生了诡异的影响。他没有流泪，但取消了一场赌局，整夜枯坐，陷入沉思。

3. 第二天一早，莉迪亚的父亲（老伯爵）告诉她，他发现了费利克斯的事。他怒不可遏。莉迪亚冲出家门，去了费利克斯租住的屋子，决定同他私奔。但费利克斯已经不见了——房东说他被逮捕了，因为他是无政府主义者。

与此同时，斯蒂芬前来拜访老伯爵，正式请求对方同意自己追求莉迪亚。斯蒂芬现在是第八代瓦尔登伯爵，人人都尊称他为"阁下"。老伯爵答应了，让他明天再来。

莉迪亚回来了，谴责父亲导致费利克斯被捕。老伯爵承认了。他还说，此时此刻，费利克斯正被警备队严刑拷打，警备队就是沙皇时代的秘密警察，他们企图让他供出其他无政府主义者。莉迪亚惊慌失措。她先是尖叫，随后乞求父亲让警备队释放费利克斯。"我什么都愿意做。"她说，"你想让我做什么都行！"父亲回答："你愿意嫁给斯蒂芬·瓦尔登吗？"

二

1914 年……大英帝国最后一个漫长的夏天……

1. 斯蒂芬·瓦尔登在父亲去世后娶了莉迪亚，将她带回英国。他搬入瓦尔登庄园，进入上议院，成家立业。

他发现，由于维多利亚后期农产品价格大崩溃，家族命运多少有些不济。当其他乡村地主嚷嚷价格保护时，瓦尔登将钱投入伦敦的地产与铁路，父亲一生都不曾像他此刻这么富有……他高大壮硕的身躯还没有沦落到肥胖的地步，不过腿因痛风而肿胀，他需要挂着手杖走路……他在萨里猎狐，在苏格兰射松鸡，但这同大型打猎活动不可同日而语。夜深人静时，他常和普里查德坐在枪房里喝波特酒，一起追忆在非洲的日子。他们身边环绕着狮子、大象和犀牛的头，这些动物头颅全都填充过，镶在墙壁上……

在英格兰看来，欧洲似乎正被日益富有且极具侵略性的德国威胁着。比方，德国钢铁年产量已经超越英国，并且继续增长。

英格兰海军是贸易大动脉的守卫者，大家普遍认为，英格兰海军比两个实力次之的强国的联合海军更强大，然而德国赶上来了，并拒绝协商军备限制条约。过去一年中，德国的战争准备已昭然若揭。德国政府征收了一种新税，筹措了10亿马克，是欧洲历史上的税收之最。这些钱被用于扩大征兵（所有健康男性都囊括在内，无人豁免），同时增加相应的军备。在伦敦金融市场上，德国商行一直在做保理信贷，也就是借款者如果能提前支付欠款，欠款打折。结果便是，世界上其他国家都欠德国的钱，德国收回了债务。简而言之，德国准备好开战了。

……德国害怕在两线作战，所以其外交目标是使俄国保持中立。其中一次尝试差点就成功了，但瓦尔登亲自出手，挫败了德国的努力。1906年，德国皇帝说服意志薄弱的沙皇签署了《比约克条约》。如果签约者们真的遵守这份条约，那势力均衡的局面将从根本上得以扭转。但事实上，这份条约刚签完就被人抛在脑后，这其中多少有瓦尔登的功劳。他被派去圣彼得堡，说服沙皇违背条约。回首往事，瓦尔登视此为人生的巨大成功……如今，瓦尔登受命代表英国同奥勃洛莫夫进行秘密会谈，后者将住在瓦尔登位于伦敦的家中。

瓦尔登对国际外交世界并不陌生，可就算如此，使命之重大还是让他心怀敬畏，毕竟他的任务是让俄国站到自己这边来。他本人也渴望这一结果，这当然有充分的理由：他热爱俄国，他的妻子是俄国人，他在横穿西伯利亚的铁路上投了很多钱。但更为重要的是，他相信，如果俄国保持中立，德国就能攻占全欧洲。

2. ……夏洛特是独生女，在深爱她的家人和用人的陪伴中长大。她生性纯良，没有被宠坏，尽管她很任性（和父亲一样）。在1894 年，出于体面，她的父母以不同方式克制自己性格中追求自由的那一面，而他们被压抑的本能在孩子身上突显出来。无论他们是否意识到，每当年幼的夏洛特从婴儿床上跑出去时，瓦尔登和莉迪亚总是面露微笑。

尽管如此，夏洛特接受的教养一直非常狭隘。她始终在家接受教育。她唯一的真朋友是表妹贝琳达，贝琳达与她处境相仿（贝琳达并非独生女，但她的三个弟弟还很小）。夏洛特从来没有见过穷人的家，事实上，她连家中用人的住处都没见过，而且父母也不允许她同用人和佃户的孩子玩耍。（莉迪亚还记得自己遇到费利克斯这种普通人时，完全无法招架那可怕的诱惑。她很怕女儿会遭受同样的痛苦……不过夏洛特会说俄语和法语。）

任性，有教养，受到过度保护……除此之外，她还有一个更关键的特质：理想主义。她意识到，只有欧洲贵族白人才有资格获得财富、掌握权力、游手好闲，但她不明白为什么全世界的人不能都吃饱穿暖、幸福快乐。她遇见的所有人都很有钱，父亲则是个典型的慈父般的乡绅，年份不好的时候给佃户提供援助（同时也从他们那里收取高额租金），对用人照顾有加（同时支付微乎其微的薪水）。但夏洛特对负面的事情一无所知。她所知道的全部就是，老用人都能得到小房子和退休金，刚分娩的妈妈会收到一篮子补给品，凛冽严冬时节人人都能喝上热汤。

终于，夏洛特出落得和妈妈一样亭亭玉立。眼下，她的美完全是天然的：纯真的微笑，清透的肤色，步态优雅。但她很快就会学着如何像女人那样穿衣打扮，之后便会魅力四射。

……旁观妈妈和爱德华时代的其他女性，夏洛特意识到，她们总是忙于社交活动，然而说到底，她们其实什么事情也没做。如同所有十几岁的少女，她感到自己需要选择成为一个怎样的人，无所事事的人生前景让她一点也开心不起来。这是夏洛特挥之不去的青春期认同危机。为了解决这一问题，她正如她的父母在1894年时一样，必须在自由和责任之间做出选择……

（维多利亚时代，对于性的沉默是人们之间的一种隐秘共识，但这种共识往往不能像在夏洛特身上这样有效。穷人的孩子睡在逼仄的房子里，那里没有容纳秘密的空间；中产阶级的孩子从学校里的朋友那儿学到性知识；贵族男孩去念寄宿学校；就连贵族少女也能从哥哥们那里了解性。只有像夏洛特和贝琳达这样的女孩才可能真的对性一无所知，她们被保护在温室里，与世隔绝。）……

3. 迪特尔·哈特曼是德国驻伦敦大使的高级助理，对于欧洲局势，他心中的画卷与瓦尔登的大相径庭。他为祖国的艰难图强感到骄傲。他问，哪里明文规定了英国就该统治世界，德国就该永远屈居第二？

问题是，由于英国搞出的包围政策，德国面临着在世界其他地区遭到排挤的风险，尤其是在美洲、非洲和远东地区。德国被大量敌对国家包围：法国、比利时、英国和俄国。意大利摇摆不定，巴尔干地区动荡不安。德国通往北美的唯一路径就是穿越北海[1]，而英国拥有这里的制海权（因此，只需海军方面的限制条约，英国就能轻松维持现状，让德国受困，英国不断提议签订这类条约，仿佛这么做才是真正的理智之举）。德国通往非洲和中东的路线要经过盟友奥匈帝国和巴尔干，因此德国才怂恿奥地利侵略巴尔干。而德国通往东方的唯一路线是穿过波斯，但英国和俄国刚刚将这里瓜分完毕（英国还得到了波斯的石油，为新一代快速战舰提供了燃料）。德国也像其他国家一样渴望殖民地，但其在非洲所走的每一步都被操控非洲的势力指责为惹是生非，那些国家早已在富庶地区站稳脚跟。德国还有其他方法免于被人扼住咽喉吗？悲观主义者哈特曼只看到一条路：战争。

1　北海：大西洋东北部边缘海，位于欧洲大陆的西北，即大不列颠岛、斯堪的纳维亚半岛、日德兰半岛和荷比低地之间。

哈特曼通过安插在俄国大使馆的间谍了解到奥勃洛莫夫即将到访……瓦尔登希望俄国和英国结成牢固同盟，哈特曼则迫不及待地想要挑拨两国的关系。现在，奥勃洛莫夫来访，他看到这或许是自己达成目的的最后机会……

哈特曼看到，在大战前夕，如果一个俄国无政府主义者在伦敦暗杀了沙皇最宠爱的侄子，那么两个国家之间的摩擦便有可能激化为全面争端……至少，谈判肯定会流产。而最好的结果是将俄国排除在战争之外。

哈特曼叫来线人安德烈·巴雷，让他冒充成法国布尔什维克党人，密切注意那些不安分的德国流亡者，他们极有可能谋划集体回国。哈特曼问巴雷："伦敦的俄国革命领袖是谁？"

"这个嘛，"巴雷说，"既然乔伊·斯大林那小子离开了，我猜就是费利克斯·莫罗茨夫了。"

4. 莉迪亚成婚后的第二天，费利克斯就被释放。他离开大学，一身僧侣打扮，在俄国乡间漫游，宣扬无政府主义者的福音。最终他再次被捕，被判终身监禁，关押在西伯利亚。数年后，他逃出来，辗转去了英国。他知道莉迪亚结了婚，离开了俄国，但他并不知道她去了哪儿，也不知道她现在的名字。但他并没有忘记她：只要梦到性事，梦里的女人便总会在高潮时用俄语高喊"救命"……

每隔几个月，他都要和一小群与政治毫无瓜葛的恶棍闯进房子行窃，以此筹钱。费利克斯将所得大部分都用在无政府主义事业上，他在个人生活中非常节俭……他通过自己的独断专行和熊熊燃烧的传教热情控制自己参与的任何团体。然而他的内心深处并不满足，因为在伦敦的三年里，他的无政府主义事业并无进展。与此同时，俄国一片混乱：超过一百万工人正在罢工；杜马（国会）就是一无是处的摆设；石油工人根本就是在同哥萨克打仗。整个国家就是个等待火星的火药桶。费利克斯想成为那颗火星，但他很清楚，一旦踏上俄国领土，他就会被遣送到西伯利亚。在西伯利亚他还能有何作为？可他在伦敦又能做什么呢？

这一天，费利克斯的老熟人安德烈·巴雷来到朱比利街俱乐部，并且带了个名叫迪特尔的德国无政府主义者来见他……询问费利克斯是否有兴趣协助暗杀奥勃洛莫夫。

三

1. 六月四日，夏洛特现身宫廷。这是英国王室成员最盛大也最荣耀的仪式，国家的贵族少女在白金汉宫接受君主检阅。"宫廷盛装"必不可少。对于女人而言，这意味着白色长裙，低胸紧身衣，三四米长的裙裾，镶有三根白色羽毛的头冠，以及将几乎全部传家宝都佩戴在身上。男人们则身着天鹅绒马裤和长筒丝袜，佩戴所有勋章。在仪式的主要部分，国王与王后坐在宝座之上，初入社交界的贵族女孩依次从他们面前走过。

夏洛特的初次亮相被一场意外事件给毁了（有真实历史可

考）。排在她前面的女孩突然跪倒在地，说道："陛下，看在上帝的分儿上，别再折磨女人了！"两名男仆将她推走。国王夫妇表现得毫不在意，但夏洛特万分紧张。她猜那女孩肯定是彻底疯了，眼下没有人会告诉她还能有什么别的原因。

2. 经由俄国大使馆里的间谍，哈特曼知晓奥勃洛莫夫抵达的日期和具体时间。他和费利克斯去维多利亚火车站一探究竟。他们差一点没找到奥勃洛莫夫。奥勃洛莫夫搭乘私人车厢来到这里（是从国王那儿借来的，毕竟他是国王的亲戚）。下车后径直上了瓦尔登的劳斯莱斯。费利克斯和哈特曼匆匆瞥见一个英俊潇洒、衣着华贵的年轻人。费利克斯的想法很阴暗。奥勃洛莫夫代表着对俄国的酷刑、奴役和饥饿负有责任的政权，但他也代表推翻残酷政权的机会。两名陪同奥勃洛莫夫出行的仆人把堆成山的行李装进车子。费利克斯和哈特曼跟着随从来到圣詹姆斯公园边上的一栋大房子，那是瓦尔登伯爵的家。

莉迪亚在大宅里迎接了奥勃洛莫夫。她三十九岁，仍旧美丽动人。1894 年以来，她的公众形象就没怎么变过：英国化了，仍旧值得敬重，扮演着爱德华时代信仰坚定的贵妇。但表面之下又在涌动怎样的暗流呢？

……她叛逆的激情仍没死透，只是休眠了。她结婚时，奥勃洛莫夫还是个十岁的孩子。他的出现尴尬地唤起她内心沉睡的情愫。

奥勃洛莫夫讲一口流利的英语。他谈论俄国，但对于沙皇政权，他的核心观点似乎有点偏激……

……夏洛特（极为迷人）一进屋，他就紧张起来，打翻了茶杯，突然出现了浓重的俄国口音，满脸通红，结结巴巴。但此刻，夏洛特隐藏的天资开始萌芽，她利用自己独特的天真魅力，逐渐让他放松下来。

屋外，费利克斯和哈特曼在公园散步，讨论刚刚目睹的一切。奥勃洛莫夫似乎不愿抛头露面。他绝不会是个容易得手的目标（或许他知道自己可能被暗杀）。

"我们必须得想办法进到房子里。"哈特曼说，"但怎么进去呢？"

"我有办法。"费利克斯说。他给哈特曼看了刊登在杂志社会版的一则新闻：瓦尔登要举办化装舞会，介绍奥勃洛莫夫。"那就是我杀他之时。"费利克斯说。

四

1. ……德国已经拓宽基尔运河（6 月中旬），他们的无畏舰能够往返于北海和波罗的海之间，瓦尔登和奥勃洛莫夫的协商因为这一消息更加紧迫。这是德国关键的战略项目，如果不这么做，他们就无法赢得海战。

但奥勃洛莫夫扔出重磅炸弹。

俄国的长远目标非常宏大——拥有一处不冻港。俄国有黑海海岸，但黑海与地中海之间由狭窄的水道相连，也就是博斯普鲁斯海峡，在伊斯坦布尔边上。博斯普鲁斯海峡的欧洲和小亚细亚海岸全都被掌控在奥斯曼土耳其帝国手中。在巴尔干，俄国一直支持斯拉夫民族主义，希望在斯拉夫人赶走土耳其人后，俄国能够在博斯普鲁斯海峡自由通行。但比起让斯拉夫人控制博斯普鲁斯海峡，最好还是由俄国人自己控制。奥勃洛莫夫宣称，如果在即将到来的战争中，俄国要为协约国而战，那合作的条件便是英国承认巴尔干半岛属于俄国势力范围。

瓦尔登当然并没有得到商讨这件事的授权，他把这个问题提交给外交部，谈判延期。

2. 这是夏洛特这辈子头一回读报，她由此了解到争取妇女选举权的运动。她强烈反对女人打破窗户、划破画作。她和普里查德聊了在皇宫里露面的那个女孩。普里查德解释了折磨的含义：那些从事妇女参政运动的人被关在牢里，正持续绝食，因此被强迫进食，过程有辱人格且痛苦。夏洛特拒不相信。

但她并没有多想这件事，因为今天举办化装舞会，一整天屋子里都人声鼎沸。大家正将舞厅装扮成苏丹皇宫的样子。夏洛特要装扮成小波比[1]，屋外的马厩里有一只毛茸茸的白色小羊羔，特别可爱，会让她的装扮更加完整。

与此同时，哈特曼买了一对决斗手枪，并做了测试。费利克

1　小波比：英国一首著名童谣中的女性形象。

斯租了迪克·特平[1]的套装，佩戴了面具。

舞会开始前，在舞厅旁边的接待室里，夏洛特、莉迪亚、瓦尔登和奥勃洛莫夫站成一排，迎接客人到来。

费利克斯乔装而来。他虚张声势地进了正门（他并没有邀请函），来到接待室门口。他自称迪克·特平，引导员依样宣告，所有人哄堂大笑。他完全没有理会那一排人，而是朝奥勃洛莫夫逼近，并掏出手枪。大家依旧觉得这是个玩笑。费利克斯高喊："你的死将解放俄国！"莉迪亚用俄语惊叫道："救命！"一如她曾经和费利克斯做爱时那样。费利克斯惊呆了。他盯住莉迪亚，认出了她。在费利克斯犹豫的瞬间，瓦尔登举起手杖，痛击费利克斯双手手腕。枪掉在地上。他又凝视他们片刻才转身逃走。

有那么一瞬间，所有人都吓呆了，动弹不得。而后瓦尔登捡起掉在地上的决斗手枪，上了保险。"空包弹。"他撒谎了，"一个没成功的玩笑。真好奇这个蠢蛋是谁。"

舞会继续。

五

1. 费利克斯郁闷地想着莉迪亚。他确定自己完全可以再勾引她一次。可他对她的感觉不是爱。他梦想着她赤身裸体，乞求他同自己做爱。在他的幻想之中，他拒绝了。他也想到了瓦尔登。

1　迪克·特平：英国非常有名的拦路强盗。

所以那个患了痛风的老乡绅就是偷走了莉迪亚的家伙！瓦尔登用手杖击打他的手腕，费利克斯的骄傲受到伤害。

费利克斯想破坏这个家庭。

他认为可以在谋杀奥勃洛莫夫的过程中达成这一目的。

但奥勃洛莫夫消失了。

哈特曼同大使馆的间谍沟通。尽管瓦尔登圆滑地将迪克·特平事件一笔带过，但他和奥勃洛莫夫都知道这是一次如假包换的未遂暗杀。因此，奥勃洛莫夫离开公园里的那栋房子。他的行李被送到大使馆，而后直接又被从后门送了出去，没人知道送去了哪儿。但谈判还在继续。

回到德国大使馆，哈特曼听说了足以震动全欧洲的新闻：弗朗茨·斐迪南大公在波斯尼亚的萨拉热窝遇刺身亡。

必须得找到奥勃洛莫夫。

2. 费利克斯采取了一个反常的冒险举动：在瓦尔登出门时，他敲响大门，要求见莉迪亚。他报上的名字是大卫·庞森贝-戈尔，于是他被领去起居室。莉迪亚看到他后面色煞白。她坚决不看他，也不同他说话（注意，她并没有将他同迪克·特平事件联系在一起）。他阻止了她叫男管家来。他并没有预料到她这种极为可笑的反应，他意识到，此时此刻，就在这里，他无法哄劝她透露奥勃洛莫夫的行踪。但是，他如果空手离开，恐怕不会再有第二次机会。于是他紧抓救命稻草，向她要钱。她说自己没有钱。"那我就不得不找你丈夫要了。"他说。"别！"她尖叫。她的反应证实了费利克斯之前的猜测：瓦尔登对莉迪亚的婚前情史一无所知。这让费利克斯多少能掌控她。他让莉迪亚三天之后在一家餐厅同他见面，要带上钱。随后他便离开了。

3. 夏洛特参加了贝琳达的亮相舞会。这是盛大的场合，所有姑娘都身着绝美长裙，男子都打了白领带，穿着燕尾服。贝琳达堕入"放荡"之流：穿露出脚踝的裙子，跳火鸡舞，在餐厅里抽烟，去看拳击比赛。在瓦尔登夫人的花园小筑那个下午后，她了解到人生在性方面的真相。在女士化装间的私密聊天中，她将自己知道的全都告诉给夏洛特，夏洛特无比震惊，一时消化不了。

……在回家的路上，夏洛特发现从前的女仆安妮睡在人行道上，夏洛特说："跟我一起回家吧。"安妮清楚不该接受邀请。夏洛特让玛雅把钱包里的现金全都给了安妮……

4. ……莉迪亚卖掉了一些珠宝。交易完成后，她审视了自己的情绪，以一种俄国式的宿命感意识到，她只是渴望再见到费利克斯。

六

1. ……瓦尔登让莉迪亚戴上已经被她卖掉的珠宝，她深感愧疚。瓦尔登模模糊糊地感觉到她的情绪，但没怎么放在心上。外交部长授权他同俄国人讨价还价：博斯普鲁斯海峡将成为国际水道，由英国和俄国共同管理，在和平时期所有国家都能自由通行……

他（瓦尔登）在商店橱窗里看到那件珠宝，于是带回家，打算拿来同妻子对质。但在回家的路上，他越来越生妻子的气。他回到家后，什么也没和妻子说，只跟普里查德讲了。他让普里查德监视莉迪亚，看看她是否有情人。

普里查德现年四十三岁，是瓦尔登的贴身仆人，只为他所用，同时也是他的司机。普里查德对开车抱有极大的热情。普里查德频繁同女教师玛雅争吵。她和普里查德不一样，她比雇主保守。或许不断的互相抨击掩盖了两人之间潜在的相互吸引。

2. 夏洛特已经开始理解现实世界，但她对此又能做些什么呢？作为女人，她甚至不能投票！如今，在她眼中，宫廷事件中的那位少女利蒂希娅·德·弗里斯的行为似乎有了不同的深意。夏洛特拜访了她。德·弗里斯家理所当然地受到排挤，所以他们很高兴看到瓦尔登女子爵前来拜访。潘克赫斯特夫人也在。夏洛特已经做好改变自己的准备。她答应参与争取妇女选举权的大游行。

她回到家，挑衅似的告诉父母自己去了哪儿。他们惊恐万分，禁止她独自离开家。

3. ……他们在餐厅吃午饭时，他（费利克斯）迂回地问她（莉迪亚）奥勃洛莫夫在哪儿。她是不会说的。他骗她说，他想把消息传到俄国。最后他威胁要把一切都告诉瓦尔登。莉迪亚完全没想到费利克斯会想杀奥勃洛莫夫，但她知道有人想杀他，她无法相信费利克斯会保守秘密。因此，她仍旧鼓足勇气，拒绝透露消息。

普里查德目睹了这次会面……瓦尔登和普里查德自然假设这个男人就是莉迪亚的情人。他们的狩猎本能冒了出来。他们决定要把这个男人挖个底朝天。

这一切让瓦尔登忧思重重……在圣约翰树林散步时，瓦尔登看到有辆四轮马车趋近，一位丰腴圆润、衣着光鲜的中年女子下了车。是她（邦妮·卡洛斯）。瓦尔登远远张望。她冲车夫微笑，那是容光焕发的灿烂笑容，瓦尔登记忆犹新。忽然间，他心中充斥着一种痛苦的渴望。她看向瓦尔登所在的方向。瓦尔登飞快地转身走开了，不知她是否看见了自己。

4. 哈特曼了解到德皇已经（7月5日）允诺奥地利，德国将无条件支持针对塞尔维亚的一切行动。战争日趋逼近。与此同时，俄国人向瓦尔登提出一个较为和缓的要求：他们要求管辖奥斯曼帝国在欧洲的领土。哈特曼认为英国人极有可能做出让步。他问费利克斯发生了什么事。费利克斯说他从莉迪亚那儿颗粒无收，现在打算试试夏洛特。

七

夏洛特偷偷溜出家门，裹上妈妈的外套和帽子，去参加争取妇女选举权的游行。费利克斯就等在她家附近，尾随了她。普里查德仍在盯费利克斯的梢，也跟了上去。但普里查德以为裹着外套和帽子的是莉迪亚……

……现在普里查德意识到那是夏洛特，不是莉迪亚，但他错误地以为费利克斯也是认错人了。他看到夏洛特被撞倒。他忘了费利克斯，冲入乱局之中去救她。有人击中他的头部，他晕倒了。

……夏洛特被人踩踏，费利克斯救了她，把她带回自己的公寓，诱奸了她。夏洛特被费利克斯深深迷住：首先，在她无助害怕之时，他于骚乱之中展现出力量与自信；其次，他的政治观念非常朴素，颇具说服力；其三，他激情四射的眼睛，他毛茸茸的手，动物般的气息；以及，直话直说吧，他的性器。费利克斯做爱时就像做其他事情时一样，大胆，充满想象力，激情澎湃。关于性，夏洛特了解到贝琳达无法告诉她的一点——它竟然如此美妙……

"可是奥勃洛莫夫在哪儿呢？"费利克斯问。

夏洛特回答："在瓦尔登庄园。"

"啊。"费利克斯说。

八

1. 瓦尔登向俄国人奉上君士坦丁堡和博斯普鲁斯海峡。他们表示会做考虑。回到伦敦后，他发现玛雅在给普里查德包扎脑袋。普里查德报告说，夏洛特参加了争取妇女选举权的游行。等她回到家，惊天动地的争吵爆发了。瓦尔登认定他不能再让她留在伦敦，于是将她送到萨里，远离是非。

她打算给费利克斯捎个信，告诉他发生了什么事，并要他来瓦尔登夫人的花园小筑同她见面。

2. 瓦尔登的世界分崩离析。权力平衡无可挽回地被打破了，女儿成了颠覆分子，妻子是个奸妇。他去探望邦妮。没错，她那天的确看到他了，从那以后，她就一直在等他……

3. 普里查德依然在监视费利克斯。他撞见费利克斯在公园里同哈特曼碰面。两人分开后，普里查德凭直觉跟踪了哈特曼，一路跟到德国大使馆。普里查德给了门童一金镑，获知哈特曼的名字。

瓦尔登意识到费利克斯可能不仅仅是莉迪亚的情人。他约了警务处长第二天见面。

4. 在萨里，夏洛特无事可做，只能同奥勃洛莫夫一起打发时光。他们一起骑马，一起用餐，一起玩牌，一起探索乡村。他迅速爱上了她。她很喜欢他，并尴尬地发现自己竟然很好奇他脱掉衣服以后是什么样子。等到费利克斯到来时，她开始重新考虑绑架的事。

……他们做爱，费利克斯为之后的计划踩点。

他决定了，最佳计划就是让夏洛特把奥勃洛莫夫带到花园小筑来，而后将两人都杀死（必须杀掉夏洛特，因为就费利克斯所知，她是唯一能够指控他是凶手的人）。他会把自行车留在路边的树林里藏好，从那里快步走到花园小筑只要十分钟。他会步行至铁路线，然后跳上货运列车。他小心翼翼地计划这一切，计算好每一步的时间，甚至查看了火车时刻表，确保自己能在结束谋杀后的几分钟内赶上火车。

他该用什么工具杀掉他们呢？用刀很安静，但用起来容易失控，相当棘手。再说，他能在关键时刻将刀刃插进夏洛特美丽的身躯吗？他没那个自信。手枪更为稳妥，也不需要那么多解剖学上的技巧，但动静太大，可能导致人们四下逃窜，干扰他逃跑。炸弹的动静更大，但若是使用定时器，他就能在爆炸前离开。

他决定暂缓抉择，先把三种杀人工具都准备好。

5. 瓦尔登见了警务处处长。处长提出，哈特曼（他拥有外交豁免权）同那些臭名昭著的颠覆分子厮混在一处，应当被驱逐出境，而费利克斯有蓄意谋杀的嫌疑（即迪克·特平事件），应当被逮捕。瓦尔登如释重负，打算回萨里过周末。

6. 德国的黄金储备创下新高，英国舰队正在波特兰进行演习。哈特曼得知俄国人接受了英国人奉上的君士坦丁堡和博斯普鲁斯海峡，这一秘密协定将在本周末签署。现在他被告知游戏已经结束，他必须卷起铺盖，明天就回德国去。

他还有时间在火车站见费利克斯。他提醒费利克斯别回家。

九

7月23日，星期四，奥地利向塞尔维亚发出最后通牒，要求在四十八小时之内得到回应。

费利克斯见了三教九流的朋友，搜集了匕首、枪支、行窃工具等，还弄到一卷金属线和装有定时器的炸弹。炸弹上有蜂鸣器，蜂鸣器会在爆炸发生前五秒钟鸣响（另，我还在继续研究那个时代的自制炸弹）。而后他出发去萨里。

此刻，莉迪亚回到瓦尔登庄园，伦敦季正在收尾。她在林中漫步，瞧见费利克斯钻进瓦尔登夫人的花园小筑。她对伦敦近来的骚乱并不知情，认为费利克斯依然深爱自己。焦虑之中，她连忙跑回家。她在瓦尔登的房间发现自己的首饰，知道她变卖首饰的事已经败露……

费利克斯吩咐夏洛特明天把奥勃洛莫夫带到花园小筑来……莉迪亚辗转难眠。这下瓦尔登肯定要和她离婚了。她真不该放弃费利克斯，只有对他，她才有过真正的激情。她决心去找他。她身穿睡衣离开屋子，到花园小筑去，打算把自己交给他，结果撞见他正同夏洛特做爱。她悄然离开了。

奥勃洛莫夫向夏洛特求婚……她说，她或许会答应。

十

……瓦尔登和普里查德同时回到家，这时伦敦发来电报，说未能逮捕费利克斯。他们当即意识到，他很可能就在这附近。瓦尔登提议奥勃洛莫夫先行离开。夏洛特绞尽脑汁地想办法阻止他离开。她提议说，奥勃洛莫夫可以去瓦尔登夫人的花园小筑。瓦尔登不太愿意，但奥勃洛莫夫想去，因为他想得到夏洛特对求婚的答复。所以就这么办了——奥勃洛莫夫带了两名随从前去花园小筑。

费利克斯看到三个男人早早抵达了花园小筑，意识到出了问题，因此躲在附近，暗中观察。

瓦尔登又收到一封电报，是外交部长发来的。奥地利对塞尔维亚宣战。现如今，命悬一线的不仅有奥勃洛莫夫，还有整个欧洲的未来。瓦尔登组织搜查队，在庄园周围搜寻费利克斯。

有个清洁女工告诉玛雅，夏洛特早上吐了。玛雅见到夏洛特，发现她没穿紧身内衣。夏洛特说自己胸口疼。玛雅问："你这个月是不是没有头疼（指来月经）?""是的。""你怀孕了。"玛雅告诉她。夏洛特连忙冲出去告诉费利克斯。

奥勃洛莫夫的一个随从出来小便。费利克斯打了他的头，把他捆起来，等着另一个随从出来查看情况。

莉迪亚一上午都把自己关在房间，想要自杀，全然不知外面的骚动和搜查队的事。此刻，玛雅告诉她，夏洛特怀孕了，莉迪亚暴跳如雷。她从枪房里取了一杆猎枪，从马厩里牵出一匹马，朝着花园小筑驰骋而去，赶在夏洛特前面抵达。

奥勃洛莫夫的另一名随从出来了。费利克斯处理了他，走进去，把奥勃洛莫夫绑了起来。

莉迪亚带着猎枪赶到，但费利克斯轻而易举就夺下她的武器，将她一并捆了起来。他设置炸弹，定了时。等你们听到蜂鸣声，他说，就只有五秒可活了。

此时此刻，树林里布满搜寻他的人，因此费利克斯的确需要定时器带给他的这几分钟优势。他决定不等夏洛特，可他正要离开时，夏洛特到了。他仓促地将她绑了起来。随后她告诉他，她怀孕了。费利克斯盯着她，大吃一惊。他想到了自己，一个私生子。他知道，如果他杀了夏洛特，也将杀死这个尚未出生的孩子。他弯腰给她松绑，蜂鸣声响起。

五秒。

没时间给她解绑了，所以他抱起她来。

四秒。

她挣扎，他放下了她。

三秒，两秒。

没人能及时逃出去。

"你这个傻瓜！"他冲她大喊一声。

一秒。

费利克斯扑向炸弹，用身体掩住炸弹。炸弹爆炸了，他死了。其他人毫发无伤。

莉迪亚放声尖叫。

后记

……莉迪亚向瓦尔登坦陈了一切，两人重归于好……他（瓦尔登）去世时，将自己的一半遗产留给歌手邦妮·卡洛斯的私生子……普里查德的孙子运营着汽车博物馆。哦，普里查德和玛雅结婚了。

对第三版大纲的分析

在第三版大纲中，福莱特深化和丰富了人物的色彩，增加了几个新场景与惊人的情节转折，但总的来说，这版大纲依然被限定在他于第二版大纲中所确定的故事框架内。对于你完善自己的大纲，这第三版大纲最有用的一课就是，情节当中新增的转折点如何增强了人物的吸引力，人物过往与现状的新面向怎样让情节具备了全新的复杂性。你现在应当从福莱特的工作中学到，构建情节与人物是个不断相互作用的过程。

同第二版大纲相比，本版大纲的一个有趣的变化是，福莱特提前了小说开场的时间，不是 1914 年，而是 1894 年。他以瓦尔登那位体态臃肿、热衷冷嘲热讽的父亲的死开场，年轻的瓦尔登在圣彼得堡遇见莉迪亚，而莉迪亚正处在与无政府主义者费利克斯的疯狂热恋之中。她答应嫁给瓦尔登，以此换取费利克斯从监狱获释。背景故事因包含这些人物而饱满了许多，但请注意，在即将到来的最终版大纲和成书中，行动开始于当下，这是更好的开头方式。你会发现，在我们了解费利克斯究竟想做什么之前，小说并没有深究过往，全书主题高度统一，并建立了贯穿始终的悬念。而后，在小说第二章的开头处，你将发现福莱特逐步将背景故事织入文本之中，但只选择最切题也最有力的元素。

在第三版大纲中，最为重要的行动是费利克斯企图在瓦尔登伯爵举办的舞会上刺杀奥勃洛莫夫。他不再扮成服务生前去侦查，而是直接履行自己的谋杀使命。故事的主要行动也没有拖延到最后一章，而是早早就强有力地确立下来。这个无政府主义者喊道："你的死将解放俄国！"听到一声"救命"后，他立刻呆若木鸡。这是旧情人在性高潮时的呐喊，是个古怪的癖好，福莱特在大纲中仔仔细细地做了铺垫。这两人的重聚是多么具有戏剧性啊！但福莱特让费利克斯乔装打扮，这样一来，之后他接近莉迪亚时，莉迪亚就不会将他认成那个潜在的刺客。重新找到莉迪亚，费利克斯无比震惊，内心混乱。瓦尔登用手杖重击了他。这个俄国人因为过往与眼前的悲痛而怒火中烧，他逃跑了。他极度渴望诱骗莉迪亚，破坏这个家庭。

受挫的暗杀为故事增添了新内容，即奥勃洛莫夫需要被藏起来。这便触发了小说中段的主要行动，这一行动现在围绕费利克斯努力找出奥勃洛莫夫而展开。他胆敢去见莉迪亚，不再是为了钱，而是要通过她打探出亲王的下落。他只在期待落空后才开口要钱，他仍旧想努力彰显自己对她的影响力。在前面的部分里，奥勃洛莫夫抵达维多利亚站，费利克斯努力想记住他的模样。他想搞清楚奥勃洛莫夫住在哪儿，于是跟着他到了瓦尔登家。福莱特通过这些段落，将同样的主题戏剧化。

费利克斯的人格仍旧处在发展之中，尽管他现在已然被发展成故事的主要人物。渴望破坏瓦尔登的家庭，冷酷残忍，操纵、利用莉迪亚和夏洛特，这些特质或许会浇灭我们对他所抱有的同情。我们仍旧面对着他行动当中最本质的不道德，他虽然很勇猛，但也很冷血。因此，他在紧急关头纵身扑向炸弹似乎就不那么有说服力。

在舞会上，费利克斯用手枪震惊众人，这让福莱特有可能设置针对他的全新反击。在前面的大纲里，读者从行动初期就知晓费利克斯与费尔冯琴的暗杀计划，但直到最后一幕之前，没有任何一个英国人物或者奥勃洛莫夫本人做过多少尝试去阻止他。而现在呢，普里查德锁定了费利克斯，并将他同德国大使馆联系起来，一个全新的悬念元素多多少少提早出现，并贯穿了后三分之一的故事。然而在这类小说中，通常从第一章起就必须有一个极紧迫的悬念一直延续到结尾。在最终版大纲里，你将看到费利克斯将被更迅速也更精确地锁定为刺客。

至于夏洛特，作者为她添加了一个有意思的小细节。在那个宫廷场景中，初登社交界的贵族少女请求国王别再折磨女人，这是以真实历史事件为基础的。在成书里，这个场景被润色得更为壮观隆重，而从情节角度来看，它为夏洛特态度和性格的巨变打下了极好的基础。福莱特将贝琳达从亲妹妹变成与夏洛特年纪相仿的"放荡"表亲，这也大有用处。由此贝琳达就能给夏洛特讲解性知识。涌入故事的另一段精彩历史是夏洛特见到了潘克赫斯特夫人。这给了她强烈的动机去参与争取妇女选举权的游行，并违抗父母的权威。夏洛特渴望基本人生问题的答案，现在已经是个近乎开发完全的人物，我们能够与她共情。尽管她只是人生某个特定阶段的缩影，尽管她属于那个阶级，接受了那样的教育，福莱特还是把她描绘得极为勇敢，并且无比善良，正派得体。她既是"大于生活"的人物，也是普通人，非常接地气。

瓦尔登和奥勃洛莫夫的谈判占比增加，在这一版大纲中占据了一部分浓墨重彩。但在成书里，这部分内容被压缩了。从本质上而言，这些都属于事务性争端，在小说中很难起作用。有争议的必须是私事，要把每一个个体都紧密囊括在内。关于俄国是否应当控制博斯普鲁斯海峡的讨论太生硬了，很难有戏剧性。

尽管安德烈·巴雷作为费利克斯的中间人的角色从上一份提纲中延续下来，但俄国秘密警察费尔冯琴变成了迪特尔·哈特曼，德国大使的高级助理。在策划暗杀奥勃洛莫夫这件事上，比起费尔冯琴，福莱特给了这个人物更清晰也更直接的动机。然而，无论是凯尔、施泰因豪尔、费尔冯琴、哈特曼还是巴雷，这些专业间谍和密探无一同主要人物之间有私人关联，因此读者无法对这些人物产生兴趣。他们唯一的功能就是"设置"并教唆暗杀，这些功能就算有效，也很难成为高戏剧性场景的核心。在第四版大纲中，你将看到福莱特如何聪明地去掉这些人物，完成情节编排，也因此放开手脚，聚焦于互相关联的主要人物。

福莱特增强了莉迪亚和费利克斯之间的关系，年少时她答应嫁给瓦尔登，只是为了换取费利克斯被释放，这就创造了崭新且有趣的戏剧性结果。比方说，我们了解到她决不允许自己的孩子同用人和佃户的孩子接触。她祈求上苍不要让她的女儿面对她自己曾经难以抵挡的那种可怕的诱惑。奥勃洛莫夫即将到来的消息将关于圣彼得堡的记忆带回到她的生命中，让她陷入混乱。这些新元素颇具刺激性地为她和费利克斯的重逢做好了铺垫，二人重逢带出的张力能让读者忧心忡忡。两人第一次见面后，她便渴望再次见到他，并对丈夫冷淡起来。这份冷淡（以及她有关珠宝的谎言）导致瓦尔登让普里查德跟踪她。随后，她并没有向丈夫坦白为何卖掉珠宝，反而去见了费利克斯，还想同他发生关系。发现费利克斯正同女儿发生关系，莉迪亚勃然大怒。她转身离开，带了猎枪回来，这也让她成了故事高潮场景里的新成员。

瓦尔登这个人物也通过各种形式重塑了。作者创造出普里查德这一人物，他是个终身同伴，也是忠实的仆从，这让瓦尔登具备了值得他人忠诚的气质。之后普里查德便能以瓦尔登私人耳目（而非被雇佣者）的身份监视莉迪亚和费利克斯，从而辅助情节发展。瓦尔登曾在 1906 年说服沙皇违背俄国与德国的条约，作者赋予了他外交官的资格，为他能当选为英国谈判代表打下基础，并让整件事更有说服力。另一方面，他同年轻时爱过的歌女旧情复燃，这表现出他是个逃避困难之人。这弱化了他作为主要人物的形象，也弱化了核心行动。在成书里，你不会看到这段小插曲。

目前，瓦尔登最好的一面被放大成半悲剧性的形象。在惊悚小说中，李尔王式人物会显得格格不入，但福莱特即便是在大纲中也为这个人物确立了辛酸的一面，给他提供社会地位的世界秩序正天翻地覆，他发现挚爱的女儿是个颠覆分子，妻子是个奸妇。他只是在欢迎奥勃洛莫夫的舞会上打了费利克斯，并在结尾处组织搜寻俄国人，但徒劳无果。就对抗费利克斯这一点而言，很遗憾，瓦尔登作为主要人物微不足道，没能扮演强有力的角色。活力四射的瓦尔登需要起到这一作用，正如你将看到的，在最终版大纲里，他的作用会得到拓展，在成书中还会得到更大的拓展。

第四版大纲

背景

第三版大纲里的楔子已删除。代之以英国富人与穷人所处的金融与社会形势。

……国内政治氛围甚至比 1914 年 7 月时还要火热。1905 年，自由党政府当选。一开始，他们并未带来任何改变。随后在 1908 年，首相坎贝尔·班纳曼去世，一撮热衷于给动乱煽风点火的年轻人大权在握。阿斯奎斯是英国历史上第一位没有田庄的首相。他的内政大臣是好斗的温斯顿·丘吉尔。他选中的财政大臣是莽撞的劳合·乔治，一名威尔士非国教徒。从此，政治领域开启了本世纪最混乱最愤怒的一个时期。自由党推行或者说试图推行这些政策：征收土地税，开启爱尔兰地方自治，建造更便宜也更时髦的百货公司，设立养老金、国民健康保险，最糟糕的是，缩减上议院的权力。在这些尝试终结之前，军队可以威慑暴动，贵族可以藐视宪法，君主被生拉硬拽到政治角斗场，还有——这在威斯敏斯特极为罕见——对立两党的党员拒绝在同一张桌子旁用餐。在传统政治机制之外，激进的新兴工会威胁着现状的稳定，妇女运动刚刚萌芽，工党人数激增，还有无政府主义者……

在此复述一遍德国对英国的威胁。

人物小传

简述瓦尔登同父亲的关系及其早年经历。

……外交官的妻子们总是能被他的绅士风度吸引。然而，他即将穿着干净利落的晚礼服离开那些优雅的房间，将夜晚余下来的时间用来喝酒、赌博、嫖妓，大使第二天早上甚至可能要把他从监狱里捞出来……

偕俄国妻子返回瓦尔登庄园，在国内的政治较量中，瓦尔登坚定地站在保守党和守旧派这一边，反对自由党与变革。自从成为第八代伯爵，他便在身为英国贵族的生活中体会到深刻的满足……他爱慕妻子，纵然他时常模模糊糊地感觉到自己从未真正占有她。然而她性感妩媚，天资聪慧，一直以来都是位好伴侣，所以他并没有多么想在感情上开小差。他为可爱的女儿夏洛特深感骄傲，早已等不及看到她在伦敦社交界初次亮相，而他的朋友们都会说："姑娘也太漂亮了吧，瓦尔登！"他后悔没多要几个孩子，但他并非没有尝试。

他代表着英国贵族最光鲜的那一面。他的土地安排得井井有条，科学种植。佃农的小房子修缮妥当，他对仆人照顾有加。他的房子很漂亮，他是个艺术赞助人。他精明，博学，仁慈。他和其他贵族支配着处于鼎盛时期的英国，但他们最糟糕的错误是，他们看不出世事为何一定要改变。他的仆人和雇员也都赞同他：他们不明白政府为什么要通过土地税剥夺瓦尔登的财产，政府要给他们的东西，他们已经直接从瓦尔登那里获得了。

瓦尔登是个已经找到幸福的男人，并认为这份幸福可以天长地久，因此他觉得自己的整个生活正在遭到攻击。但很快，他的生活就会受到更加严重的威胁，这一次危险的根源在国外。

莉迪亚是个背负令她羞愧的秘密的女子。在 1914 年的夏日，她越发灰心丧气，而她的秘密也将一点一点地透露出来……

……结婚十九年后，天性中激情洋溢的那一面得到妥善控制。她已经深深喜欢上瓦尔登。她爱夏洛特，觉得必须保护女儿。莉迪亚的人生使命就是让夏洛特正确地长大，并看到她稳稳当当地结婚。在传授女儿如何走路、穿衣、言谈、待人接物方面，莉迪亚表现得非常卓越，但她并不擅长解释更为私密或感情方面的问题。

……夏洛特很爱母亲，将她视为完美女性的化身……但现在，她意识到爱德华时代的女人都无所事事，这是她人生当中头一回内心浮起令人担忧的念头，那便是，自己或许并不想成为母亲的翻版……这个念头（夏洛特的认同危机）将在 1914 年的夏日达到顶峰，一旦越过临界点，她就能知道自己究竟是谁。

1875 年，费利克斯·莫罗茨夫出生于莫斯科附近。他的父亲是个贫穷的乡村牧师，一个有些像圣人的男子——具有献身精神，无私，虔诚。费利克斯继承了他的无私忘我，但没有继承他的虔诚。在成长过程中，他对这世上存在的压迫怀有深沉而真挚的怜悯，并对教会略有鄙夷，因为教会支持维持现状，甚至从中获益。然而，对于穷苦的男孩来说，成为牧师是唯一的受教育机会，于是费利克斯去了圣彼得堡的神学院。他在那里发现了一套更合乎自己胃口的信仰体系：无政府主义。

无政府主义者相信所有政府都是暴政，所有财产都是偷盗，所有组织都是胁迫。一旦意识到这一点，人们就会起身反抗，推翻政府。然而，由于无政府主义者从原则上反对团体组织，因此他们无法组织连贯的政治运动。他们能够鼓舞革命的唯一方式就是进行宣传以及暗杀政客。所以，对人充满关怀体贴的政治理论最终导向谋杀。这是无政府主义的核心悖论，在费利克斯身上，同情与冷酷并存，这种自相矛盾的特质便是这一悖论的缩影。

……（他是个）温柔而脆弱的恋人，床笫之间既情意绵绵，又放荡野性……他从那儿（西伯利亚）逃走了，杀了一名守卫（这是他唯——次有辱信仰的谋杀）。他一路逃到瑞士，这趟旅途激发出他潜藏的聪慧与勇气……

在瑞士，他对俄国及俄国人的可怕处境深感不满。但他又能做什么呢？……

……在用人餐厅里，普里查德攻击统治集团，而玛雅就像许多家庭女教师一样，比国王本人还支持保皇党，会为统治集团说话。普里查德始终能用粗话战胜她，让她尴尬地离开房间。然而，拌嘴之下是诡异的两情相悦。

玛雅休息时，就由安妮监督夏洛特。安妮是个好说话的年轻女仆，感性过度，理智不足，而玛雅不喜欢她的感性过度和理智不足。

情节

一

"丘吉尔？温斯顿·丘吉尔？"瓦尔登问道，"在这儿？"

"没错，阁下。"男管家回答。

"把那个蠢货打发走。"瓦尔登说，"说我不在家。"他转过身，走到窗边，思索着：傲慢的小子，真不知道哪来的勇气，先是在伦敦找我，又跟着我到这里，他心里清楚得很，我是不会见他的。

管家咳了两声。

瓦尔登气恼地看向他："你怎么还在这儿？"

"阁下，丘吉尔先生告诉我，您很可能不在家，让我务必把这个交给您。"

瓦尔登这才意识到管家用托盘盛了封信来。"还给他——不，等一下。"他看到了信封上的图章，仅此一回，瓦尔登伯爵胆怯了。

我亲爱的瓦尔登，

你将会见到小温斯顿。

乔治 . R

白金汉官

1914 年 5 月 24 日

瓦尔登认出了字迹。是国王的。

他只犹豫了片刻，就说："请丘吉尔先生进来。"

丘吉尔现在是第一海军大臣。这意味着，他并非勋贵，却能负责英国海军。他当然是自由党的部长，因此在瓦尔登看来，他代表着妄图摧毁英格兰的那些人。然而，丘吉尔想让瓦尔登做件事，这件事超出了国内政治的范畴。他解释说，他已经安排了一个年轻的俄国海军上将到伦敦来进行关于两国海军的会谈——至少，"海军"会谈是最初提议，但丘吉尔打算充分利用会谈，推动签订防御条约……是沙皇坚持由瓦尔登代表英国参与磋商，他是在发给表兄弟乔治五世的电报里提到这些的。为了模糊这次访问的真正意图，奥勃洛莫夫会被推荐给社交界，因为大家都在传说他正在寻觅良妻……

莉迪亚留下两位男士谈论政治，自己去花园里散步。她绕着宏伟孤独的老宅信步，漫步进入大好风光……她想起婚礼时，奥勃洛莫夫还是个十岁的孩子，而那（她结婚的那一天）是她人生中最不开心的一天……

莉迪亚看到夏洛特正和贝琳达聊得火热。她心想，求你了，上帝，让我守住秘密吧……

……对于性，贝琳达只是好奇而已，但夏洛特有咬住了就不松口的个性。图书室上了锁的柜子里有不少禁书，她知道钥匙在何处。贝琳达有点打退堂鼓，但夏洛特不让她临阵脱逃。她们拿到书，溜回楼上。（安妮本应监督她们，但她正在树林里同男友幽会。）夏洛特带路，穿过废弃的育儿室，来到阁楼，她小时候经常躲藏在这里。你从这里能看到覆盖瓦尔登庄园的数英亩屋顶。有条路从马厩通往这里，这条路完全在屋顶上，夏洛特说。她们翻看禁书，但她们从医学教科书的插图中所得甚少，从怪诞的色情小说中更是什么都没找到，她们完全看不懂那些小说。

与此同时，费利克斯乘坐的那艘船正进入多佛港。

瑞士无政府主义者已经通过警备队中的眼线了解到奥勃洛莫夫计划同瓦尔登展开谈判。欧洲可能发生大战令费利克斯恐惧不已。那些年轻人被德国皇帝、俄国沙皇和英国国王送上战场，为了一项并不属于自己的事业战死或负伤，正是这种事让费利克斯成了无政府主义者。对他而言，奥勃洛莫夫和瓦尔登正密谋杀死数百万俄国民众。因此他计划杀掉他们两人。

这种谋杀的长远效应比其即时结果重大得多。它能阻止会谈，在英国与俄国之间制造对立……其三，费利克斯（如果他死了，那么就是他的瑞士友人们）将宣布瓦尔登和奥勃洛莫夫之所以被杀，是因为他们阴谋将俄国民众拖入战争，而人民并不想打仗。

而俄国大众对这则消息的反应则可能会开启一系列的起义，起义最终可能会发展成为大革命。

费利克斯惴惴不安，激动不已，忧虑重重，兴高采烈。他可能很快就要死了，但眼下，人生忽然又对他敞开了许多扇大门。

就在他此生第一次踏上英国大地时，他心中浮现出别的念头来。十九年前，他当时爱着的女人嫁给了一个英国人。费利克斯从来都不知道那个人的名字，但他听说他们去了英国。如今，时过境迁，他将同她身处同一个国度……

二

……在维多利亚火车站，两名仆从（他们似乎一直陪同奥勃洛莫夫出行）将堆成山的行李装进马车，车驶走了。费利克斯骑上自行车，尾随马车来到瓦尔登在城里的住所……

……奥勃洛莫夫谈论在俄国进行改革的必要，但莉迪亚却在想：他有没有可能了解我的事？……

……夏洛特拥有独特而天真无邪的魅力，让说起话来磕磕巴巴的俄国人放松下来。目睹这一切（夏洛特的优雅），瓦尔登和莉迪亚偷偷相视而笑，笑容里充满为人父母的骄傲。

……在屋外的费利克斯看出，奥勃洛莫夫不是个容易得手的目标。费利克斯要充分发挥聪明才智才能接近他（奥勃洛莫夫）……

……瓦尔登不曾预料到这一要求（将巴尔干置于俄国的势力

范围之内）。他迂回着谈了几句，但他必须先询问丘吉尔，才能说出实质性内容。

费利克斯从报纸社会版得知，瓦尔登和奥勃洛莫夫将于7月4日现身王宫。他买了把手枪……

三

……与此同时，瓦尔登家的门房威廉和马车在王宫外候命（身处数百辆马车之中），费利克斯正在暗中盯着他……

威廉去公园小便。费利克斯袭击了他的头部，换上他的帽子和制服外套，并且将他绑起来，封了口。而后他就坐进瓦尔登的马车。

在仪式之后的晚宴上，瓦尔登把奥勃洛莫夫的提议告知丘吉尔，并建议还还价……丘吉尔同意。

费利克斯听到呼叫："瓦尔登伯爵的马车。"他驾车来到王宫门口。人们上车时，他背过身去。他驾车离开。他在公园中停下车。他拉起围巾遮脸（这样女人们事后就无法向人描述他的模样，他并不打算杀掉女人）。他跳下座位，从口袋里掏出枪，猛地拉开马车门。

四

莉迪亚用俄语大喊一声"救命！"，从前和费利克斯做爱时，她就会这样喊。费利克斯愣住了。莉迪亚！就在这辆马车里！我的莉迪亚。

瓦尔登从未被任何事惊呆过，他猛地挥舞手杖，击打费利克斯的手腕。枪从费利克斯手中掉落。他忘记行刺，只是盯着莉迪亚，而莉迪亚完全陷入了歇斯底里。瓦尔登再次攻击费利克斯。费利克斯逃跑。

费利克斯还记得最后一次见到莉迪亚……他们（警备队）击打他的脚底板，意在让他泄露其他无政府主义者的名字。严刑拷打毫无理由地停止，六周之后，他又被莫名其妙地释放。他在出狱的那一天了解到，就在前一天，莉迪亚和新婚丈夫去了英国。

瓦尔登、奥勃洛莫夫、丘吉尔三人坐在图书室内。瓦尔登差点让奥勃洛莫夫被人杀害，丘吉尔对此气恼不已。瓦尔登也很生气，气自己，气那个攻击了威廉头部的杀手，气他把莉迪亚吓得半死。他们达成共识，将奥勃洛莫夫转移到酒店，不再将他引入社交界。丘吉尔告诉瓦尔登："我要你本人对亲王的安全负责。"奥勃洛莫夫说："你也需要受到保护，瓦尔登。毕竟枪是瞄准你的。"

莉迪亚并未认出费利克斯（可能潜意识有所感觉）。他逃走时，她昏了过去。她坚信这次事件的目的是抢劫。（夏洛特也这样认为。）莉迪亚服了一剂鸦片酊才睡下。她梦到了费利克斯。瓦尔登上床时，她正在睡梦中同费利克斯做爱。

五

……那天晚上，她（夏洛特）的亮相舞会在酒店举行……场面盛大璀璨。在回家的路上，夏洛特惊恐地看到有个女人睡在人行道上。

……她（安妮）解释说自己怀孕了，所以因为"品行不端"被解雇。随后便流产了，现在一贫如洗……她朝夏洛特要钱。夏洛特让她明天下午到家里来……

……她（夏洛特）指责父母谋杀了安妮尚未出生的孩子。

瓦尔登和莉迪亚多少有点困惑。怀孕的女仆一向会被解雇。要维持家族的体面，这是唯一的办法。但事实上，他们也无法为这一办法骄傲。

瓦尔登尤为震惊。首先，在伦敦市中心发生了一场针对他们一家人的刺杀；而后，女儿告诉他，他的道德标准是邪恶的。这个世界到底怎么了？

夏洛特说，她想让安妮当贴身侍女。莉迪亚吓呆了，瓦尔登倒没那么惊讶。他们勉强答应了。

* * *

费利克斯格外消沉。他根本惊喜不起来。奥勃洛莫夫的名字不再出现在社会新闻里，两名俄国随从也不再进出公园旁边的那栋房子。亲王显然是藏身在了某处。这不足为奇，但费利克斯不知道该怎么办了。奥勃洛莫夫可能在任何地方。费利克斯不可能探查所有的酒店，所有内阁大臣的住所，所有俄国外交官的居所。然而，有个人或许可以轻而易举地告诉他奥勃洛莫夫的下落：莉迪亚……

六

他报上的名字是康斯坦丁·迪特里希·列文，并告诉男管家，他必须马上见到瓦尔登夫人，事出紧急，他确定她记得圣彼得堡的这个朋友。（他选择的这个名字她应该有点熟悉，因为这是《安娜·卡列尼娜》里人物的名字。）

管家领他去了起居室，莉迪亚正在那儿写信。她抬起头，下意识面露微笑，而后眉头微蹙，随即面如死灰。

最后她告诉费利克斯，自己是怎样嫁给了瓦尔登……

在讲述整个故事的过程中，她观察费利克斯的脸，抑制不住地渴望触碰他。

这个故事深深打动了费利克斯。他上前，想要吻她。不，她说，这都是半辈子前的事了。你已经知道真相，离开吧，别再回来。

费利克斯转身打算离开。而后，他说："我是来问你一些事的……"他提醒自己使命之重要，强迫自己把准备好的说辞都说出来。他编故事说，他想私下里向奥勃洛莫夫请愿，释放一个正在被关押的无政府主义水手。莉迪亚告诉他，奥勃洛莫夫在萨伏伊酒店。

费利克斯离开时，莉迪亚心想：感谢上帝，他没有猜到余下的故事。

七

通过与安妮的谈话，夏洛特了解了贫穷、性和女性所承担的角色……她答应参加下一次争取妇女选举权的游行。

费利克斯购置了必要的材料，做了个炸弹。

莉迪亚回顾同费利克斯的见面，暂时压抑住对他仍旧强烈的欲望。她知道他曾是个无政府主义者，现在无疑还是。至于他为何想见奥勃洛莫夫，他是否同她讲了真话呢？或许他想谋杀奥勃洛莫夫。那天晚上在公园的甚至有可能就是费利克斯！她越是想下去，就越是担心自己可能出卖了奥勃洛莫夫，让他惨遭暗杀。

她告诉瓦尔登："早上有个俄国客人来访，我隐约记得我在圣彼得堡时的确认识这么个人。他要找奥勃洛莫夫。我告诉他奥勃洛莫夫在萨伏伊酒店。这没什么问题吧？"

瓦尔登说："别担心。"

瓦尔登正在克制怒火。事情正变得越来越棘手。奥勃洛莫夫花了过长时间回应英国提出的反向提案……日子一天天过去，英国越来越迫切地需要同俄国达成协议。那个未知刺客似乎极为英勇而机敏。眼下，他又一次锁定了奥勃洛莫夫的位置。但瓦尔登或许能让这件事转危为安，甚至能抓住那个人。

在用人餐厅的政治争论中，安妮犯了个错：她宣称潘克赫斯特夫人才是"一位名副其实的夫人"，她之所以这么认为，是因为夏洛特小姐是这么说的。玛雅向莉迪亚汇报说，夏洛特已经见过潘克赫斯特夫人。夏洛特遭到训斥，并被禁止单独离开家。

费利克斯在信封上写下："奥勃洛莫夫亲王，萨伏伊酒店。"他给了个小乞丐一便士，让他在十五分钟之内送出去。到那时，费利克斯将在酒店大堂读报纸，假装在等什么人。男孩进了酒店，递上信封。费利克斯紧盯不放。他的计划是一路跟着信封到奥勃洛莫夫跟前。忽然间，小乞丐被便衣警察团团围住，他们简直像是从墙壁里冒出来的。

他们从酒店里的某间办公室唤来瓦尔登。他盘问了乞丐。他打开信封，发现里面空无一物。他不知道这种举动究竟意欲何为。他环顾四周。

但大堂里空空如也。

八

……瓦尔登再次转移了奥勃洛莫夫。他告诉管家："如果'列文先生'再来，你一定要让他进来，但我希望你马上告知普里查德。"他对普里查德说："如果'列文先生'过来，他走的时候你跟着他。"

费利克斯跟踪了瓦尔登好几天。第一天，瓦尔登在俱乐部吃午饭，下午去了好几个地方，在家吃晚饭，然后去了歌剧院，接着又在晚宴舞会上酒足饭饱。第二天，他早早乘车离开家。费利克斯骑车尾随，但瓦尔登的车很快就离开伦敦市中心，加速行驶，费利克斯被甩掉了。

没有别的办法，只能再去莉迪亚那儿试试……

夏洛特溜出家门，参加了争取妇女选举权的大游行。

……费利克斯看到妹妹从瓦尔登家出来。"娜迪亚！"他喊道。她一脸困惑，继续往前走。费利克斯意识到，纵然娜迪亚十九岁的时候就是这副模样，但她已经不是十九岁，而且他已经二十年没见过她了。这人想必是夏洛特，莉迪亚的女儿，直到现在，费利克斯还只是远远见过她。她或许知道奥勃洛莫夫在哪儿。费利克斯跟上她……

他（费利克斯）看到夏洛特在冲突中摔倒，便救了她，带她（夏洛特）去了家廉价咖啡馆，给她买了杯咖啡。他们聊天。所以莉迪亚有个和我妹妹几乎一个模子刻出来的女儿……费利克斯心中逐渐生出不可思议的怀疑来。他问了夏洛特的确切生日。她告诉了他。

这下他清楚了，她是自己的女儿。

九

瓦尔登人在瓦尔登庄园，这是奥勃洛莫夫的最新藏身处。奥勃洛莫夫每天都通过俄国大使馆，利用信件和加密电报同沙皇沟通……瓦尔登匆匆赶回伦敦，再次询问丘吉尔。

* * *

夏洛特被费利克斯迷住了，那些困扰她的难题，他都有答案：

为什么会有穷人？为什么会有战争？性为什么是隐秘的？

费利克斯说，他很久以前在俄国就认识莉迪亚，夏洛特让他想到自己的妹妹。"我们说不定是亲戚呢。"夏洛特漫不经心地说。费利克斯屏住呼吸，犹豫了一下，说道："有可能。"

他们约好再见。

* * *

瓦尔登和丘吉尔想出新的反向提案……

丘吉尔说他必须让内阁通过这个提案。

* * *

费利克斯进退两难。他发现自己有个女儿，此前他对她的存在全然不知，而她很可能知道奥勃洛莫夫人在何处。他该利用她吗？

他从报纸上读到，弗朗茨·斐迪南大公在萨拉热窝遇刺身亡。

他必须利用她。

他们一起参观了国家美术馆。她就画作侃侃而谈，为费利克斯打开了新世界的大门。他深深为她骄傲。

他告诉她，萨拉热窝的刺杀事件意味着战争。他解释说，瓦尔登和奥勃洛莫夫正企图将俄国拖入战争，为了阻止他们，他必须杀死奥勃洛莫夫。夏洛特没能轻松地接受这一切，但经过漫长的讨论，她说："你是对的。"

他问她："奥勃洛莫夫在哪儿？"

她并不知道。

但她会找到他的。

十

夏洛特问莉迪亚奥勃洛莫夫在哪儿。她回答:"问你父亲。"她问瓦尔登。他说:"你还是不知道为好。"

* * *

……他沮丧地散步,并远远瞥见从前的情妇,回到家时,家里一片骚乱。夏洛特和争取妇女选举权团体的两个成员因为纵火焚烧邮箱被捕。瓦尔登不得不把女儿从监狱里弄出来。他保证将她送出伦敦,让她远离麻烦。

内阁通过他提出的反向提案,因而他次日坐车去瓦尔登庄园,把消息告诉奥勃洛莫夫。他带上了夏洛特,并将她留在庄园。

费利克斯和夏洛特约好了再见面。他等了她一整天,而她当然没有出现。

十一

……她(邦妮)现在靠积蓄度日,舒服但孤独。他们做爱了。事后她告诉他,她知道(凭经验)他生不了孩子。他说:"可是我已经有女儿了。"邦妮说:"她是什么时候出生的,亲爱的……确切日期?"

$*\quad*\quad*$

与此同时，费利克斯去找莉迪亚，再次询问奥勃洛莫夫的下落。莉迪亚说："你想利用我谋杀他！"费利克斯说："这些年来，我一直有个女儿……你有没有意识到你从我这里偷走了什么？"他们就像互相背叛的情侣那样争吵起来。在争执达到顶峰的时候，他们激情拥吻。随后莉迪亚躲开，跑出房间。费利克斯离开。

普里查德跟踪他。

$*\quad*\quad*$

瓦尔登回到家时收到三封信。

一封来自丘吉尔。奥地利向塞尔维亚发出战争最后通牒，限时四十八小时。

第二封来自奥勃洛莫夫，他同意新协议。瓦尔登通知了丘吉尔，并提议应当在星期六签署协议，就在瓦尔登庄园。

第三封来自斯特普尼的红狮俱乐部，普里查德就是从那儿监视费利克斯住所的正门。信上说："我已经跟着狮子回了老巢。"

瓦尔登又给丘吉尔发了封信，随后套上了普里查德的外套前往伦敦东区。

十二

费利克斯到家时，收到一封来自夏洛特的信："奥勃洛莫夫就在瓦尔登庄园。随便哪天早上，你都可以在大宅北边的林中马道上见到我。"于是费利克斯有条不紊地准备起炸药包。

警察抵达红狮俱乐部前，费利克斯就离开了。瓦尔登和普里查德跟着他到了火车站。普里查德跟在他身后排队，买了一张去往相同目的地的票，是瓦尔登庄园附近的集镇。普里查德上了车，确定了费利克斯的座位，随后回来把票给了瓦尔登。瓦尔登写了张字条让普里查德带给丘吉尔，随后便上了车。火车启动。

丘吉尔命军队截停火车，逮捕了车上所有的人。

普里查德飞奔回家，告诉莉迪亚发生了什么事。而后他开上劳斯莱斯，匆忙赶往火车被拦截的地方。

* * *

在火车上，瓦尔登疑惑莉迪亚为什么没有告诉他"列文先生"又来了，这件事是否和邦妮那天下午说的事情有关。火车在上坡处慢慢停下。瓦尔登看向窗外，发现火车被士兵包围。随后他看到费利克斯从身边经过，朝火车后方去了。他起身跟上去。

费利克斯进了列车长室，那是火车的最后一节车厢。他松开刹车，炸毁车厢连接处。车厢开始沿着山坡下滑。

瓦尔登越过车厢间的间隙，攻击了费利克斯。打斗根本不是势均力敌的，瓦尔登被扔出车厢。

车厢加速，冲出士兵组成的封锁线。

十三

普里查德赶到。瓦尔登没有受重伤。士兵们追赶那节车厢。

车厢停下来时，费利克斯在一片田地上飞身而出。就应对追兵而言，这是个不错的开始。他抵达主路。一辆车开过来。他拦下车，把司机扔到车外，开走了车。

士兵们设置了路障。费利克斯撞了过去。

瓦尔登和普里查德驾驶劳斯莱斯穷追不舍。

费利克斯扎破轮胎。他开着偷来的车离开公路。他弄碎了挡风玻璃，将玻璃碎片抛撒在路上。随后他横穿乡村。

瓦尔登和普里查德的车轧上了碎玻璃，两只轮胎被扎破，于是他们开始步行，寻找可以租马的地方。

费利克斯在牧场弄了匹马。他在星期五凌晨三点左右抵达瓦尔登庄园附近。周围有几个警察，但这个从西伯利亚逃出来的男人知道如何在树林里躲一夜。

十四

瓦尔登和普里查德在黎明前抵达，在瓦尔登庄园领地内布下警力网。

夏洛特在早餐前去骑马，在林中见到费利克斯。她把费利克斯带回马厩，而后带着他翻越屋顶，来到她在阁楼的藏身处。她告诉他，奥勃洛莫夫的房间日夜有人把守，各处门窗前都有守卫。

然而，他们将于星期六下午三点签署协议，签约地点是个名为"八角形"的房间。

莉迪亚从伦敦赶到。听罢普里查德告诉她昨晚的事后，她断定夏洛特肯定在帮助费利克斯。她必须把这件事告诉瓦尔登，她在这样做的时候，也有义务坦白夏洛特的身世。因为邦妮的话，瓦尔登对此多少有些心理准备。他和莉迪亚原谅了彼此，并决定重新开始。

与此同时，夏洛特被禁足在自己的房间，瓦尔登派人彻底搜查整栋房子。费利克斯躲到屋顶上，逃过了搜查。

夜里，他蹑手蹑脚地穿过漆黑一片的房子，把炸弹埋在"八角形"的花盆里。他将炸弹设置在三点十五分爆炸。

十五

……三点钟，瓦尔登和奥勃洛莫夫在丘吉尔和俄国大使的见证下签下秘密协议。四个人喝香槟庆祝。

夏洛特的禁闭解除。她径直去了阁楼，告诉费利克斯："太晚了——他们已经签好协议了。"

"还不算晚，"费利克斯说，"他们马上就会被炸飞……在两分钟之内。"

夏洛特说："可是你不能杀了我父亲！"

"他不是你父亲，"费利克斯说，"我才是。你听我说，我和莉迪亚从前是情侣，然后——"

"那又怎么样！"夏洛特说着跑开了。

费利克斯追上去。

夏洛特在三点十四分三十秒冲进"八角形"。她说："所有人都出去——"

费利克斯跟着她进来，试图把她拽出去。瓦尔登和奥勃洛莫夫攻击他。

现在是三点十四分五十秒。

费利克斯拼命挣扎。有那么一刹那，他挣脱了想要控制住他的人。

现在是三点十四分五十九秒。

费利克斯抄起埋有炸弹的花盆，紧紧抱在胸口，破窗而出。

在他落地之前，炸弹爆炸。

夏洛特跑向瓦尔登。瓦尔登拥抱她。

"父亲。"她说。

后　记

在战争开始后的最初几个月里，俄国威胁着德国的东部战线，迫使德国从西线调拨兵力，这对于延缓德国入侵法国起到了至关重要的作用。1915 年，君士坦丁堡和博斯普鲁斯海峡正式归俄国所有。1917 年，俄国人民纷纷起义，推翻沙皇政权。这是费利克斯终生致力的事业，他当然没能活着看到这个结果。但或许，幸好如此。

全书完。

对第四版大纲的分析

在这最后一版大纲中，福莱特从当下（1914 年）开始讲故事，并进一步增进主要人物之间的情感关联，因此为不少感人场景创造了可能性。同时，费利克斯林荫路抢马车，企图在萨伏伊行刺，上演火车追逐，在瓦尔登庄园谱写壮阔结局，这些算是作者对肢体行动的尝试。费利克斯炸毁列车厢之间的挂钩，搭乘其中一节车厢冲破士兵组成的封锁线，逃离车厢，偷走汽车，因为爆胎而弃车，又用玻璃碎片破坏道路这些桥段不太合适，成书并没有使用。即将在瓦尔登庄园上演的谋杀必须是整个故事的高潮。上述段落都是为了将故事引向这一高潮，势必要紧张激烈，但在精彩程度上绝不能跟高潮相比肩，甚至胜过高潮。如果你再读一下《圣彼得堡来客》的第十三章，就会注意到福莱特如何保持高度的紧张感，同时又让情节不那么夸张。

第四版大纲最重要的变化是，福莱特让费利克斯成了夏洛特的亲生父亲。这种不可能的情节有老套之嫌，对于作家来说是巨大的挑战。但福莱特由此获得情感上的张力，这远比失去情节的可信度更重要。这一变化带来的全新的内驱力使故事更为曲折，并通过多种方式解决了前面大纲中的弱点。现在，四个主要人物面临的个人风险都被推到不可思议的高度。我们更容易同情他们，喜欢他们，并在情感上与他们产生共鸣。现在，他们连同他们的困境全都是"大于生活"的，处在精心设计、高概念的情境之中。另外，在增强作品的可信度方面，福莱特完全可以相信自己的艺术技巧。

来看一些细节。现在的莉迪亚从第一次露面就被赋予了有力的驱动力：保守可怕的秘密，并确保女儿永远不会陷入同样的泥沼，虽然在她的人生中，对费利克斯的回忆无孔不入。她记得，嫁给瓦尔登的那一天，是她人生中最不开心的一天。马车袭击发生后，莉迪亚并没有认出袭击者，但她梦到了费利克斯。费利克斯初次造访时，她很害怕，但也渴望触碰他，渴望他能吻自己。他几乎忘了自己为何而来：了解奥勃洛莫夫的下落。在他离开时，她深深地松了口气，庆幸他没有猜到接下来的故事，关于夏洛特的部分。在这份大纲中，莉迪亚处变不惊，忠心耿耿，并且爱着丈夫。她凭一己之力意识到费利克斯可能在追踪奥勃洛莫夫，于是提醒瓦尔登。她纡尊降贵变卖珠宝，以及瓦尔登发现这件事这部分情节被拿掉了。在这版大纲中，普里查德依然跟踪她，但在成书中，这部分内容也被去掉了。夫妻之间更为温情的关系几乎回荡在每一章中。最终，她向瓦尔登坦白了夏洛特的事，两人实现了沉痛的和解。费利克斯第二次来访时，莉迪亚同他激烈对峙，"你想利用我谋杀他"，而他更为激烈，指责她偷走了自己的女儿。随后，在愤怒与心碎之中，他们接吻。这些段落非常有力。

这版大纲从开头就把费利克斯塑造得更脆弱，更人性化。他来到伦敦，因为能和自己爱过的女人同在一国而激动。在他与莉迪亚相处的场景中，他更有感情，不再那么冷冰冰地操纵对方。他甫一意识到夏洛特是自己的女儿，便拥有了空前的柔情。他诱奸夏洛特的部分被拿掉了。他为夏洛特的美丽、对艺术的渊博感到身为人父的骄傲，瞬间对于利用她推进自己的刺杀目标感到不安。他一分为二，不再是一心一意的杀手，获得了一些人性。如果不是因为奥地利大公在萨拉热窝遇刺身亡，可怕的战争刹那间迫在眉睫，他极有可能放弃将她卷入其中的想法。他刚刚发现自己有了女儿，这份爱为他在结尾独自挡住爆炸、让女儿得以逃脱做了铺垫，增强了这个结尾的可信度。

现在的瓦尔登除了是谈判者、父亲、丈夫，还被赋予了许多大行动，这使得他作为主要人物、费利克斯的主要对手、对决的另一方，比夏洛特特征更鲜明。他与费利克斯之间的对决是整本书的主干。最开始，福莱特把瓦尔登打造成一个保守派，不愿招待来自敌对阵营自由党的丘吉尔。但瓦尔登很有责任感，热爱祖国，答应临危受命，而这项使命是促成这部小说的事件。在王宫外的马车里躲开费利克斯的袭击后，瓦尔登在开往萨里的火车上勇敢跳过断开的车厢，攻击了费利克斯。但是，由于在最后的成书中删掉了这段火车插曲，福莱特在书中安排瓦尔登在萨伏伊抓住了费利克斯投向他的一瓶硝化甘油，从而挽救了局面，而且是在所有人的注视下做出了这一令人敬畏的壮举。在书里（大纲里没有），瓦尔登还参与了一场激烈但徒劳的枪战，紧追在伦敦城屋顶上狂奔的费利克斯。然而，最有助于他成为出彩人物的部分在故事的结尾处，也就是他对夏洛特和莉迪亚的柔情，这也是大纲中没有但成书里有的内容。

在故事结尾，夏洛特救了瓦尔登。她已经牢固的人物形象在大纲中得到进一步强化。是她而非贝琳达无畏地主导了突袭图书室、探索性真相的行动。夏洛特不仅震惊地发现无家可归的安妮露宿街头，还要求父母雇安妮当自己的女仆，并且成功了。在费利克斯的影响下，夏洛特不再是个让费利克斯顾虑重重的人物，他也不必再假装自己只是想绑架奥勃洛莫夫。夏洛特赞同他的观点，同意配合暗杀，并且冒着极大的风险直接将费利克斯带回家，藏了起来。然而，当她知道瓦尔登也会被杀死时，没有任何理由能够阻止她去救他，哪怕是只身犯险。

你肯定已经将情节的变化看得很清楚了，但其中一些值得着重强调。请注意，我先前指出费利克斯如今独自行动（是唯一的反面人物，因此获得了读者更多的关注），刺杀行动几乎从第一章费利克斯一出现就开始了。没必要再写个不痛不痒的场景，让一个无足轻重的人物将他诱入阴谋之中。我们同费利克斯初次照面时，他已经在朝着终极目标努力，悬疑感大大增强。

无用的楔子和尾声都被删除了。作者将费利克斯的初次暗杀行动与女孩们在皇宫的初次社交亮相融合在一起，因此这段宫廷小插曲便不再只是对那个时代社会问题的注解，福莱特将它并入正在进行的行动中。莉迪亚告诉瓦尔登，她将奥勃洛莫夫的下落透露给了一位"俄国客人"，这促使瓦尔登亲自采取行动，在萨伏伊设下陷阱。在大纲开头，夏洛特给贝琳达展示了一个阁楼上的藏身处，以及一条穿越瓦尔登庄园数英里屋顶的路。这一切在故事结尾起到很大的作用，那时夏洛特带着费利克斯穿过屋顶，偷偷把他藏进阁楼里。

根据小说家的经验，以及写作大纲的水准，读者可能会认为我对这四版大纲的分析过于简短粗略，或者废话连篇，过于事无巨细。对分析中的大部分内容感到新鲜的读者或许应问问自己，在多次完善大纲的过程中，福莱特做了哪些根本性的调整，从而将薄弱的情节概念转变为一部风行全球的小说的蓝图？

简而言之，最开始，他只是给了我们一点背景资料，以及一个简单的戏剧性前提：费利克斯通过诱奸夏洛特接近和试图暗杀奥勃洛莫夫，处于青春叛逆期的夏洛特因为自身的经历很容易上费利克斯的当。两个人物，寥寥几个预示着高戏剧性的场景。

在完善大纲的过程中，福莱特为暗杀情节增添了越来越多的步骤（以及反击）。在最后一版大纲中，他从第一章就开启暗杀行动，并让暗杀行动贯穿到最后一章。

与之相似，福莱特用一套完整的环环相扣的场景刻画夏洛特及其反叛的性格，她的一些行动引发了反制行动。

最关键的或许是，这本是一个所有人物彼此陌生的故事，但福莱特将之转变为一个人物全都紧密关联的故事，从而可以创造饱含巨大悲痛与高浓度情感的场景。

行动越来越聚焦于四个主要人物，我们也越来越容易对这些人物共情。最后，至少有一个人物（通常不止一个）出现于每个场景中。而所有聚焦于次要人物的场景在最终版大纲里都被删除了。

惊悚小说需要主要对手人物（对手人物是一切流行小说的必要条件）。第一版大纲安排凯尔当费利克斯的对手，这一安排贯穿绝大部分故事内容。然而到了小说结尾，对手变成夏洛特。但这两个人物都无法作为与费利克斯旗鼓相当的对手贯穿整个故事。而到了第四版大纲中，瓦尔登这一人物得到充分发展，担起这样的角色。在成书里，福莱特更进一步，让他变得英勇无畏。

穿插在费利克斯、夏洛特和瓦尔登故事中的重要人物是莉迪亚。在第一版大纲中，她只是个背景人物。而到了最终版大纲中，她的角色有了发展，对暗杀阴谋具有影响力，并同丈夫、女儿一起参与到家庭剧中来，这当然是源于她年轻时和费利克斯之间的秘密恋情。她必须保守女儿生父的秘密，这一需求将她转变为一个肩负使命的人物。外加她对费利克斯依然有感觉，所以她也有了推动情节的动力。

费利克斯的进化现在也很清晰，他从卑鄙的德国持枪歹徒变成了冷血的俄国无政府主义者，然后发现自己身为人父，逐渐能够看到生活中的些许美好。但为了把这个人物塑造成绝佳反派，福莱特最终采取的举措是给予他自我怀疑，让他自问整件事的价值，自问他作为恐怖分子的价值。他在两条路之间纠结，成了有血有肉的人。其他的主要人物也是一样，每个人都被赋予了各不相同的内心斗争：莉迪亚在费利克斯和丈夫之间纠结，夏洛特在亲生父亲和养父之间纠结，瓦尔登也在自己的义务和对家人的爱之间纠结。

写完这些大纲后，福莱特为写就一本大书创造好了人物与情节。至于其他关键部件，你将会看到，在真正动笔写作的时候，多半都会实现。

在本书结尾，你会读到福莱特这本书修改后的章节。我会从小说里提取案例，探究并说明作家如何逐句修改并提升两个场景，以及重组小说的整体框架。之后，我将再次强调小说结尾与最终版大纲有哪些重要的不同之处，并探讨促使福莱特做出这些改进的技巧原则。

现在是时候问问你自己，如果福莱特没有改进大纲，就用第一版大纲，或者根本没用大纲就把书写了出来，会怎么样呢？没有现成的答案，但你若现在回过头去，再读一遍第一版大纲，就会发现，很难想象一本顶级畅销书是脱胎自这样一份大纲。

你或许还会问，作家该如何超越自己的初始概念呢？他能否凭一己之力做到足够客观，决定哪些地方需要改变，哪些地方需要加强呢？我不曾做过全国性的民意调查，但我猜只有少数作家可以做到这一点，绝大多数都做不到。把大纲放在一边，一周后重读它。若是你已经牢记整本书阐述的原则，说明你已经掌握一定的技巧，那么你就能凭借自己的力量尽可能远离你的初始构想，至少能注意到其中的些许薄弱之处。但是，正如我在本书最后一章所指出的，如果你在推进作品的每一步都能从有见识的文学经纪人、编辑或小说家同行那儿得到一些睿智的反馈，那么你能得到极大的帮助。

于是问题又来了，当你写完大纲，你怎样才能知道你刚刚写完的这份大纲是不是最终版呢，什么时候才能正式开始写小说呢？答案是，你无法确切知晓，就和你不知道你完成的小说有多精彩一样。在通常情况下，我建议你至少写三版大纲。到那时，如果每一章里都包含戏剧高潮，并以某种显著方式推动你的故事发展，如果你至少有一个人物（最好是两到三个）能让我们深感共鸣，而这个人物的命运又在故事结尾处有个激动人心的结局，那你或许就算是精心炮制出了架构，可以将它构筑成令人兴奋的小说了。

05.

WRITING THE
BLOCKBUSTER NOVEL

『大于生活』的人物

尽管朱迪斯·盖斯特的《正常人》取得了巨大成功，且实至名归，但购买通俗小说的人鲜少满足地沉迷于隔壁可爱小夫妻的生活。读者哪怕早已忘记故事中惊心动魄的场景甚至高潮，但依然记得书中的人物。那些人物在脑海中扎根多年，并且以不止一种令人意想不到的方式浮现。这一章将探究这种经典人物是怎样设计、构建、塑造并跃然纸上的。

在日常生活中，当我们说我们认识某个人，很了解他，和他很亲密，那么关于这个人，我们想到的最根本、最特别的事情是什么呢？我们通常会想到外在的东西：他喜欢穿什么衣服，吃什么东西，怎么花钱或省钱，怎么利用空闲时间；他工作有多么努力，玩得有多么疯，多么欲求不满；他有多么爱笑，多么爱开玩笑，或者多么消沉，多么爱抱怨；他有多么爱或恨他的家人、朋友、敌人以及生命中的其他人，而那些人对他又是什么感觉。

在构建主要人物时，一个小说家需要运用许多诸如此类的变量，同时也要结合其他所有可能的习惯、特征、癖好和欲望。但作家还得继续深入挖掘。他必须让我们看到并与他共享隐秘栖居于人物内心深处的渴望、希冀、欲念、野心、恐惧、爱与恨，其他人物对此或许一无所知（就和生活中一样）。写作者必须通过人物的眼睛与感受力观看小说环境（自然环境和人类环境）。作家在这样做时，他自己和读者都能对人物感到亲近，获得一种近似于爱的感情。

动机

亚里士多德或许是第一个指出（在其幸存的作品中），悲剧中的人物是由其行动定义的人。我坚信，这种观点仍旧适用于戏剧和小说中的人物，在生活中也适用。然而，索福克勒斯并不只是让我们目睹了俄狄浦斯和安提戈涅究竟做了什么，他首先让他们向我们袒露了动机。这动机里便存在着观众或读者在乎的关键，让他能够暂时抛弃自己要操心的事，去同情人物，与之同频共振，对他的恐惧、焦虑、渴望和喜悦感同身受。要想让这种情况出现，作者需要透露出人物在当下这个场景中最渴望得到什么，希望或者梦想未来、余生，或至少在整个故事的时间跨度里得到什么。这能照亮人物的内心。应该通过对话、人物的内心独白（更常用）抑或作者的叙述，袒露人物的灵魂，这样做能拉近读者与人物的距离。

如果你的人物梦想的、渴求的是社会大众所认同的，不是什么丢人、怪诞、离谱至极的愿望，不会让你书里的其他人物把他想成疯子、恶魔或笑料，那你可以非常安全地在对话中写明他的愿望或目标。但是，若你笔下的人物最深沉的渴望过于私密、危险、古怪、不切实际，太过分了，很难轻松透露给他人——这种情形很常见——那你最好还是通过内心独白或作者叙述透露他的宏愿。等我们分析郝思嘉这个人物形象的发展时，你们就能发现，这些技巧既可以让人物更具深度，也可以在字里行间炮制出戏剧张力。让人物所思所想与所言大不相同，这种对照能轻松地获得这种效果。

"大于生活"的人物是畅销小说的支柱，所有文学作品都通过这些技巧揭示成功的主要人物的希望和目标。但郝思嘉、麦吉和唐·柯里昂的隐秘渴望与幻想很不一样。这些人物渴望并追逐（在他们所处的社会环境当中）不可能或近乎不可能的事物。费利克斯打算通过谋杀奥洛夫[1]亲王，阻挠沙皇在战争中加入英国阵营——一个弱小的个体希望仅凭一己之力影响甚至控制强大的帝国。直到《飘》快结束的时候，郝思嘉对艾希礼难以抑制的感情没有分毫减弱，哪怕他背叛了她，娶了梅勒尼，还不断拒绝她。在书的后半部分，她对金钱和安全感的渴求也同样狂热，完全是"我才不在乎别人怎么想"。一言以蔽之，她激情澎湃。

唐·柯里昂

对我而言，当代小说的一大奇观是普佐如何巧妙地塑造了一位匪首——一位黑手党老大。这个男人统率一个包括了杀手、勒

1 　该人物在成书中的名字。

索者、放贷者、奸诈的工会干部、非法赌马商及其他罪犯的强大组织。普佐呈现这样一个人物的方式是让他变得令人难以忘怀，人们就算不喜欢也会钦佩他，他显然是过去半个世纪以来最受欢迎的小说主人公。我们现在来仔细观察普佐做的几件事，他就是这样创造出这个人物的。这个人物年轻时只是个来自西西里的底层流氓，但普佐把他塑造为备受敬仰、读者也接受的教父。

故事从三个男人开始，他们正处在痛苦和难以轻易摆脱的困窘之中。入殓师亚美利哥·博纳塞拉没能在法庭上为女儿伸张正义，女儿遭遇强奸未遂，被狠狠殴打，下巴都脱臼了，得接回去。演员兼歌手约翰尼·方丹事业陷入困境，遭受羞辱，被淫荡的老婆撵出家门。面包师纳瑟里一定要为他的意大利战俘学徒拿到美国公民身份，不然他丰满可亲的女儿可能会失去唯一的嫁人机会。

这三个人受邀参加唐的女儿康斯坦其娅·柯里昂的婚礼，三个人都抓住机会请求甚至乞求教父的帮助。他们相信这个男人，这个和他们同为人类的人能够修正司法系统的错误，能够为敌对国家的人取得美国公民身份，能够迫使好莱坞大制片厂起用一个被迅速且坚决拒绝的演员。这份坚信使得唐·柯里昂在故事开篇就是个力量极大又极神秘的名人。他对待演员略显严苛，对入殓师更是冷峻。但重要的是，他允诺解决他们每个人的问题，他什么都不求，只要他们的友谊。他做到了他答应的事。求他办事的人满心感激，这些困顿之人对这个非同寻常之人的感受是温暖与钦佩，我们这些读者也被卷入其中，感同身受。

再来看看柯里昂如何兑现自己的善良与慷慨。对面包师的帮助包括向国会议员行贿两千美元，但是，这样做是为面包师女儿的初恋铺平道路，似乎没那么可恶，尤其是，腐蚀国会议员这件事始终是暗箱操作的，而代表女儿恳求的面包师则直面我们。记住，对于读者而言，在判断人物时，他们的考量主要局限在亲眼看到的这个人物的所作所为，而不是别人对他的评判。唐满足了入殓师的要求，让一个蒙面男人把两个未遂的强奸犯给打成肉酱，用的是特别设计的铜指虎，上面有两毫米长的尖刺。然而，教父本人出场时，却散发着玫瑰的芬芳。博纳塞拉想让那两个家伙被弄死，但他们没死；柯里昂要求报复必须由"不会因血腥而忘乎所以的人"来实施，"毕竟我们又不是杀人犯"……这两个年轻人遭到殴打，是因为其无情而残酷，他们的父母也没好到哪里去，他们贿赂法官，让法官给他们卑鄙的儿子判了缓刑。人们或许会假设这些父母很爱孩子，为了他们甘愿走极端，就像入殓师为自己的女儿所做的一样。但我们并不知道他们在儿子遭到殴打后如何绝望，因为小说并未对我们呈现这些内容。因而在普佐笔下那个邪恶的世界里，唐始终表现得远不如腐败的政府机构和他必须对付的那些人那么邪恶。

权力行动

小说开场的基石，以及比之其他行动更能奠定柯里昂"大于生活"之形象的基石是，柯里昂为约翰尼拿到他作为演员极度渴求的电影角色。权力无边的电影公司老板杰克·沃尔茨是 J. 埃德加·胡佛的朋友，也是总统的朋友。起初他告诉彬彬有礼的汤姆·哈根（唐的军师和使者），让唐去死吧。沃尔茨很讨厌约翰尼的勇气，管他叫左派混混，扬言要把他踢出电影圈。沃尔茨言语粗鲁，公然使用反意大利语言。作者还把他写成一个有恋童癖的施虐狂。他的最爱是他的世界顶级赛马，尤其是喀土穆，那是全世界最厉害的赛马，这位电影大亨为这匹马花的钱创造了当时的世界纪录：六十万美元。因此，柯里昂安排了这么一出：让沃尔茨被叫醒，发现那匹了不起的赛马柔软光滑的头颅与身体分了家，马头就扔在他的床上。这位加利福尼亚老板认为自己权力无边，唐·柯里昂对此根本不了解，更不用说他还那么有钱，跟美国联邦调查局和白宫都有关系。可惜他错了。这种行为令人反感，但更令人惊惧。对他和对我们都是如此。纵然，在严格的法律条款中，沃尔茨显然对的，但惊叹的读者将钦佩和同情给了西西里人——他们想到这个计划是多么巧妙，想到他有魄力也有能力实现这个计划，想到他兑现了对教子约翰尼的承诺，更关键的是，想到他让杰克·沃尔茨这么个冷酷、惹人厌的人跌落神坛。相比之下，"有教养"的唐从不说污言秽语，从不伤害小姑娘，也不栽培"像水泵一样榨干你"的门徒。

就在女儿的婚礼之后，柯里昂去法国医院看望詹科·阿班丹多，阿班丹多是他从前的军师，因癌症而不久于人世。他在女儿婚礼当天来到医院，阿班丹多太太管他叫圣人。但真正惊人的是，将死的阿班丹多仍旧狂热地希望柯里昂能够使他免于死亡，再不济也能牵线搭桥，让他免下地狱。这一幕小插曲并不是为后续情节做铺垫，和后续情节也没有任何关联。这一幕出现在那两个未遂强奸犯被袭之前，是为了表现柯里昂的善良与温柔，证明他能够处理痛苦的情境。这个场景表明身边的人奉唐为上帝般的存在。

上述所有片段都在整本书的前四分之一中，在故事的主要冲突展开之前，唐和索洛佐及敌对犯罪组织的争斗还没开始。普佐利用这些笔墨构建了柯里昂家族的环境，简明扼要地勾勒出索尼、迈克尔、凯、汤姆、康妮、卡洛、约翰尼和露西这些人物，但最重要的是，赋予他笔下的主人公高大的形象，让我们读者坚定不移地站在他这边。看到唐在行动时如此有力，我们便能接受并相信他是个乐善好施的暴君，在这世上不亏欠任何人。他不受政府支配，不向法律屈服，除非是他自愿遵守的法律。他为了朋友和家人奋不顾身，慷慨大方，愤怒时冷酷无情，但从未像他的对手和敌人那样卑劣或邪恶——简而言之，他是个独一无二的人物。

对于唐，我们知晓的一切都是从他的言行，从其他人物说的话、对他的看法中得来的。普佐极少直接描写柯里昂的想法和感受，偶尔会用寥寥几笔写他的内心独白。他刻意让唐同我们稍稍保持距离，从而增强了他的神秘感和神一样的光环。为了让郝思嘉这一形象丰满起来，玛格丽特·米切尔用到了一些同普佐类似的技巧，但她还一幕接一幕地写出郝思嘉所言所行与她所想所感大相径庭，甚至截然相反，而我们当即就能看出来。这种矛盾提供了多棒的戏剧性啊！不止于此，郝思嘉的内心往往比她所说所做的那些反常之事更加激烈。和普佐不同，米切尔让我们熟悉郝思嘉的勇气与渴望、爱与恨，从而让我们同她建立起极为亲密的关系。

郝思嘉

"郝思嘉并不漂亮，而男人们一旦被她的魅力吸引，就鲜少能够意识到她不美，比如塔尔顿这对孪生兄弟便是如此。"从全书的这第一句话起，这个十六岁的少女就以与众不同的形象出现了。在第一页末尾，米切尔告诉我们："绿色的双眸与恰到好处的甜美脸庞是那么迷乱，任性，充满活力，与她端庄得体的举止明显不同。"我们尚未看到女主人公展开行动，但作者正在做铺垫工作，为我们做好准备。郝思嘉初次让读者感受到她的个性，是她拒绝那对孪生兄弟谈论"战争"。她辅之以微笑——酒窝变深，睫毛抖动，让男孩们魂不守舍——但显而易见，她的动机是自恋。她完全无法忍受在一段对话中，自己竟然不是主角。她就是这样一个人物，明确维护自己的主张，却依然能让别人高兴，而不是招致恼怒与气愤。

对郝思嘉那汹涌澎湃的激情，我们是通过布兰特·塔尔顿的宣告得到最初的一瞥。艾希礼·威尔克斯将要订婚的消息将在明天烧烤派对上宣布，郝思嘉对此未置一词，但唇色苍白。随后，她主动开口，答应跳每一曲华尔兹，并和双胞胎吃晚餐，即便她之前告诉过他们，她的每一支舞都已经答应给别人了。过去他们总是要央求、恳求她，才能从她那儿得到一点点垂怜，所以此刻他们欢呼雀跃，完全没有猜到她的所思所感。

这对双胞胎刚一骑马离开，米切尔就充分阐述了郝思嘉的影响力与自恋。斯图尔特和布兰特都被郝思嘉蓄意魅惑，远离更适合他们的姑娘。她并不喜欢这两个男孩，但她无法忍受任何男性友人爱上除她之外的女人。郝思嘉的绿眼睛是那么灵动，面对他们的睿智言论笑意浓浓。她用这些伎俩使他们心旌荡漾，但她并非所向披靡。男孩们的母亲毫不掩藏对郝思嘉的厌恶，叫她"狡猾鬼""两副面孔的绿眼睛小荡妇"。故事几乎还没开始，这个年轻女人已经唤起人们如此截然不同的感情！

同情郝思嘉

在第二章，米切尔通过多种方式真正祖露并巩固郝思嘉的个性。前面提到，关于艾希礼的新闻令她错愕，但她并没有将自己局限于不开心。米切尔详尽描述我们这位女主人公的痛苦的组成要素：嘴巴很痛，因为勉强咧开嘴笑；心脏肿胀，胸膛已经快盛不下了，心脏跳动时还有一点点反常的抽筋；双手发冷。通过这些生动的描述，读者很容易甚至很自然就能对她的悲痛真正感同身受。

前面提到郝思嘉不服输，这是让她能够成为"大于生活"的人物的关键，但要唤起读者对这个以自我为中心的女孩的同情，她强烈的感情、汹涌的激情也同样关键。作者有时候是通过对话，有时候是通过郝思嘉的内心斗争让我们直接看到她的这些情感。在列举完上述痛苦后，作者让郝思嘉袒露心声："不是真的，骗人，是个天大的玩笑，艾希礼绝不可能爱上梅勒尼那种不起眼的女人。我，郝思嘉，才是他真正爱的人。"作为书中人物，她的根基就是坦荡无保留。之后，当父亲杰拉德告知她，梅勒尼真的已经抵达威尔克斯家的种植园，她感觉到自己因为气恼而脸颊绯红，希望能去摇晃父亲，让他闭嘴。随后，父亲证实订婚的消息，一阵痛苦"如野兽的毒牙野蛮地"折磨着她。父亲斥责她为一个本就没打算超越友情的男人抱怨不停。郝思嘉激烈抗议，但只是在心里，只有我们才知道。

为了让我们在乎郝思嘉这样一个任性又自私的人物，米切尔又往她的个性中增添了强有力的积极面。在小说中（在生活中也是一样），我们能够对之产生亲密感的人都同其他人有着紧密关联。事实上，卡夫卡和加缪笔下孤立的反英雄人物在通俗小说中是不可能成为主要人物的。郝思嘉依恋黑人保姆、杰拉德、艾伦，依恋塔拉庄园，这些在小说前三章中就明确呈现了出来。她同亲爱的父亲之间有一种相互抑制的共识。他或许会因她表现得像个假小子而斥责她，但当着其他人的面，尤其是保姆或者艾伦的面，他绝不会说郝思嘉一句不好。作为回报，她也对他跳过栅栏和输了扑克的事儿三缄其口。只要见到他，她就能得到安慰。我们还了解到父亲身上有一些地方是郝思嘉很喜欢的：他的活力、质朴和粗糙。甚至连他的气味她都爱：波旁威士忌混合着薄荷、嚼碎的烟草、光滑皮革以及马匹的芬芳。

保姆对于郝思嘉的所有缺点都不放过，她总是不断为她的"小乖乖"感到内疚，指责她还不如农场工人举止更得体，竟然没有邀请双胞胎留下来吃饭。保姆指责郝思嘉出格举动的长篇大论贯穿整部小说，从未停息。即便如此，她仍旧继续爱并支持自己年轻的女主人，即便是在郝思嘉完全越过了正派的界限，决定向妹妹的未婚夫弗兰克·肯尼迪求婚时，她也不改初衷。保姆的忠心是有助于我们同情郝思嘉的又一因素。郝思嘉从未停止跟保姆讨价还价，关于穿什么、吃什么，去哪儿或不去哪儿，要和谁在一块儿，她总是能智取保姆。但她无疑很尊重保姆，在某些方面也很怕她。在一次危急关头，郝思嘉回到被摧毁的塔拉庄园，将头靠在保姆宽阔下垂的胸脯上。后来，在南方重建时期，所有"亚特兰大老兵"都排挤郝思嘉，因为她贪婪，行事方式如同男人，同洋基佬和投机钻营的北方佬厮混一处。这时，梅勒尼坚定不移的忠诚帮助我们保持住对郝思嘉的同情。郝思嘉是这么讨人厌，有时候米切尔刻意怀着好意拿她同其他人做比较，以此构建她的形象，就和普佐的做法一样。比方说，事实证明，比起她哭哭啼啼、奸诈狡猾的妹妹苏伦，她更乐于助人，也更朝气蓬勃。

在郝思嘉的世界中，像神一样受人喜爱的人物是她的母亲艾伦。郝思嘉于祈祷时间在灯下给妈妈化妆，初次表达了对塔拉庄园的喜爱。我们读出郝思嘉很喜欢给妈妈化妆。艾伦初次在书中亮相时，心急火燎地试图帮助艾米·斯莱特里濒临死亡的宝宝时，都用戴了手套的手轻拍郝思嘉的脸颊。母亲的抚摸，她沙沙作响的连衣裙上那个小香囊散发出的柠檬马鞭草的幽香，都是屡试不爽的魔法，让郝思嘉振奋。艾伦的小办公室是整栋房子里郝思嘉最喜欢的房间，因艾希礼而心痛时，她渴望去那个房间，将脑袋枕在母亲膝头。年幼的郝思嘉总是将母亲跟圣母玛利亚混淆。此刻，看着妈妈平静的面容向上扬起，祈求上帝给予她平静，郝思嘉感受到一种前所未有的希望和信仰，相信在天堂之上，艾伦的声音能够被听到。我们看到郝思嘉操纵他人、诡计多端，也不断看到她被描写为一个可爱的女儿。

在整本小说中，郝思嘉多次尝试不可能或近乎不可能之事。考虑到她的性别、所处时代和社会阶级，我们可以认定她和唐·柯里昂一样英勇无畏、足智多谋。从一开始，米切尔就通过郝思嘉同保姆、双胞胎和杰拉德打交道让我们隐约瞥见她的这些品质。在第四章结尾处，也就是小说不到前十分之一处，我们头一次直接看到她展现出顽强。那时郝思嘉下定决心，绝不袖手旁观，放任艾希礼跟梅勒尼结婚。她，郝思嘉，爱他至深，并乐观

地相信他对自己的感情也是一样。她想出一个计划。第二天，她
要趾高气昂，无视他，同参加烧烤派对的每一个男子调情，让他
们全都围绕在她身边，引起艾希礼的注意，让他因嫉妒而失落。
随后她便会让他开心，适度让他知晓，他是她在这个世界上最喜
欢的男人。这样肯定会让他向自己求婚。随后他们就会私奔去琼
斯博罗，结为夫妻。当然，事情并不如她所愿。但是，从塑造人
物个性的角度看，重要的是我们都惊叹于她的决心与大胆。

费利克斯

郝思嘉和唐·柯里昂都是主人公。现在我们仔细但快速看一
下作者如何让费利克斯这一"大于生活"的反派出场并确立其形
象——你会发现，并没有那么棘手，只是有一件事不好操作。小
说开始时，郝思嘉和唐都已融入各自的圈子，被家人和朋友环绕，
但费利克斯的人际关系很松散。他谁都不爱，也没人爱他。随着
小说推进，在他见过莉迪亚和夏洛特之后，情况自然有了变化。
然而，在一开始，作者只能集中笔墨，生动刻画费利克斯的才智、
人性和非凡的勇气。他复杂的政治观点透露出他的所思所想。他
的父亲是个牧师，宣扬上帝深爱俄国人民，但费利克斯坚信上帝
痛恨俄国人民，因为他待他们如此残酷。佃农本就目光极为短浅
狭隘，费利克斯还从他们身上看到愚蠢的慷慨，天然迸发出的纯
粹好意，这些都让他觉得，如果在一个更好的社会，他们或许会

有更好的作为。在他的无政府主义同伴中，只有他一个人意识到，充满火药味的报纸文章不可能真的焚毁沙皇的宫殿。当他切切实实致力于那近乎不可能的行动时，我们发现，如果不曾提前小心翼翼地计划，他是不会往前迈一步的，计划包括自学英语这项艰苦的工作。

我们初次见到他，是在他抵达伦敦时，我们这时就窥见了他的人性闪光。他叹服肯特的果园和啤酒花田；德国人齐齐整整的碧绿田地、古雅村庄、花圃环绕的火车站，这一切也都令他无比震惊；瑞士白雪皑皑的雪山让他激动不已。在日内瓦，他去听了音乐会，并在书店工作。环顾伦敦，女人们的帽子令他着迷，那些帽子真是庞然大物，"如双轮马车的轮子一样宽阔，装点着缎带、羽毛、鲜花和水果"。他或许并不爱某个人，但福莱特的确赋予了他让我们能够共情的感受。

作者也让初次亮相的费利克斯展现出暴力、决断力和无所畏惧。如果这些是他唯一的特质，那他不过是又一个残酷的暴徒，一个老套的通俗剧人物，几乎无法唤起读者的兴趣，也很难得到读者的怜悯。但这些性格特点结合前面所描述的温柔特质，让他独树一帜。他的无政府主义同伴幻想着若是有人能杀了奥洛夫亲王该多棒，但遗憾的是，这根本不可能。然而让他们震惊的是，费利克斯说："我知道该怎么做，我去做。"在伦敦，他在餐馆吃饭，没付钱就离开，从食品商店偷东西，把一个男人弄下自行车，把车给抢走了。通过一段倒叙，我们得以知晓，他是从西伯利亚矿场逃跑的奴隶劳工；他以一种半疯癫的状态偷偷穿越整片欧洲大陆；他偷了一匹矮脚马，一直把马骑到死，随后吃掉马的肝脏；在鄂木斯克附近，他为了得到一个警察的餐饭而掐死了对方。作者告诉我们他极度贫困，我们便能想象，若是处在费利克斯的境地，我们敢不敢同他做一样的事。这就是重点。让这个反派人物"大于生活"的最根本因素是他进行各种尝试的强烈意愿，我们十有八九都不敢那么做。是什么让费利克斯充满魅力，甚至不可抗拒呢？是福莱特逐渐将他从一个不知爱为何物的男人变成一个开始去感受爱并伸手去争取爱的人。

你自己的"大于生活"的人物

总而言之，唐·柯里昂、郝思嘉和费利克斯是三个截然不同的人物，至少从表面上看是这样。但在各不相同的性别、年龄和种族之下，他们真的有那么不一样吗？这三个人全都是阴谋家，全然不顾貌似难以逾越的障碍，以无穷无尽的干劲追逐自己想要的东西。他们的坚持不懈并非"正常人"的那种坚持不懈，几乎到了走火入魔的程度。三人全都有明确的目标，但他们所处的环境往往需要他们不顾一切地从逆境中寻求解脱。没有人会认为他们当中有谁完美无瑕。事实上，他们犯的错可能远远盖过他们的美德。然而，我们是通过他们的感受去感受他们所处的世界。这些书中包含一些次要人物，三位主要人物深爱他们，他们也爱或钦佩这些主要人物，这能够让我们与他们感同身受，就算他们想要的并不是我们想要的。最后，他们难以遏制的决心与人性相互结合，让我们记住了他们。

你自己的书很可能只需要一个"大于生活"的人物。事实上，小说不太可能容纳超过一个"大于生活"的人物。赋予他你（和读者）能够产生共鸣的目标、追求、渴望或野心。而这个目标必须是，若你站在他的立场上，你也会强烈渴望并竭尽所能去实现。还要记住，追求可以是被动的，也可以是主动的。在玛丽·希金斯·克拉克的大多数畅销书中，在埃拉·雷文《罗斯玛丽的婴儿》这样的小说中，以及在《教父》中，从某种程度上来说，主人公的主要目标就是努力获取安全，战胜外界威胁，逃离可怕的险境，摆脱逆境。

你也要给予每一个主要人物（他们当中的大多数不必"大于生活"）内在渴望，渴望得到什么东西或什么人。他们也许不是独一无二的，但这些渴望能说明或定义他们的特点。可以将这样的欲望与主要情节相连，比如在所有的悬疑小说中，侦探都要克服重重困难解决案件，还有瓦尔登努力谈判，保护奥洛夫。若是如此，为了保护你笔下人物的人性，别让他只是故事情节的一枚小小齿轮，你有必要给他至少一个次要难题或者目标。在瓦尔登身上，这个次要难题体现在他和妻女的关系上，他需要留住她们的爱。你的人物或许不得不应付重病的母亲，迟钝的姐妹，一笔欠款，一个青春期的儿子，一只惹麻烦但她深爱的狗或猫。这些情况，或者你可能构想出的其他一百种情况，将会让他的人生更复杂，短暂地将他从快速推进的情节的限制中解放出来，展现他人性的光辉。在迈克尔·克莱顿的《旭日东升》中，主人公有个两岁的女儿，作为单身父亲，他使尽浑身解数抚养女儿，这就精确地起到了我说的作用。

人物亮相

一旦你确定了每一个主要人物的目标与追求，你就必须决定如何以及在故事发展到何时让他们亮相。尽量让他们单独出现，一次一个。在引入其他人物之前，至少给每个人物留出一页纸。这样你就能牢固树立每个人物的形象，读者也更容易在随后的情节中记住他，认出他。想象一场鸡尾酒会，有人一下子向你介绍五个人或十个人，只是记住他们的名字就够费劲的。在你的小说中，你绝对不希望读者陷入这种麻烦。

你的主人公应当在第一章就出场，绝对不能晚于第二章。读者想知道这个故事究竟是关于谁的。如果你让读者等待过久，超过两章他就会迷惑，于是相信他首先遇到的看似重要的人物就是主人公。要避免让读者做出这种错误的判断。另外，在小说开始时，还要早一点把其他主要人物放出来，并让他们从头到尾参与故事，而不是在每一次情节复杂化时塞进一个新人物，或在小说快结束时塞进一个新的主要人物。在肯·福莱特《针眼》

的初版大纲里，随着小说进入高潮，露西遇见并爱上费伯，随后发现他是个德国间谍。直到小说快结束了，露西才对故事起到较大的作用。但在成书中，露西在第三章就出现了。她和残疾的丈夫之间重重的困难是一直不间断的陪衬情节，激发了我们对她的兴趣，并为她最终与"针"的命定相遇做好了完美的准备。

构建你的人物

通常，创造出一个受人喜爱、仰慕、敬重的主人公再好不过。如果不能让所有人都这么觉得，至少得让他身边的一两个人物这样认为。而你的主人公也要向与他有关的一人或多人回馈些许好意和爱。正如我们已经看到的，哪怕是对费利克斯这种恐怖分子来说，这也是一条颠扑不破的真理。当然，万事总有例外。《针眼》里的费伯因为他的力量、诡计多端、无所畏惧而成为"大于生活"的人物，但作者没有赋予他任何人际关系，直到小说的最后四分之一。

优秀的小说无不在人物的刻画与构建上独树一帜，虚构的人物浩如烟海，正如人类生活中的人那样千人千面。但基于我们的目标，也就是构建一本超级畅销书，我建议，除了上述已经讨论过的人物特质，还要再加两个独一无二的特质：主人公的软肋或弱点，或他们对自己究竟有多少认识。在创造人物时，挖空心思思索他们。我们认为"完美"的人往往也是无聊的人。我们喜欢的人往往有些难以抑制的真性情，一些不那么完美的习惯，不合时宜的癖好。至于自我意识，在现实生活中，我们大多数人都对自己的缺点视而不见。因此，让你的文学人物至少能瞥见自己的错误，并对这些错误感到自责、惭愧，这样的人物在我们的心目中便能拥有更高的地位，因为他们至少有时候能做出我们都钦佩的举动，甚至能让我们怦然心动。

06.

视
角

在四十年中，作为文学经纪人，我参与出版了七百部左右的小说。但我只为一个职业编剧成功出版了三部小说，他在投身电影行业之前是个小说家。一打又一打的稿件被交到我这里来，许多都来自技艺娴熟的剧作家，他们都有广为人知的电影和电视剧作品。作为小说家，这些好莱坞编剧大多欠缺运用视角的技巧。观看一部电影，观众主要是通过摄影机的视角感受戏剧冲突和幽默，他们是置身事外的观察者，而不是参与故事发展的人。当然，技艺精湛的导演会设置大量机位，如此一来，观众看到和听到的就同他们想象中人物在电影里看到和听到的同步了。但摄影机只是通过视觉影像和对话传递故事，从某种程度上来说，必须从全局的视角呈现整个行动，所以在表现人物的想法、感受、希冀和渴求时会受到客观条件的制约。在一部好电影中，内心活动的碎片都是通过文字、台词、面部特写、演员表演的微妙之处甚至配乐来表现，但重点是，摄影机展示什么，我们就看到什么。但小说截然不同。

我们读一部小说时，带给我们最多享受的往往是我们永远不可能亲眼看见的事物。我们热爱的作家无不深入挖掘笔下人物的思想与内心。另外，当我们在小说中渲染一个人物对某个地方、某个人的特殊面貌有怎样的感受时，外界事物——风光或一个人的外表之类能够被看见的东西——也能展现出额外的活力。马塞尔·普鲁斯特的伟大作品《追忆似水年华》就是一个极端范例，他以极尽详细与敏锐的细节去描写、剖析、细究一层层的感受与情绪，如今鲜少有读者能耐着性子费劲读完这部卷帙浩繁的作品。畅销书作家其实也做这件事，只是在较低的程度上。我在这一章中的目标就是展示他们怎样最有效地做这件事。

决定一部小说的视角时，你身为作者有两种主流选项和许多子选项。首先，追溯到《荷马史诗》与《圣经》，那就是以全知叙述者的声音来讲故事，作家亲自描述场景、往事、现状以及人物的外表与内心。其次，在特定的场景和章节中，作家利用单一人物的有限视角。作者使用这种方式，读者就能和人物一起参与到小说中。这种关系是独一无二的。通过角色本身的感受来展开小说中的某些部分，经由感官印象（视觉、听觉、触觉、嗅觉），或通过内心独白来表达他的想法、感受与回忆。

控制视角

有些作者在控制视角这件事上非常严格。也有些作者则松弛得多。举个松弛的例子：米切尔以全知叙述视角书写《飘》开篇第一章，但在接下来的第二章里呢，虽不是全部，但是通过郝思嘉的内心来写大部分内容。这种模式贯穿全书，而郝思嘉一直是主要视角。但米切尔也不断进出所有主要人物和许多次要人物的内心与感受，还坚持不断地注入自己全知的叙述者的声音。与之相反，《圣彼得堡来客》虽有零星的作者叙述，但在绝大部分内容中，作者以铁腕控制视角。第一章由四个独立单元组成，这四个单元分别以瓦尔登、莉迪亚、夏洛特和费利克斯的视角来写。第二章包含体量极大的三部分：两个部分采用费利克斯的视角，第三个部分则是瓦尔登的视角。在第三章，作者再次通过四个主要人物的视角来写四个小节。在书中剩下的部分，在任何场景和章节中，福莱特都只通过单一人物的视角来叙述。这是极富启发的技巧，能让我们体验人物的行动，差不多完全避免了作者的叙述。

对于想要完成自己首部畅销书的作者，我强烈建议使用福莱特对视角的使用方式。这种方式能够带来诸多好处，有些好处是出人意料的。首先也最重要的好处是，它能够让作者不再试图使用宽泛的叙述笔触讲故事，那样作者就好像个置身事外的观察者，轻飘飘地想象这个故事。如果使用多个视角，从一开始，作者就得深入挖掘一个人物，随后是另一个人物，聚焦于某个特定情节中拥有最高风险的那个人物。通过深入这样一个人物的愿景、期待和恐惧（通常人物一出场就得表现出来），作者就能够把自己、读者和人物捆绑在一起。随着人物从一个场景转入下一个场景，自我表露疑虑与恐惧，别人对他说的话、做的事引起他痛苦或喜悦，或者受当前情况触动，回忆起一段温暖或心碎的往事，我们读者便越来越能与这个人物产生共鸣。我们能感受他的感受，渴望他的渴望，因为我们只通过这样一种感受、这样一个视角人物体会整个故事带来的欣喜与恐怖。

福莱特在《圣彼得堡来客》中严格控制视角，也成功将一个故事扩展成四个几乎独立的故事，这四个故事在关键时刻相互交错。我们面对一系列事件，却是通过四种视角来感知，每一种视角都具有截然不同的世界观、情绪，社会和经济背景。这样的视角为本书增添了其原本没有的广度、宽度和深度。福莱特只选择进入四个人物的思想与内心，而没有选择其他人物，这也同样重要。沙皇的侄子兼使者奥洛夫亲王是情节的中心。他是瓦尔登的谈判对象，费利克斯的猎物，莉迪亚的远亲，夏洛特的潜在求婚者。除了成为暗杀目标，他在主要情节中并未占据一席之地，也没有追求任何我们能从情感上与之共鸣的东西。因此福莱特没有进入他的视角，也没有进入其他重要配角的视角：巴兹尔·汤姆森、贝琳达、普里查德、玛雅和温斯顿·丘吉尔等。

让读者参与其中

畅销小说的主要目标就是尽可能让我们同书中人物建立紧密关联。同生活中一样，在一部小说中，我们往往倾向于同少数人而不是许多人建立深度连接，尤其是作者从头到尾都让其扎根在情节之中的那几个人（福莱特就是这样做的）。福莱特的两部早期小说《莫迪里亚尼丑闻》和《钞票》仍在销售。这是两本情感充沛、令人愉悦的书，但是每本书都包含一打以上的视角人物，而其中大多数都只出现在某一章，在下一章就消失不见。读者遇见一个人物，对他产生兴趣，他们期待能同他一起共度更多时光，而不是不断遇见新的人。在约翰·格里森姆的第一本书《杀戮时刻》和畅销书《糖衣陷阱》之间，你能看出类似的进步。在这两部小说中，格里森姆随意穿插作者视角与人物视角，但在《糖衣陷阱》中，他严格专注于一个小人物，然而在早期的书里，他会进入所有人物的内心世界，展露内心世界的人物实在太多，我们根本无法充分理解他们。读者一旦对几个关键人物产生兴趣，却发现要一遍遍进入全新人物或显而易见的小人物，他们就会觉得麻烦，甚至沮丧——《杀戮时刻》里就有很多这样的人物。

《目击者》的视角控制

《目击者》主要从两个视角来写。伊丽莎白·费奇，我们从故事开始就认识了她，经过 11 年和 106 页，我们再次遇见她，而她已改头换面为阿比盖尔·洛厄里。还有布鲁克斯·格里森，阿肯色州比克福德奥扎克小镇的淳朴警察局长。

有个例外是谢尔盖·沃尔科夫，我们只简短地同他照过两次面。在开头三页的场景中，我们知道他是芝加哥"兄弟会"的头目，是《教父》里"大家庭"的对手那种俄国人组织。伊丽莎白仍旧处于安全屋监管时，谢尔盖贿赂了美国联邦调查局里的恶棍去弄死她，并炸掉安全屋。随后谢尔盖让手下的人知道"她已经死了"。

在第十页，伊丽莎白逃脱大爆炸后，罗伯茨再一次简短地运用谢尔盖的视角。谢尔盖的儿子伊利亚是个风度翩翩的年轻人，和伊丽莎白有过短暂的情缘。使用谢尔盖的视角，并不意味着想让读者对他有什么持续的兴趣，只是为了表现他所掌控的组织拥有巨大的力量，并且他下定决心利用自己广泛的资源干掉伊丽莎白，保护兄弟会。十一年后，当我们再次见到她——"阿比盖尔"——谢尔盖仍旧让她小心翼翼、心惊胆战。

在小说进行至大概百分之二十左右时，布鲁克斯·格里森作为深陷窘境的警察局长闪亮登场：他究竟该不该逮捕自己的高中同学呢？这个同学喝醉了，打了老婆，而他老婆拒绝控告他。我们很快就了解到，布鲁克斯是在比克福德长大的，在这里，他"即便工作糟糕透顶，也得保持风度翩翩的形象"。镇上小餐馆的服务员很崇拜他，他的嬉皮士妈妈、两个姐妹以及镇里几乎所有人也都崇拜他——除了阿比盖尔·洛厄里。她躲在太阳镜后面，精神抖擞地处理自己的事，开一辆巨大的黑色 SUV。在我们认识布鲁克斯之后的几页内容里，她对他压根不理不睬。

罗伯茨将故事切换到阿比盖尔的视角。阿比盖尔对这个警察很恼怒，因为他侵犯了她的隐私。阿比盖尔闷闷不乐地回到她堡垒似的家。她家被运动传感器、光线、照相机包围，门上了双重锁，有警报器，还有一条健壮的马斯提夫公犬对她有求必应，这条狗是她从法国运过来的。布鲁克斯试图造访她家，看到全套保护装置时，提出帮她，但她断然回绝。等他离开后，她如释重负，将脸贴在狗强健的脖子上。

回到警察局，满脸不高兴的布鲁克斯必须避开一个赤身裸体的前女友，后者试图勾引他。而后他在妈妈家找到温暖与爱，同时琢磨阿比盖尔·洛厄里的秘密。

视角再一次切换给阿比盖尔，她正面对布鲁克斯，后者带了一瓶灰皮诺葡萄酒回到她家。她想让他走开，却不知怎么开不了口，并且无法否认，她发觉他很有性魅力。她给他提供了馅饼和酒，但宣称"我是不会跟你上床的"。他说"我想抚摸你"，并亲吻了她。她不知道该怎样对待这件事。

布鲁克斯带着花去看望姐姐，途中不自觉就绕道去找阿比盖尔。她是个工作狂，埋首于计算机咨询，正计划着美餐一顿，在电视机上看个电影。可她深受触动。因为没人送过她鲜花。她邀请他共进晚餐，但重申她是不会跟他上床的。他们依然接吻了，她感觉到自己几乎渴望他的身体。

紧接着是对布鲁克斯的威胁。他的朋友罗斯·康洛伊的酒店被贾斯汀·布莱克暴力破坏，破坏者是林肯·布莱克的儿子，后者是镇子里最有钱有势的人。布鲁克斯逮捕了布莱克。之后，在阿比盖尔的建议下，他给妈妈买了条小狗。

与此同时，阿比盖尔黑进伊利亚的电脑，了解到自己仍在被追捕，美国联邦调查局依旧想让她跟那两个联邦特工有关联，因为在她逃出安全屋的时候，那两个人被杀死了。她黑进兄弟会的数据库，并用化名将消息发送给美国联邦调查局，因此让黑帮的强迫卖淫团伙停止运作，并抹掉了谢尔盖的银行账户。当布鲁克斯意外出现，阿比盖尔想到，或许他一旦同她做爱，就算是征服了她，而她就能摆脱他。

她还得给布鲁克斯建议，让他送一条小狗给妈妈作为礼物，这样就能让家庭关系更亲密。当她直截了当地告知他，她重新考虑了一下，可以跟他上床时，他差点噎住。此时，他不再是温柔地吻她。然而警务打断了他。他必须去逮捕他的老同学泰，泰的暴力升级了。

布鲁克斯回来时情绪不佳。他把泰的悲剧告诉给阿比盖尔，同她一起喝了爱尔兰威士忌。他说："让我带你到床上去。"

从阿比盖尔的视角来看，她是第一次意识到自己需要索取，需要拥有。她问自己为何如此震颤，如此想要落泪？对她而言，这些都是全新的感受。

第二天早上吃饭时，布鲁克斯发现一把沾了牙膏的枪，还有一把镀银的格洛克手枪。随后他就去解决泰的问题了。

阿比盖尔在镇里购物时看到布鲁克斯。在她决定说什么或做什么之前，他就朝她走过来，并在大庭广众下握住她的手，还没有任何人对她做过这样的事。紧接着，布鲁克斯的妈妈桑妮同他们打招呼，她把自己新得到的小狗柏拉图介绍给阿比盖尔。

阿比盖尔困惑不解。他们俩已经做爱了。男人此刻转身走开不才是正常的吗？

他擅自决定去阿比盖尔家吃饭。他会带牛排去，他们可以理一理彼此间的分歧。她拒绝。他温柔地亲吻了她。她想一个人待着。可是他说："今晚见。"

阿比盖尔觉得"她唯一需要的就是条新的小狗"。同她的狗伯特在树林里时，她心想，或者说希望，终有一天她能有足够的安全感，带上一本书出门。

布鲁克斯抵达时，故事依然是从阿比盖尔的视角叙述。她打算说出她并不想进入一段关系。她不希望自己的幸福取决于他。

但他现在知道她是在逃离某样东西。当他拥她入怀，阿比盖尔问他今晚是否会留下来。

一百五十页过后，在一个横跨五页的片段中，我们再次见到伊利亚，一个衣冠楚楚的家伙，一个心狠手辣的年轻罪犯。他自认为是个商人，愤怒于兄弟会安插在美国联邦调查局的间谍竟然无法搞清楚他们组织的信息是怎么泄露给美国联邦调查局的。谢尔盖坚持说："我们可别忘了伊丽莎白·费奇。她只要还活着，就是个威胁。"因此她仍然面临巨大的危险。

阿比盖尔的非法入侵导致谢尔盖团伙中的六个小人物被捕，她因此感觉到一股希望的浪潮。布鲁克斯到来，因为对付亿万富翁林肯·布莱克而筋疲力尽，所以来她这里寻求安慰。从没有人这样做过。他们做爱，这一次是在厨房里。

她知道自己一直在被搜寻，因为她同美国两个司法人员的死亡有关。她无法将自己的事情告诉布鲁克斯，这让她痛苦，但她又担心如果说出真相，他便有义务将她交给警方。

布鲁克斯在庭审中战胜了林肯·布莱克。

桑妮和两个女儿给了阿比盖尔惊喜，她们邀请她去购物，而后一同去野餐。阿比盖尔考虑建一座蝴蝶花园。她感觉到自己仿佛正被鲜花做成的蒸汽压路机卷着往前滚。

布鲁克斯给阿比盖尔带来一束花，把庭审的事情告诉了她。她拒绝野餐，但他用甜言蜜语哄得她同意。当贾斯汀·布莱克和两个朋友过来时，他们正在床上。他们给布鲁克斯的车喷了漆，贾斯汀还把匕首扎进布鲁克斯的车的后胎。阿比盖尔拿着格洛克手枪出去了。布鲁克斯不让她开枪，他解除了贾斯汀的武装，逮捕了对方。布鲁克斯保持冷静，制服了暴力而愤怒的年轻人。

随后阿比盖尔就要面对自视甚高、目空一切的林肯·布莱克。他要给阿比盖尔一万美元，让她不要出庭作证，指控自己的儿子。她发现自己有力量承受住他骇人的压迫，但在他离开后，她还是哭了出来。

布鲁克斯向她表白爱意。她泪如雨下，承认自己也有同样的感觉。最终，她大胆透露自己的身份和过往。她期待可以从此停止逃亡，不再躲藏，可她不知道能否有这样的机会。阿比盖尔还告诉布鲁克斯她黑进谢尔盖的银行账户，她还与一名美国联邦调查局特工匿名接触。

一个全新的小人物视角出现了：罗兰·巴贝特，受雇于苛刻的林肯·布莱克。巴贝特扮成摄影师，试图给阿比盖尔和布鲁克斯泼脏水。阿比盖尔等着布鲁克斯过来，巴贝特潜伏在周围让她焦虑不安。巴贝特意识到，她一定有什么事情要隐藏。

阿比盖尔认为，一旦她不再躲藏，美国联邦调查局必然会扣押她，而她必定会被杀害。所以她必须首先除掉谢尔盖集团。为了达成目的，她需要同美国联邦调查局建立秘密沟通渠道。

布鲁克斯提议他们去找安森，安森是他之前在小石城的领导。她把自己的事告诉了安森，并坦陈她有个计划，可以在自己消失前扳倒谢尔盖集团。布鲁克斯搬到她家，而这是伊丽莎白头一次感觉到自己真的可以成为阿比盖尔。

布鲁克斯逮捕巴贝特，又释放了他。

阿比盖尔制造出一种电脑病毒，这种病毒感染了谢尔盖的电脑。在家中，衣柜里竟然有布鲁克斯的衣服，她无比兴奋，在淋浴时同他做爱。

他求婚了。她坚持要等一等，但还是让步了。

在一段简短的喜剧性插曲中，阿比盖尔绝望于不知道该为户外烧烤准备什么菜。比起参加野餐烧烤，她还是在对付俄国人方面更有自信。在野餐过程中，阿比盖尔特别尴尬，但也很享受，希望自己能成为像桑妮一样的母亲，她天生就可以触及那些让她感到亲切的东西。

阿比盖尔假扮成凯瑟琳·金斯顿，准备出庭作证。她还制定好计划，要敲诈美国联邦调查局的浑蛋特工科斯格罗夫，这个人在安全屋里背叛了她。为了智胜联邦调查局官员，她和布鲁克斯在酒店里设置了隐藏麦克风和相机，就设在他们打算同美国联邦调查局见面的地方附近。他们用计击败了假扮成服务生进到她房间的美国联邦调查局特工。凭着钢铁般的意志，阿比盖尔再次拒绝接受羁押，违抗美国联邦调查局的助理局长。她向他做了口头陈述，并且展示了一件她保存了十二年的毛衣，上面还残留着当时保护她的人的血迹。她还报告了浑蛋特工皮克托的事，美国联邦调查局并不知道他为谢尔盖集团工作。她威胁美国联邦调查局，如果他们强制羁押她，她就把负面消息放出去。她会出庭作证，但绝不去什么安全屋。

布鲁克斯拉响火警警报。在大骚乱中，他和改头换面的阿比盖尔溜了出去，打了辆出租车去杜勒斯机场。

阿比盖尔作为伊丽莎白·费奇出庭，她直面伊利亚·沃尔科夫，指控他和法警基根及科斯格罗夫的谋杀罪行。

浑蛋特工皮克托把她引上机场的豪华轿车。她突然中枪，鲜血在白衬衫上洇开。很显然她死了。皮克托把这件事报告给兄弟会，这样就再也不会有人搜寻她了。伊利亚被判有罪。

阿比盖尔和布鲁克斯带着香槟去阿比盖尔最喜欢的林地，眺望远山。

这或许是一份过于冗长的情节概要，但对你来说，重要的是仔细观察罗伯茨怎样在整部小说中处理视角问题。

读罢上面的小说概要，很可能也读了我已经探讨过的其他小说，你现在或许很想搞清楚视角人物有没有最佳数量。我建议视角要尽可能少，要考虑到你讲述的故事，但也不能少于三四个。如果只有一两个视角，很难写出读者期待在大小说里读到的复杂且人际关系富有戏剧性的情节。如果超过六七个视角，情感就会分散，读者与主要人物之间的共鸣就很可能会减弱。如果故事已经在你的脑海中根深蒂固，那最好从一开始就决定选择哪个人物的视角。然而，以我的经验，选择最好还是放在大纲完成之后再做。那时你就能问自己，哪些人物最能有效推动情节发展？在故事尾声，谁的风险最大？那么极有可能，你就要通过这些人物的内心世界书写你的小说。

另一个需要考虑的因素是你的读者群。现代浪漫和历史浪漫故事往往是通过一位女性的单一视角来撰写的，几乎所有这类书籍的购买者和读者都是女性。男性读者为主的动作冒险小说和西部小说则与之相反。广泛的读者包括男性与女性，不同年龄的男性与女性，瞄准广泛读者的作家倾向于创造出能够代表这些不同读者的视角人物。在《丽贝卡的钥匙》和《圣彼得堡来客》这两本书中，福莱特都选择了两男两女的视角，而在《圣彼得堡来客》中，有三个中年人和一个年轻人的视角。年龄和性别不同的读者都能在这部小说中找到他们最能认同的人物。与此同时，这些人物因为性别与人生阶段不同，从而世界观存在极大差异，这种差异为小说的紧张感和戏剧性做出了重大贡献。

但是，如果你对男性和他们的想法没什么兴趣，甚至对他们抱有敌意，那么仅仅为了吸引更多的读者而在你的小说中使用男性人物视角，就是错误的。要让读者全身心地关注你的人物，无论是你的男主人公和女主人公，还是反派或男女主人公的对手，你必须爱他们每一个，至少能够与之感同身受，并深切地同情他们。如果你对某个人物不抱有这样的感情，那最好还是明智地避开这个人物的视角，把你的选择框定在你能自在地给予极大同情的那些人物中。人物多样性肯定是有益的，但永远不要以牺牲情感力量为代价。

07.

WRITING THE
BLOCKBUSTER NOVEL

强化人物关系

当一个人杀了另一个人，而他们又压根不认识彼此，我们会觉得这件事可怕、骇人，甚至感到无比震惊。然而，一个孩子杀了父母，或者父母杀了孩子，兄弟手足相残，这种行为对我们的冲击更为凶猛。如果小说人物是血亲，或拥有友情、婚姻、爱情等强烈的情感关系，那么任何形式的冲突，从最微不足道的到最为严重的，都能放大双方最为看重的东西。他们或许对与争执相关的事物怀有强烈感情，但是，一旦他们内心在乎（积极或消极，抑或二者并存）彼此，他们的冲突就会增添又一重维度，而这一重维度往往更为重要。这种个人冲突也很容易触及读者的感情，他对自己的父母、孩子、朋友、情人、配偶怀有的强烈感情将会让他更加同情小说人物的感受。

纽约地铁站 1990 年的一桩真实犯罪事件就是一个例子。一群年轻的暴徒在去法拉盛草地看网球锦标赛的路上合伙袭击了犹他州的一家人。家中的年轻男子挺身而出，保护妈妈和她的钱包，却被捅死了。这些小流氓逃跑，用偷来的钱买了舞厅门票，但很快就被逮捕了。这件事在媒体上引起剧烈骚动。大肆宣扬真实犯罪的书籍已经畅销多年，我们经纪公司的两个客户（其中之一本就认识这个遭到杀害的年轻人和他的家人）给出靠谱的提案，想做一本有关这出悲剧的书。但没有出版商感兴趣。这样的书可以深入挖掘双方当事人以及造成这种暴力事件的社会氛围。但没有一个编辑认为这些元素能够组合成一本卖得动的书。这个故事被拒绝了。因为行凶者与受害者缺乏强烈的人际关联。

家庭关系

我想不起是谁首先说了这样一句话：一切伟大的故事都是家庭故事。正如你所见，我聚焦的这五部小说的确是如此，其他形形色色的卓越小说也是如此，比如托尔斯泰的《战争与和平》，巴尔扎克系列精彩小说《人间喜剧》，或托马斯·沃尔夫的《天使望故乡》。我们一般不会认为《哈姆雷特》或者《俄狄浦斯王》是家庭戏，但其内核依然是家庭戏。哈姆雷特并不是遭到了陌生人的背叛，背叛他的是亲叔叔和母亲。而被派去监视他的主要人物就是他挚爱的未婚妻。俄狄浦斯不是通过克瑞翁和合唱团而是通过妻子得到第一条线索：妻子很可能就是母亲，而他或许就是要对灾殃负责的人，是杀死父亲拉伊俄斯的人。

在第四章，我指出福莱特以不近人情的暗杀情节开头，而后，通过在主要人物之间编织紧密的关系网，使得《圣彼得堡来客》中的情感因素更为活跃。据我所知，玛格丽特·米切尔并没有留下《飘》的大纲，但快速浏览一下其文本中与家庭有关的部分，将会发现她在故事中组织了相当好的家庭关系网。

《飘》中的家庭关系

郝思嘉刚失去艾希礼，就在所有男人中挑选了查尔斯·汉密尔顿，跃入婚姻。查尔斯是她瞧不上的情敌梅勒妮的哥哥，所以郝思嘉现在成了梅勒妮和艾希礼法律意义上的嫂子。郝思嘉去往亚特兰大时，她在这个城市里唯一的亲戚就是刚结了亲戚的皮蒂姑妈和梅勒妮，除她们之外，她还能跟谁待在一起呢？有这么个女人存在于郝思嘉身边，无异于不断摩挲她迷恋艾希礼的伤口。艾希礼休假回家，当然会回到这个家。他夜深人静时去梅勒妮的房间，白天则被其他人环绕，这让郝思嘉沮丧得发狂。直到他马上就要返回前线，郝思嘉才得到同他独处的片刻。此处的重点是，当一个男人结了婚，他的前女友往往会逐渐脱离他的社交圈，并最终从他的人生中彻底消失。米切尔为郝思嘉精心策划了这条全新的家庭纽带，才能使得之后的情节成立，郝思嘉带着梅勒妮和其刚出生的小婴儿逃去塔拉庄园。战争结束后，艾希礼也回到塔拉，这样郝思嘉才能再次撺掇他同自己私奔。梅勒妮坚决要求艾希礼接管郝思嘉在亚特兰大的一家锯木厂，这也再度将郝思嘉和艾希礼置于火花四射的火绒箱，彼此靠近。

弗兰克·肯尼迪是米切尔为郝思嘉选择的第二任丈夫，这个人物为情节创造了有意思的难题。这个难题虽然不算大风浪，但起到了作用。首先，郝思嘉迫切想从抵税拍卖中抢救下塔拉庄园，而他可以筹出钱来。他是个殷实的生意人，还是郝思嘉的妹妹苏伦看中的人。郝思嘉不仅是勾引了自己根本毫无感觉的男人，更是将这个人从妹妹身边勾引走。那么，比起勾引其他男人，勾引这个男人要用更有力、更新颖的办法。

苏伦这个角色被描绘得比郝思嘉更自私、更小气，在杰拉德去世时回到小说中来。杰拉德并非死于战争或疾病。米切尔安排女儿苏伦将他灌醉，试图哄他在美利坚合众国效忠宣言上签名。随后他策马狂奔，摔断脖子。这就为葬礼提供了舞台，作者让两个直言不讳的老邻居在葬礼上公然指责苏伦。米切尔灵活地将焦点转向其本应聚焦之处——郝思嘉——怒气冲冲的塔尔顿太太和方丹奶奶护送怀着孕的女主人公离开毒辣的日头，回到屋里。郝思嘉因民主和明智而备受暖心称赞，因为她认可了妹妹和威尔即将举办的婚礼，而威尔只是个无足轻重的小人物。然而高潮将我们带回整本书的主题：奶奶准确评价艾希礼是个无能之人，这一看法让郝思嘉非常难过。这一真相她听不下去，也不愿承认。

苏伦是导致父亲死亡的间接原因，米切尔用同样的讽刺笔触写了郝思嘉和弗兰克·肯尼迪。显然得把弗兰克这个角色处理掉，才能为郝思嘉期待已久的婚姻让路：她要嫁给白瑞德。但弗兰克不能死于自然原因或者3K党的突袭。郝思嘉已被一遍遍敦促要待在家里，因为她在自己的马车里遭受了攻击。为了帮她报仇（极有可能是恐吓贫民区的游民，让他们不要再发起类似攻击），弗兰克同3K党一起离开，结果被枪击。郝思嘉完全不为这个丈夫伤心，但她觉得自己罪无可恕。

其他畅销书中的家庭关系

从表面上看,《教父》似乎是一部关于敌对匪徒的小说,但究其内核,是一部家庭小说。主要人物无不彼此关联,要么沾亲带故,要么有长久而紧密的联系:唐和他的三个儿子、一个女儿;孩子们与他们的配偶;军师哈根是个孤儿,被带到柯里昂家,在这里长大;唐和教子约翰尼·方丹。最初针对唐的暗杀事关生意,但随后,小说中的大部分内容,情节主干几乎全部来自个人动机。迈克尔无意参与父亲的生意,在医院外站岗时被一个人格扭曲的警官野蛮地揍了一顿,此时此刻,重伤的唐躺在这家医院里。这一情节引导我们做出推断,在这样一个腐败的世界里,官员们全都恶毒不堪,迈克尔对此无比愤怒,同时还有对家庭的深厚忠诚,这刺激他重新规划人生路线。他断然为父亲和自己所遭受的攻击复仇,随后逃亡西西里。而他一回来,便安排杀死三个人:殴打妻子又背信弃义的妹夫(他出卖了迈克尔的哥哥索尼);杀了迈克尔年轻西西里新娘的人,这个人也差点杀了他;巴尔齐尼,一手策划谋杀索尼计划的人。与来势汹汹的家庭问题相比,迈克尔获得唐·柯里昂的地盘、赌注经纪生意、赛马组织、高利贷生意几乎都是次要的。

《荆棘鸟》看起来完全就是一部家庭小说。但麦卡洛为人物设置的强有力的连接实属罕见。这个爱情故事开始时,麦吉十岁,拉尔夫深深迷恋着她。拉尔夫是个英俊的天主教牧师,比麦吉大十八岁。他们的爱情不仅因为他的独身宣言和对上帝圣洁的爱而注定失败，更有另一个女人将两个人在肉身上阻隔开来，这个女人也爱着拉尔夫。对克利里家而言，她绝不是什么陌生人，她是麦吉专横跋扈的六十五岁姑妈。玛丽·卡尔森嫉妒麦吉，并没有将庞大的财产遗赠给麦吉的父亲——与她血缘关系最近的弟弟——而是决定赠与教堂，由拉尔夫保管。她深知这笔遗产将拷问他的良知，同时提升他的地位，并驱使他离开麦吉，搬到大城市的中心生活。

所以拉尔夫和麦吉罕见的重遇便成为全书的亮点。一次这样的相遇发生在麦吉父亲的葬礼上，她给了他一朵灰色月季，他从此一辈子都将这朵花带在身上。另一次是在马特洛克岛，尽管她嫁给了一个因为他像拉尔夫她才喜欢上的男人，她和牧师最终还是圆满了他们的爱，她也怀上牧师的孩子。他们最后也最感人的相遇是在全书接近尾声处。他现在是罗马的红衣主教，可他从来都不知道自己是她的儿子戴恩的生父。戴恩有可能选择各种职业，但这个年轻人最终成为拉尔夫在教堂里最中意的后辈，天生极富灵性，连拉尔夫都羡慕甚至嫉妒。后来，当戴恩死于一场溺水意外并在克里特岛仓促举行葬礼后，麦吉从澳大利亚飞到罗马，要求拉尔夫放下一切帮她找到儿子的遗体，并带回家去。他会帮忙，但无法抽身离开。有一场圣会即将举行，教皇需要他。于是五十三岁的麦吉朝七十一岁的拉尔夫扔下重磅炸弹。他是你的儿子。他遗传了你所有的特点，而你真是有眼无珠，竟然没有认出他来。拉尔夫震惊到不能自已，这个年轻人比其他所有人都要更亲近他，结果竟然是他的儿子，而他竟然没能看出来。他们原本可以相爱一生，却痛失所爱，她的痛苦与他的悔恨为两人的重逢加上沉重的冠冕。

在这本书的前面部分，在麦吉和拉尔夫的故事占据主导地位之前，最具戏剧性的人物是麦吉的大哥弗兰克。他和妈妈菲的关系显而易见属于恋母情结，他爱慕妈妈，痛恨爸爸帕迪。一幕又一幕之后，这些人物彼此间强烈的喜欢与憎恶逐渐白热化。在这样一个过分庞大的家庭里，弗兰克是小麦吉的庇护者，但他超负荷工作，心烦意乱，没能给她多少温情。弗兰克最常见的情绪就是怒火中烧——生父亲的气，他认为父亲虐待母亲，因为父亲让母亲负担越来越多的孩子；他也生母亲的气，因为她耐心承受所谓的虐待。"一战"爆发，弗兰克跑去参军，但帕迪把他拽回家来。一家人从新西兰搬到澳大利亚后，在乡村集市上，弗兰克进入拳击场，并成功击败一些职业拳击手。帕迪却只是奚落了他两句。他怒不可遏，而帕迪则一气之下说出弗兰克并非自己的儿子。（麦卡洛在此处很有可能是受到米切尔影响，因为菲和郝思嘉的母亲艾伦都生长在上层家庭，爱着她们无法拥有的男人，之后同意和第一个求婚者结婚，嫁给一个体面的下层男子，但她们永远不会全身心地爱丈夫。）这是弗兰克第一次理解他为什么总觉得自己不属于这个地方。他抛弃家庭，和拳击团离开。多年来菲始终为他的离开伤心，没有办法再像从前那样爱丈夫和其他孩子。随后，弗兰克因杀人被判无期徒刑的消息彻底将她击垮。三十年后，是拉尔夫促成弗兰克被释放，从某种程度上来说，他也算是弗兰克的妹夫。弗兰克与母亲和麦吉重聚，她们是他在这个世界上最在乎的两个人，这也成为本书另一个感人肺腑的场景。

非家庭关系

你或许会问，可是那些并不包含家庭和家庭关系的畅销小说呢？这样的小说不胜枚举：谍战惊悚小说，主流悬疑小说，大行动故事，以及其他各种类型故事。我们快速浏览一下两部并不包含血缘关系的小说，或者说，在这两部小说中，这种关系似乎扮演了微不足道的角色。然而，情节中个体的亲密关系还是引起了读者的共鸣，人物关系因此成立。如果没有这些元素，这些书是不会如此成功的。

肯·福莱特的《三角谍战》描写一个犹太间谍在20世纪60年代末试图为以色列劫持一船铀。特工们极力阻挠他。他的对手是阿拉伯世界和俄国。在现实生活中，背景迥异的人极有可能是彻头彻尾的陌生人。但小说是艺术，不是生活。因此在序章中，二十年前，这三个人全都参加了牛津一位教授的雪莉酒会，那时他们三个是学生。他们年轻时就已经对是否应当存在犹太人国家存在分歧，犹太人和俄国人被刻画得仿佛激动的国际象棋对手。犹太人迪克斯坦目睹年轻的巴勒斯坦人哈桑在花园里和教授的妻子做爱。那是个年轻女人，即便在远处，迪克斯坦也疯狂地坠入爱河。但迪克斯坦是苏扎最喜欢的人，苏扎是教授的小女儿。二十年后，当迪克斯坦回到这栋房子里寻找关于哈桑的资料时，苏扎看起来和她的妈妈一样漂亮。迪克斯坦突然爱上她，而她呢，温暖地回想起他同自己和猫一起玩耍，于是同他确立了恋爱关系。

这占据十五页的序章在这些人物之间建立起人际关联和矛盾对立，所以这个序章在整部小说里起到极其关键的作用，并将这些人物之间纯粹的政治斗争转变为激烈的私人斗争。小说中有这样一个家庭元素：苏扎发现她的父亲，也就是教授跟哈桑勾结，企图找到并杀掉她爱的男人迪克斯坦。她苦涩地被迫面对父亲从未真正爱过自己这一真相。而后她便受到刺激，试图拯救迪克斯坦。她体验到父亲一手酿成的背叛之痛，这必然赋予她的决定特殊的力量。

约翰·格里森姆的《糖衣陷阱》写的是米奇·麦克迪尔，一个聪慧的年轻律师接受孟菲斯律师事务所的一份高薪工作。米奇发现这家事务所是掩护黑手党家族的洗钱机构，并通过美国联邦调查局的帮忙将这家事务所及其罪犯客户绳之以法，随后不得不在一大堆人的追踪下疯狂逃命，联邦特工和匪徒全都对他穷追不舍。他和敌人开始时谁也不认识谁，而后随着时间的推移成为泛泛之交，但米奇面对致命对手的抗争只带有一点点私人色彩。所以这绝对不可能是一部家庭小说。

然而，紧密的家庭纽带是这本书很重要的部分。米奇深爱妻子艾比，对妻子的感情和担忧展示出这个人物柔软而人性化的一面。如果他没有将妻子视为红颜知己与盟友，我们就只会将他视为一个冷血而好斗的律师。我们不愿为他动恻隐之心，甚至可能将整本书拒之千里。格里森姆还给米奇一个罪犯哥哥雷恩，米奇一心为其着想——以至于除非美国联邦调查局同意把雷恩从监狱里放出来，否则他不会同他们合作。米奇对哥哥的感情也让我们离他更近了。雷恩适可而止的暴力和艾比的聪明才智都在激动人心的追逐与逃亡中起到重要的作用。之后这就不再是一个男人只身犯险、试图智胜敌人的故事，而是逐渐发展成一个家庭里的成员竭尽所能拯救自己也拯救彼此的故事。

你小说中的人物关系

在你自己的小说中，你很可能已经设定好或正考虑怎么设定两个人物之间的核心冲突。你能将这两个人物设定成兄弟、姐妹、父子、母女，从而将他们绑定在一起吗？如果你的故事不适合如此亲密的家庭关系，你可以考虑设定其他亲密关系。他们能否成为知心好友，一个人能否成为另一个人的大学室友，从而为他提供可贵的帮助呢？他们能否是战友，他们中的一个能否是另一个在某些性命攸关的任务中的导师或拯救者？他们能否在某些过往的纠葛中成为死敌？抑或你的两个人物互不相识，但随后能否通过共同的亲戚、朋友、老师或情人建立非常有趣并支配情节的联系？

　　如果你认为，以任何方式将你的主人公和反派联系在一起会对小说不利，那不妨考虑利用小人物把主要人物紧密联系在一起：给主要人物安排配偶、情人、孩子、父母、挚友（当然，不是全都要有，只要有其中的一两个就行）。这样一来，你的主要人物面临的成败和风险就会变得更为重要，因为它会影响爱着他们的次要人物。而后，你或许也能找到一种方式，就算不能把两个敌对的主要人物联系起来，或许也能将处在敌对阵营的次要人物联系起来。这些次要人物之间的关系，再加上他们同主要人物之间的关系，能在扭转情节方面发挥意想不到的作用。举个例子，想想《圣彼得堡来客》中莉迪亚的关系网，还有《目击者》中的康洛伊和安森。

　　切记，在创作大纲时建立人物关系更容易。一旦你完成草稿，甚至不止一版草稿，那么你的人物特征和人物之间的关系通常就已经在你的脑海中固定下来，那时再想做出改变，让他们的关系更紧密，你恐怕会觉得难如登天。若真是如此，别担心，毕竟你很有希望写出不止一本书。

08.

构建场景

《圣彼得堡来客》第一章就设置好了最关键的戏剧性疑问，一个将诸多独立场景编织在一起的疑问：费利克斯能否成功刺杀奥洛夫，从而阻止英俄结盟，将俄国排除在一触即发的英法对德之战之外？从本质上来说，这就是悬疑的根基，小说后面的冲突全都建立其上。在《飘》《目击者》和《荆棘鸟》中，起到同等作用的结构支柱是女主人公和男主人公之间不稳定、没有答案的关系——白瑞德和郝思嘉，阿比盖尔和布鲁克斯，麦吉和拉尔夫。这些情侣能各自圆满吗？

构建明显的未解决的大问题，围绕这一问题，小说人物就会冒巨大风险，这是将整本书聚拢为一个整体的核心所在。在绝大多数独立场景中使用这一技巧的缩小版也至关重要，因为这些独立场景是小说的组成要素。在多数情况下，畅销书的场景往往不止是一段文采飞扬的描写或人物间的对话。通俗小说作家会凭直觉或刻意营造场景。在头几行或头几段的某处（或从前面的场景转入），会有一个问题巧妙地（或不那么巧妙地）被提出，这个问题可以是前文尚未解决的问题中的任何一个：迈克尔·柯里昂能否成功杀掉索洛佐？费利克斯能否想办法从莉迪亚那里套出奥洛夫亲王的下落？在一个场景开始前或刚开始时，提前告诉读者这个人物想要什么或正努力达成什么目标，或前方有什么危险或赏心乐事，这危险或赏心乐事与人物有关，但他知之甚少或一无所知，作者以此为即将到来的场景设置悬念。我们被勾住了，很想知道这个特定的问题将被如何解决。我们的注意力可以集中在一页又一页相对没那么戏剧化的内容上（人物的背景故事，这个地方和这段时间的历史通识，主要和次要人物的梦想与幻想，书中世界的文化习俗），直到问题出现，戏剧性疑问要么得到解答，要么得到回应。

两种技巧

普佐构建场景的技巧很有意思，他在《教父》中使用了两种截然不同的技巧构建场景。一种方式是以突如其来的惊惧开场。几乎是突然间，事情发生，极大影响到他笔下的一个或多个人物。那么问题来了，这件可怕的事情是怎样发生的，又怎么可能发生呢？普佐及时回溯，并用恐怖场景紧跟最开始就抛出来却转瞬即逝的震惊，虽然结果我们已经知晓，但我们还是怀着激动和害怕的心情往下读，在这命定的希腊式悲剧中，我们被卷入越来越浓烈的恐惧之中。他的第二种技巧则更为传统：通过内心独白、对话或作者叙述，在场景刚开始时就以疑问方式将问题抛出来。我们将仔细研究几个这样的场景，无论普佐选择了哪种技巧，他都达成了牢不可破的悬疑效果。

汤姆·哈根接起电话时正安安静静地在办公室里工作。突然间，他听到杰克·沃尔茨尖叫着诅咒他，威胁他。为什么，我们不禁问，发生了什么事？即将发生什么事？随后普佐倒叙，沃尔茨在床上醒来，看到他的马被割下头颅，马头陷在血泊之中。他意识到，他必须向唐·柯里昂屈服。然而，正是到了这一刻，这通刻意设计的打电话场景成为全书最惊人、最具震撼力的场景。

在同章节的后续内容里，迈克尔在报纸上读到父亲遭到枪击。迈克尔满心愤怒，但也双腿打软，并为父亲濒临死亡、自己兀自享受而内疚不已，父亲此刻依旧命悬一线。他的哥哥索尼惶恐崩溃，不光是因为父亲，还因为汤姆·哈根被绑架，因为掌管家族钥匙的人卢卡·布拉西不知所终。迈克尔此处展现出来的情绪比沃尔茨给汤姆打电话时展现出的情绪更加深沉和持久。如此一来，我们对接下来的场景（普佐又一次及时回溯）中极为戏剧化的谋杀未遂的好奇、恐惧和惊叹就建立起来了。这个场景同沃尔茨打电话给哈根的那个场景如出一辙。更重要的是，唐被枪击这件事略显直接，算不上出乎意料，却因重重冲击我们最喜欢的人物迈克尔而具备巨大影响。

普佐对这一技巧最有价值的利用就是用其呈现索尼之死。一个非常短的章节，内容全是围绕亚美利哥·博纳塞拉的生活方式、工作习惯、希望和恐惧，他是殡葬业者，是个严谨的死亡监管人，这个人被用来为可怕的预感创造出一种预备情绪。唐和尸体一同到达，恳求他修复遗体，并展示了大儿子被子弹打碎的脸。为了让我们见证博纳塞拉的恐惧，唐的悲伤以及可怖的遗体，普佐让我们密切参与其中。只有到这时他才让时光倒流，把索尼与犯罪团伙激战的结果戏剧化地呈现出来，直至索尼中枪身亡。

读者们知道激动人心的枪战即将到来，并充满期待，或许还会担忧其细节被描写得过于可怕，普佐现在似乎就可以偏离主题了。笼统而言，他让我们了解关于五个家族之间冲突的最新消息，紧跟着写了发生在索尼之死之前的非常丑陋的一幕：喝醉的卡洛残忍虐待妻子康妮。但事实证明，这一幕并没有偏离主题。重伤的康妮打了电话，要求送她去父母家，这点燃了哥哥索尼的怒火，他冲过去帮忙，结果落入对方早早为他设好的埋伏。随后普佐飞快用一件更大的事压过索尼之死这一高潮——唐中枪后第一次出人意料地露面，并指挥手下亲自平息惊涛骇浪。然而，如果没有这个刻意安排的殡仪馆场景，索尼的惨遭杀害绝不会如此震动我们。

普佐在我提到的这三个案例中做了时间切换，这也是一种用高戏剧性的大场景快速推进故事的方式，但为此要做好最精炼、最高效的准备。比方说，唐计划斩首一匹美丽而无辜的马，这件事让读者产生的反感并不会多过其创造的悬念。因此这本书着重展示的是这一情节带来的影响——对我们喜欢的人物哈根的影响很小，而对我们讨厌的人物沃尔茨影响巨大。如果以传统方式为唐遭枪击事件设置悬念，普佐必须让我们进入枪手的视角——高层或底层枪手——但我们对这些人是毫无感情的。所以以枪击事件对迈克尔的影响开篇简直好极了！

《教父》中的绝大多数大场景其实并不像上文讨论的那样，而是以非常直截了当的时间顺序来铺陈。看看在迈克尔为父亲找索洛佐和麦克拉斯基报仇的场景中，普佐是如何设置悬念的。

索洛佐找不到唐，至少暂时找不到，于是提出所谓的和平解决方案，他只要求能单独会见迈克尔。柯里昂家族聚会，反复讨论这个很可能是鸿门宴的提议的利弊。迈克尔突然站出来，陈述说他们应当接受邀约，他会去，他会"一举干掉他们两个人"，这惊到在场的每一个人。他是这个家族中的普通人，并非罪犯。他真的能成功吗？他会失败吗？无论成功还是失败，他会遭遇什么事，与之息息相关的柯里昂家族会遭遇什么事？在我们读书时，这些未曾言明、未曾阐释的疑问深深地扎根于我们的脑海。但我们先读到的是柯里昂家族制定计划，麦克拉斯基警长和他的职业历史，迈克尔接受训练，被人开车载着来回穿梭于乔治·华盛顿大桥，他全神贯注想要听索洛佐的提议。在初次谈到这个问题已经过去十八页后，他扣动扳机。我们内心涌起的期待抬高了悬念，并让餐厅里的枪击事件显得惊险万分。

埋下疑问

到目前为止，我给出的范例可能会让你认为，设置充满悬念的场景需要暴力甚或凶残的高潮。但事实并非如此。我们仔细研读《目击者》的第一章，一切就会明朗。

"伊丽莎白·费奇短暂的青春期叛逆始于欧莱雅纯黑染发剂、一把剪刀和一张假身份证。它以鲜血告终。"这短短的开篇就充满疑问。这短暂的青春期叛逆究竟是怎么回事？为什么和欧莱雅纯黑染发剂有关？为什么会出现一把剪刀和一张假身份证？怎么会以鲜血告终呢？我们眼看巨大的期待冉冉升起，巨大的疑问来袭，这并不是一个女孩简简单单的青春期叛逆，想参加夜宿聚会却遭父母反对，这是以鲜血告终的叛逆。怎么会这样呢？这个十几岁的女孩将被卷入怎样充满戏剧性的事件里呢？

而后，随着情节推移，更多的疑问冒了出来，吸引着读者读下去。"她从来没有约过会，也没有吻过哪个男孩。"这是否意味着我们将目睹这一切发生？而这个男孩，他会是那个"真命天子"吗？或者只是一夜情，又或者根本就没有什么男孩？一个女孩，头一回径直走入一家麦当劳，要了人生中第一份巨无霸汉堡配大份薯条，还有一杯巧克力奶昔，对她而言这真是无上的快乐，以至于她必须去浴室，把自己关在淋浴间里哭上一小会儿。这是多么温柔又天真的女孩啊。很明显，这个女孩必须失去她的单纯，而读者们必定会好奇，这件事将如何发生。

伊丽莎白告诉自己，她并不想当天才或是神童。她想当普通人，想和其他人一样，而不是像妈妈那样。可她充满挫败感地走出房间，差点昏倒在地。她突然从学习区抓起一把剪刀，认真研究镜中自己的脸，深吸一口气后。她猛地扯下一大把披肩长发。

在之后的内容中，十六岁的伊丽莎白所做的一切都不断激起新的疑问。她和朋友再次进入夜店，遇见两个时髦的年轻人。这是她人生中第一次感觉到自由，感觉到自己活着，还有微醺。之后，当两个年轻人邀请她们一同回家时，她不太想去，但朋友很乐意，于是她也跟着去了。一到地方，她的约会对象就有事必须离开。她马上跑到门廊上，目睹茉莉的约会对象被杀，茉莉也被杀。伊丽莎白逃跑，之后她身上又会发生什么事呢？她被警察营救，安置进安全屋，可她真的安全了吗？结果证明她并不安全。警察局长保护她免遭杀害，她再一次逃跑，就在安全屋爆炸之前。现在她又将碰到什么事呢？就这样，情节不断滚动，每一个情节都会引出新的疑问：接下来又会发生什么事？

构建预期

伊丽莎白的叛逆引发的疑问为近乎横跨三十页的一个章节提供了悬念。而在《飘》中，玛格丽特·米切尔为郝思嘉和艾希礼第一次面对面交锋铺垫了超过一百页，成为现代小说之最，这是为了通往某一特定场景（而且还不是全书的高潮）而做的最漫长也最富有技巧的厚积。当然，这一精心安排的大部分都是在一般读者未曾察觉的情况下运转的，读者们体验潮水般的人物和片段，仿佛一切都是水到渠成。

第一章才刚刚开始几页，米切尔就开始布局。艾希礼订婚的新闻即将在明天的舞会上宣布，这一消息由布兰特·塔尔顿透露给震惊的郝思嘉。在接下来的五章里，在郝思嘉最终直面艾希礼之前，作者就完成了两个任务。一方面，她高妙地利用这一空档将故事里绝大多数的主角与配角都介绍给了读者，这些人物形形色色，同时也介绍了自然环境与社会环境，包括政治问题和诸多家庭问题。另一方面，她隐约而概括地强调再强调郝思嘉狂热的渴望，她想以某种方式阻拦订婚的宣布，并想自己嫁给艾希礼。为了看到这种谋篇布局是如何起到作用的，我们将看一看对这一主题的反复强调，探究它们是如何增加悬念，提升我们对即将发生的事件的期待的。

第二章开篇只有郝思嘉一人。双胞胎塔尔顿已经离开，郝思嘉竟然没有请他们留下来用晚餐，这让他们无比震惊。郝思嘉像个梦游者一样回到椅子上坐下。她的脸颊和嘴巴都很痛，心脏肿胀，几乎要撑破胸口。在一段内心独白中，她坚持认为这个消息一定是搞错了，因为她才是他爱的人，一定是她。保姆过来。郝思嘉马上编个差事打发了她。在她如此伤心的时候，她可受不了被人指责没有对塔尔顿兄弟尽待客之道。但或许，她告诉自己，这个糟糕的故事不是真的。等到父亲从威尔克斯家回来的时候，她要在车道尽头单独抓住父亲，尝试从他那儿找出真相。

米切尔已经在我们心中牢牢植入戏剧性疑问，现在她开始回溯，用几页纸速写郝思嘉先前同艾希礼相处的回忆，是玫瑰般但又不那么特别的回忆。接下来，米切尔让她热爱威士忌和跳栏的爱尔兰爸爸杰拉德·奥哈拉登场。郝思嘉拼命想找个方法谈及这个话题，同时还不能让父亲注意到她的迫切。父亲看穿她的花招，确认订婚确有其事，并痛斥女儿竟然追在一个并不喜欢她的男人后面。如果她嫁给双胞胎之一，他甚至会为她建一栋好房子。但她，"剧痛袭击她的心脏，仿佛野兽的利齿一般野蛮"，她只想要艾希礼。杰拉德中肯地论证说，书呆子艾希礼绝不是适合她的丈夫人选。他指出其和郝思嘉有多么不同，但郝思嘉是不会让步的。她如果嫁给艾希礼，就能改变他。

　　这个意志坚强的女孩能坚持多久，她会如何做，她能否成功，米切尔已经让我们对此产生浓厚的兴趣。因而到第三章她便能够再次回溯，这一次是详细叙述郝思嘉父母的故事：杰拉德，一个粗糙但果决的爱尔兰移民；艾伦·罗毕拉德，萨凡纳贵族抛弃的女儿，于失落之时嫁给杰拉德，给他生了三个女儿，并为他的家庭带来秩序、尊贵与优雅。但是，这一章也不能在没有戏剧性疑问的回荡下结束。郝思嘉渴望像母亲一样真诚、温柔、无私，但不是现在。嫁给艾希礼之后，她有的是时间实现这个愿望。

　　第四章从晚餐开始，郝思嘉在承受前所未有的痛苦，渴望母亲在场，给她安慰。她无法理解，在她如此心碎的时刻，父亲怎么还能猛烈抨击一触即发的战争和该死的洋基佬。艾伦去斯拉特瑞家帮忙接生死胎。此刻她回来了，一家人便跪下祈祷。一个新念头如彗星般从郝思嘉的脑海一闪而过。艾希礼并不知道她爱上了他。他一定是伤心欲绝，认为她爱上了布兰特或者斯图尔特或者凯德。忽然之间，幸福感席卷全身。订婚还没有宣布，所以她只需要想个办法出来，让他知道她的感受。上床睡觉时，她想出一个周密的计划。在明天的户外烧烤派对上，她要表现得快活浪荡，同视线范围内的每一个男人调情，让艾希礼渴望得到她。随后她将把他单独带去某处，如果艾希礼不迈出第一步，那就她来。到了晚上，他们将私奔去琼斯博罗，她将成为艾希礼·威尔克斯太太。打败她是不可能的。作为读者，我们疑惑地自问，拥有如此高涨的决心，她怎么可能不成功呢？

期待设置在第五章，郝思嘉穿衣打扮，做好准备，随后便同父亲及姐妹们一起乘马车前去。首先，我们看到她焦虑于该穿什么衣服才能最大限度释放自身魅力，能让自己看起来和梅勒尼一样年轻，但更成熟。保姆坚决反对郝思嘉穿低胸绿色薄棉裙子。早上穿不合适，而且太暴露。但郝思嘉答应吃掉保姆给她端来的早饭，从而狡猾地取胜了。想着即将到来的派对，她决定冷淡以对，假装冷淡，假笑，采取一切能让艾希礼臣服于她的举措。在她乘马车去十二橡树街的路上，乡间春光灿烂，正值开花时节的山楂树鼓满了花苞，鼓舞她去幻想，她将拥有多么美好的一天啊，因为她就要结婚了。她想象月光下的仪式，她将告诉孩子和孙子，这是多么了不起的一天。塔尔顿太太的马车同郝思嘉家的马车在十字路口相遇，米切尔巧妙地介绍了热爱马匹的碧翠丝·塔尔顿，她不仅确认了艾希礼的订婚，同时还补充说，这些年来大家全都知道这件事。郝思嘉很震惊，但只是一瞬间，勇气便卷土重来。她知道艾希礼是爱她的。于是我们再一次问自己，他爱还是不爱呢？我们还要等多久才能知道答案呢？

第六章终于把郝思嘉带去威尔克斯种植园。她被迎上来的人团团围住，所有人都在，除了艾希礼。他在哪儿呢？我们在此处了解到白瑞德的背景，了解到他在查尔斯顿向一个女孩妥协，郝思嘉也希望自己能让艾希礼妥协。在烧烤派对上，她的计划没能奏效。她被男友们团团围住，但艾希礼不在其中。她是现场最美的女人，却只能眼睁睁看着艾希礼安安静静地同梅勒尼坐在一起，这让她内心痛苦不堪。她酝酿出一个新计划。等到女孩儿们全都上楼小憩时，她要单独抓住他。她偶然间听到梅勒尼对艾希礼说，为什么比起萨克雷她更喜欢狄更斯，郝思嘉便获得全新的勇气。她认定，梅勒尼显然是个才女，是不太能取悦男人的那种女人。随后米切尔引入一个参加过塞米诺尔战争和墨西哥战争的老兵，白瑞德开始预警战争有多么可怕，南方终将失败，激怒了这个暴躁的男子。随后郝思嘉站在楼梯平台处，目光越过栏杆，心提到嗓子眼。她悄悄潜入昏暗的图书室，却一个字也想不起自己到底要跟艾希礼说什么。就这样，米切尔终于完成为郝思嘉与艾希礼的碰面所做的深谋远虑的积淀。作者一直以这样的方式精心编排，故事逐渐抵达高潮。到这一刻，我们再也等不及要看看究竟会发生什么事。

设定你的场景

现在，拿出你自己的原稿。是短篇小说、中篇小说还是长篇小说无关紧要。挑出两三个重要场景，读一遍。文本的第一页或第二页是否有任何能够勾起疑问的元素——从而设置悬念，这个悬念往往能在这一场景的高潮部分得到应对或解决。你的这个场景里有没有高潮呢？如果你对这些问题的答案都是否定的，那就重新好好写。首先，决定你的高潮应当是怎样的，写下来，然后找到为此做铺垫的方法。如果你已经有了一个满意的高潮点，那就搞清楚哪种情节组织策略对你更有效：是用普佐的技巧呢（猝不及防就以高潮开头，再及时回溯，重新通往高潮）；还是以传统流程按照时间顺序往前推进，在场景开头处通过内心独白、对话等提出问题，随后缓慢或迅速地向高潮前进。为了判断你的工作完成得如何，你或许可以将已经完成的一个或几个场景的结构同本章讨论过的那些场景进行比较。

09.

大
场
景

在畅销小说中，不光要准备并构建重要场景，还要将这些场景发展成大场景，要让这些场景极大地刺激我们、感动我们。我们一直在分析的这五部小说中的每一部都包含十到二十个独立篇章，在这些篇章里，主要人物的生活与命运都发生了深刻的改变。作为读者，我们间接参与了一切人生大事——谋杀、谋杀未遂、自然死亡、求婚、爱的誓言、背叛、诱惑、最后的救援、分娩、流产。但一个作家只描写这种生活变迁并不一定就能给我们提供大场景。

一个场景如果要变成"大"场景，往往要包含惊人的意外，围绕一个强有力的冲突构建，并大大改变一个或多个主要人物的境遇、计划、希望及梦想，并且篇幅横跨好多页。这一大场景的核心情节往往是源于一个或两个人物极其渴望从另一个人物那里得到什么。也许最重要的元素是，在持续一段时间的场景中维持激烈行动和 / 或高浓度的情感。这样的场景不断延续，人物的行动和 / 或感情就能大起大落，然后再大起，抵达一峰高过一峰的山峰。紧张感与刺激感不断提升，几乎令人无法承受，而发生在场景中的事情对读者的影响也越来越强烈。

《飘》中的大场景

郝思嘉意外撞见正在偷听的白瑞德，随后报复性地诱使查尔斯·汉密尔顿向她求婚，因此她与艾希礼的初次碰面才达到高潮，这一场景完美展现了我前面明确指出的构成大场景的大部分元素。现在我们仔细看一看米切尔是怎样构建这一出令人难忘的微型剧的。

首先，正如我在上一章指出的，我们的期待已经准备就绪。我们孤注一掷、百折不挠的女主人公能不能勾走她的梦中情人？眼下终于来到郝思嘉魂牵梦萦的时刻，我们对此也充满期待。请注意情感上的递进。一开始是乐观愉快的——郝思嘉触摸到艾希礼的手，觉得自己就要梦想成真。当她鼓足勇气表白自己的爱时，骄傲和更为巨大的喜悦席卷全身。他很痛苦，试图温和地拒绝她。喜悦褪色，情绪一落千丈。郝思嘉意识到哪里不太对劲，全都不对劲！但她绝不是个轻言放弃的人，她步步紧逼，非要他承认他的确很在意她。随后她便用尽全力英勇挣扎，要将他的承认转变为娶她的承诺。艾希礼重复了杰拉德在前面章节里说过的话，试图解释他们俩为什么不合适。对郝思嘉而言，艾希礼承认自己在乎她，却不愿同她结婚，像个骗子，像个无赖。怒从心生，这是更为强烈的感情。不一会儿，当郝思嘉恶毒地贬低梅勒尼时，艾希礼维护梅勒尼。郝思嘉的愤怒抵达顶点，愤怒吞噬了她。她破口大骂；她将恨他至死；她想不出足够难听的词描述他；紧接着，在一个激动人心的瞬间，她用尽全力扇了他一巴掌。在这之后，高潮渐弱。她的愤怒平息下来，她感到凄凉而孤独。他吻了她的手，悄然离开。她伤心欲绝。她永远失去了他。这下他该恨她了，她心想，而她也恨自己。她必须做点什么，不然非得疯了不可。在一阵狂怒之下，她忽然抄起一只瓷碗，砸向大理石地面。

我们在这一幕场景中分享了她跌宕起伏的情绪，就像坐上了漫长而不牢靠的过山车，有一些即将到来的可怕颠覆与转弯。首先是白瑞德的突然出现，他躺在沙发上，没人能看见，他听见了一切。郝思嘉不光要承受艾希礼的拒绝带来的痛苦，米切尔还要将她的愤怒推向新高度，因为郝思嘉觉得自己遭到了羞辱，宛如赤身裸体站在一个彻头彻尾的陌生人面前。白瑞德欣赏她面对艾希礼时的诚恳与大胆，说他向她致敬，并向她保证，她实在太好了，艾希礼根本配不上她。可他说这些只能让郝思嘉更恼怒。白瑞德，她吼道，连给艾希礼擦靴子都不配。她真想杀了这个粗鲁的闯入者。

提升戏剧性

在创造出郝思嘉和艾希礼对峙这种强有力的场景后，许多作家会感到心满意足，觉得自己已经创作出足够的戏剧性。但米切尔不满足，她创造出极具冲击力的场景，又将更加强有力的一幕叠加上去。她为郝思嘉和白瑞德之间精心策划的初遇是多么惊人，多么充满挑衅意味。之后白瑞德不断追求她，在南北战争与战后重建时期，在整个小说里的大部分时期，他都在努力赢得她的爱！

离开令人沮丧的图书室后，郝思嘉回到楼上，正要解开束胸，在极度痛苦之中想要休息片刻，结果不小心听到姑娘们正议论她。哈妮·威尔克斯管她叫"荡妇"。郝思嘉心跳加速。让郝思嘉惊愕的是，在所有人当中，梅勒尼竟然维护了她。哈妮宣称，郝思嘉唯一在意的人就是艾希礼。郝思嘉羞愧难当。她会沦为笑柄的。她想逃走，回家对着母亲哭泣。但那会亲手递给这些刻薄女人更多弹药来诋毁她。不，她要留下来。无论用什么方式她都要报仇，让她们后悔。

利用技巧

注意，郝思嘉一开始是被偷听的那个人，随后她成为偷听的人。对一些人来说，这或许是老套的技巧，尤其还用了两遍，事实上，是连续两遍。然而，为了让一个大场景变得出其不意并惊人，这样的技巧往往最有用。这样能够深深影响人物，迫使他们行动，促使他们做决定，不然就很难推动他们。当这些技巧被作者们看似自然地运用起来，读者便能体会这个故事中的惊心动魄，并且压根不会感觉到技巧的存在，这个例子就是如此。在《飘》中，白瑞德是作者小心翼翼创造出来的。在他同郝思嘉相遇之前，郝思嘉就已经看到他了，而且是一到十二橡树街就马上注意到了他。之后，郝思嘉发现他看到了自己撩拨查尔斯·汉密尔顿，这让她万分尴尬，也让她从凯瑟琳·卡尔弗特那里详细了解到他是如何毁掉了查尔斯顿的一个姑娘。而在户外烧烤派对上，他竟胆敢谈及北方的军事优势，这激怒了聚会上的众人，随后他便找借口离场，去了艾希礼家的图书室。差点被郝思嘉扔过来的瓷碗砸中时，他从沙发上站起来。此时，他已经是我们和郝思嘉都认识的人了。我们对他感兴趣，因为他同烧烤派对上的所有人都不一样。而且，不管怎么样，他说自己要去哪儿，他就去了哪儿。哈妮的恶意也同样得到很好的铺垫。她厌恶并嫉妒郝思嘉的魅力，我们之前就了解到，正是她和查尔斯·汉密尔顿之间有着所有人都心照不宣的婚约，而郝思嘉为了刺激艾希礼的嫉妒心，便厚颜无耻地同查尔斯调情。

巧合是另一种技巧，对接下来的情节和这个场景的尾声至关重要。郝思嘉撑着一口气溜进另一间卧室休息。查尔斯·汉密尔顿先前笨拙地向她求婚，那时她正做好准备，要直面艾希礼，于是礼貌甚至心不在焉地拒绝他。而这时，林肯正召集军队的新闻（又一个及时的巧合）忽然抵达，整个南方都动员起来，包括烧烤派对上所有体格健全的男性。查尔斯找到她，脱口而出，说他要入伍，并问她是否愿意等他。查尔斯的求婚，最初似乎对故事线无关紧要（除了突显郝思嘉对这个年轻人的破坏性影响），此刻却变得重要。战争即将爆发的消息变成她在这一刻能够接受他的先决条件。郝思嘉想到他的钱，想到要报复哈妮，想到要让艾希礼好看，她压根就不在乎。不，不用等，她回答，她现在就同他结婚。他激动极了，立刻冲去找郝思嘉的父亲，而她扪心自问："哦艾希礼，我究竟干了什么啊？"她的胜利是惨胜，更像是失败。

在十几页的空间里，郝思嘉始终牢牢地占据舞台中央，并依次遭受艾希礼、白瑞德和哈妮的痛苦打击。这三个人对她的影响也是截然不同的，但每一种都让她备受打击。可无论如何，她每一次都能振作起来，坚持自我。最终，和查尔斯·汉密尔顿在一起，掌握控制权的是她，纵然是那么可笑，那么仓促。这一幕开始于她下定决心要结婚，结束于她得偿所愿，却不是同她曾经渴望并仍旧渴望的男人结婚。在这一幕中，我们观察她，并参与其中，我们意外、震惊、感动、发笑。我们看到她的人生轨迹改变了。

必要场景

剧本经常提到所谓的必要场景，这一概念源起于法语"la scène à faire"。其字面意思是，必须发生或必须写出来的场景。在一出精心编排的传统戏剧或一部畅销小说中，在文本接近尾声或恰好在尾声处，主要的两方对立人物或力量会聚一处，在冲击力极强的场景中解决他们之间的问题。这样的场景就叫必要场景。大部分情节都是围绕这一场景来构建的，随着小说逼近结尾，这一场景对小说人物越来越关键。对于这样一个场景，另一种更为普遍的叫法是"高潮"或"激动人心的一幕"。但对我而言，"必要场景"一词更为贴切。

《教父》的高潮

在绝大部分的大小说中，决定性的场景往往发生在主要人物之间，通常是主人公及其对手，但并非总是如此。比如在《教父》中，索洛佐早早就被处理掉了。之后，反对柯里昂家族的力量就成了幕后犯罪家族，他们的名字被一次次提及，多半是塔塔格里亚家族和巴尔齐尼家族。

在小说中段，他们只出现在一个场景中，而且非常短暂：索尼遭伏击后，他们和柯里昂家族在一个小型商业银行举行和平会议。基于整本书的主要问题，也就是柯里昂家族必须打败敌人，赢得生存和胜利，那么必要场景不可能是别的，只能是战胜敌人或被敌人打败的行动。有意思的是，普佐拓展了这个大场景，塑造了柯里昂家族新的冷血执行者阿尔伯特·纳里这个人物，他对这部分内容的描写比对屠杀的描写更丰富。纳里随后屠杀了几乎默默无闻的塔塔格里亚家族和巴尔齐尼家族，背信弃义的泰西欧和卡洛·瑞兹，还有完全不具名的比萨店服务员，他曾在西西里试图杀死迈克尔，结果杀死了他年轻的妻子。这一部分内容写得风驰电掣，极为特别。

这一组情节中有两个出人意料的人物——泰西欧和卡洛。普佐隐晦地表达他们已经与柯里昂家族反目。注意，第一章就是以康斯坦其娅和卡洛结婚拉开帷幕，而最后一个被谋杀的就是卡洛，他是这个家族的成员，是迈克尔的姐夫。迈克尔并没有亲手去拉紧套在这个背叛者脖子上的绞索。但也只有在这一桩罪行中，仅此一次，迈克尔这个主谋直面对手，哄骗式地审问，迫使他供认不讳。

五次发生在台前的谋杀，柯里昂家族的敌人全军覆没，但普佐并没有就此跟我们读者斩断关系。迈克尔技艺高超，英勇无畏，解决了所有血债，并让自己的犯罪世界井然有序。普佐现在还能设计出什么样的场景盖过所有这一切呢？太简单了，谎言。迈克尔对他挚爱又忠诚的妻子凯公然撒谎。歇斯底里的康妮[1]因为迈克尔杀了卡洛而冲向他。凯问是不是真的。迈克尔直勾勾地盯着她的眼睛，说不是。通过这个场景，我们看到他在个性和身份上都和过去大不相同了。他已经表现得和父亲一样坚忍、精明、无情。和凯在一起时，他的唐身份优先于丈夫、父亲甚至人类。片刻之后，家仆进来，向一个全新的男人唐·迈克尔致敬。随后普佐让我们看到迈克尔胜利的代价就是妻子的信任和自己的人性。

最后要说的是，要注意这高潮章的组织方式和情感上的强化。最开始的两组场景是为杀死卡洛（巧妙地）和泰西欧（公然地）做准备，而这两场谋杀直到该章快要结束时才上演。真正被杀死的第一个人是无足轻重的比萨店服务员，第二个是无人知晓的菲

1　康斯坦其娅的昵称。

利普·塔塔格里亚。有点刺激，但也只是有点。接下来，阿尔伯特·纳里刺杀了巴尔齐尼，用的是非常复杂的诡计，引人入胜，但产生的情感力量不大，因为无论是我们还是迈克尔都跟巴尔齐尼没有什么关系。更多的情感涌入故事是在汤姆·哈根策划绑架（很快就撕票了）泰西欧时，在这本书中他一直是柯里昂家族的朋友和忠诚的指挥官。当迈克尔登上舞台，直面卡洛，紧张程度升级。卡洛是个可恶的家暴者，还喜欢玩弄女性，可尽管如此，他的妻子，也就是迈克尔的姐姐仍旧爱这个男人。于是当前的棘手问题不再仅仅是生意上的血腥复仇。卡洛不得不为谋杀迈克尔的哥哥索尼付出代价。迈克尔许诺宽大处理，从惊慌失措的姐夫嘴里挤出他的坦白，惊呆了我们。随即迈克尔食言，这就是真正的西西里黑手党风格。卡洛乞求怜悯，被勒死，到目前为止，对这一章影响最大的就是这个场景。但之后，迈克尔不得不应对两个与他最亲密的人物：失去亲人、歇斯底里的姐姐和凯，后者是他爱且爱他的女人。卡洛的死已经做好铺垫，让我们看到迈克尔随口说谎是多么顺嘴。但是，因为他与凯之间的亲密关系，比起先前所有的骚乱，他对她的谎言与她对他的幻灭对我们的打击更为沉痛。

《目击者》的高潮

　　《目击者》中有两个必要场景。其一出现在前面的章节中，是伊丽莎白目睹两桩凶杀案的时候。这一场景使得小说接近结尾处的一个场景得以成立，那时她将伊利亚送上法庭，结果是他极有可能要坐很长时间的牢，虽然这个结果并没有出现在书中。

第二个高潮是她和布鲁克斯的恋情修成圆满。一开始他们有太多不同，但最终一切都化为爱。他们很有希望结为夫妇，一生相伴。

作者提前两三章就给最后的法庭对峙做准备，而后推出极富戏剧性的高潮。另一方面，阿比盖尔和布鲁克斯的关系很棘手，初次做爱是一步一步小心翼翼促成的，而这个过程的起点是，阿比盖尔第一次见到布鲁克斯时，反感他且不愿同他接触。

随之而来的便是一串小心翼翼的步伐。在这个过程中，他不请自来，而后受邀做客，带来鲜花，在某一刻吻了她，随后受邀留下来过夜，到这时，一切才变得不一样。只有到这时，阿比盖尔才能透露自己可怕的过往。布鲁克斯深受震动，讨论怎样才能让她成为目击者而又不必承担太大的危险。纵然过程充满危险，阿比盖尔还是依从布鲁克斯的计划行事，并且计划奏效了。她报了仇。这两个人也拥有了彼此。

其他畅销小说中的必要场景

还有其他值得你仔细研究的大场景——我们这本书已经没有空间对其进行分析——包括《飘》的最后一章（郝思嘉和白瑞德不期而遇），《荆棘鸟》的第七章（聚焦于玛丽·卡森之死和拉尔夫·布里卡萨特面临的诱惑）。仔细研究作者是如何一步步为这些场景做铺垫的，研究这些场景中的一个或多个意外、激烈的冲突、人物想从彼此那里获得什么、人物的生活发生了怎样的改变，还有场景的延伸。

你的大场景

现在，看一看你自己的草稿或正计划要写的故事。里面是否包含一定数量的大场景，这些场景能否彻底扭转某个人物的命运或人物间的力量对比？如果没有，那就去重写大纲或者草稿，加入更多这样的场景。这些场景当然可以包含任何能够深深打动人的内容：从出生到求婚，到结婚，到死亡——可以是自然死亡，也可以是被谋杀。

接下来，看看你谋划的场景当中是否至少有那么一些可以进行延展。这些场景中的主要冲突和/或主要情绪是否延续了足够的篇幅，进而对读者产生强有力的影响？别把这一点看成是鼓励你扩展篇幅，用多余的对话或描写填充场景。恰恰相反，看看你能做点什么，好用全新的转折、更为复杂的情况、真相揭露、彻底反转、意外情节，以上所有或其中一些能帮你制造出更大的刺激，增添情绪上的跌宕起伏。如果你没那么容易顺着这条思路想出办法，那就回过头去，重读并重新分析本章前面提到的那些大场景的构建，而后试着将这些作家使用的技巧用到你自己的人物和故事中。甚或可以尝试以其中一种为模板，描摹它的情绪流动，但与此同时，用你自己的情境和人物去填充这个模板。

前面一章讲述一般而言如何"设置"独立的场景。至于你自己的大场景，一定要尽早在小说中做好准备，设置铺垫，这是很关键的，最好在读者抵达故事高潮之前就准备好。仔细检查你的大纲和原稿。你是否已经埋下种子，能在读者的心中萌发疑问，让他想要往下看，期待你之后会给出的惊人冲突？同时要牢记，你的大场景往往取决于某种程度上的意外、巧合，有事情突然发生、有人突然出现。但是要保持故事的可信度，这些意外和巧合必须巧妙或铺垫得不那么直白。回想一下郝思嘉摔了瓷碗后白瑞德突然出现。如果米切尔没有在之前就介绍过白瑞德，那么这一幕的效果就不会那么好。

最后，仔细审视你的小说结尾。它是否包含大场景，在这个大场景中，主要的对立人物是否直面彼此，并激烈或动人地解决彼此间的主要问题？但如果你觉得你的故事并不适合出现两个明确对立的人物，或不存在这样的两个人物，那该怎么办呢？好吧，你的尾声或许不需一个激烈的高潮，就像《圣彼得堡来客》中拯救夏洛特和费利克斯之死。但是，如果你真的想要写一本畅销书，就必须重新设置故事线，构建出包含强烈情感力量的激烈场景，人物要有孤注一掷的决心，一如我们在郝思嘉最终遇见白瑞德时看到的那样。

IO.

编织情节串

编织一本畅销小说，除了已经讨论过的创作大纲和构建场景的技巧，通常还要用到其他策略。其中一个策略就是，小说开头不要设置在人物初次相遇的时候，或突然发生了什么事的时候，而是应该设置在人物的行动已经顺利筹备、正向着高潮前进的节点上。出现在开篇几页或几章故事之前（或很久之前）的"开始事件"，我们称之为背景故事。至少对一个人物来说，这类发生在过去的事往往是个秘密，是未知，如果被揭露出来，会影响当前的行动，有时甚至能将刺激程度一般的情节变得扣人心弦。即便在行动几乎全部发生在当下的故事中，为其注入具有转折性的复杂往事也能显著增强戏剧性。

背景故事

身为作者，你在完全为自己而写的大纲中，应当从关键性的启动事件中创造出你的故事，尽可能在时间长河里往前回溯，寻找有趣的或对小说有帮助的故事，大体就像福莱特在《圣彼得堡来客》的第三版大纲中所做的那样。赋予你的主人公人生往事，这段过往说明他是怎样的人及为何成为现在的他。人物之间已在进行的主要行动一定要设置得清清楚楚。然后再决定要从他们人生中的哪一个节点开始写小说，如果有背景故事，就要考虑有多少能戏剧化地加入小说当中，以及要在何时何地加入，是用作者叙述呢，还是通过人物回忆，戏剧性地倒叙，还是综合运用这几种方式。

《圣彼得堡来客》的背景故事

在《圣彼得堡来客》中，费利克斯和莉迪亚的青春情事发生在小说开始十九年前，为故事的几处关键转折点提供了基础，也从整体上给小说注入了情感张力与共鸣，这在主要情节为暗杀计划的惊悚小说中极为罕见。要找出并分析福莱特利用这短短一段背景故事（但这段往事深深影响了全部四位主要人物）达成的全部效果，恐怕得用上二三十页。所以我只打算说明他如何将其运用到开头四章中。你如果对此感兴趣，可以自己研究小说剩下的部分。

在第一章瓦尔登和丘吉尔会面的场景中，莉迪亚首次露面。之后她的视角又占据了几段文字。随后福莱特飞快且顺滑地转到她期待见到奥洛夫亲王，因为他让她"想起另一个俄国年轻人，一个她没能托付终身的男人"。为了给她创造一段生动的过往，作者混合使用了作者叙述、莉迪亚的回忆和她的内心独白。关于这个年轻人，我们得到混合了多种感觉的生动细节——"他的皮肤很白，体毛柔软漆黑，青春年少；他有一双非常灵巧的手"。更重要的是，福莱特让我们知道，伯爵夫人虽然中年已婚，却仍渴求在学生时代了解到的那种狂野而饥渴的爱情。她感到惭愧，于是向上帝祈祷，希望能够守住内心的秘密，但我们尚未明确得知究竟是什么秘密。最开始，对于过去到底发生了什么，福莱特只透露了蛛丝马迹，但足以呈现莉迪亚的恐惧，预示她将面临的危险，牢牢勾住我们，让我们想知道这些秘密究竟是什么。还有，她能守住这些秘密吗？

费利克斯是在从多佛到伦敦的火车上出场的。不久前身处日内瓦、和无政府主义者们在一起的片段解释了他为什么要来伦敦，并开始树立他的人物形象。在第二章，他把一个男人拽下自行车，抢了对方的自行车。他自言自语，说自己没有恐惧，从而想起十一年前的一段往事，那段往事教会他，没有恐惧的人所向披靡。福莱特写下的往事不超过两页，在这两页内容里，饥寒交迫的费利克斯偷了一个警察的晚餐。为了不让食物被夺走，他掐死警察，然后穿上逝者珍贵的靴子和外套逃跑了。只写经济情况。没有一笔写费利克斯的双亲、童年、学校教育和政治活动。而这足以坐实他是从监狱逃跑的。尽管饥肠辘辘，衣衫褴褛，他还是想方设法跨越数千英里，而且一旦遭到挑衅，他无惧于做任何事。他显然是以可怕形象露面，是个需要重视的人物，而我们是在一个戏剧性场景中了解到所有这些与他相关的信息。

在第二章，作者也在当下情节中混入往事。瓦尔登同妻子做爱后想起他是怎样在圣彼得堡的欢迎会上遇见她，并被她激情四溢的钢琴弹奏深深吸引。他也是在那天晚上知晓父亲离世，于是下定决心，作为新一代瓦尔登伯爵，他需要一个妻子。第二天他就请求莉迪亚的父亲允许自己向她求婚，六周后他便娶了莉迪亚。如今，十九年过去，他仍旧情不自禁、不顾一切地爱着她。不到四页的回忆和闪回，却足以勾勒出瓦尔登的出身、教养、同父亲的关系、年轻时的消遣、果决以及爱的能力。也要注意到，在瓦尔登早年生活的数百个片段之中，福莱特保持了焦点的集中。围绕瓦尔登遇见并讨好莉迪亚，作者设法让我们了解与之相关的一切。而之后，我们会了解到莉迪亚当时跟费利克斯之间的情事，所以上述内容显然是让我们为瓦尔登即将遭遇的讽刺状况做好准备。但福莱特迟迟没将这件事呈现出来，直到第四章。在故事尾声，当瓦尔登发现莉迪亚背叛了他时，之前的情节就成了增益情绪影响力的要素，表现出瓦尔登对莉迪亚了不起的爱。同样有趣的是，福莱特通过瓦尔登有限的视角让我们特别体验了这段小插曲。过后，作者又以全新的视角把我们带回来，让这段插曲变得更为重要。

到目前为止，我探讨的这三段往事的插入都极能说明问题。这些情节多少都是以比较戏剧性的方式呈现的，但是它们在结构上最基本的作用始终都是丰富人物形象，加深我们对莉迪亚、费利克斯和瓦尔登的了解，其次是为即将到来的大行动做好准备。第一个这样的大行动就是费利克斯猛地打开瓦尔登家的马车门，听到一个女人熟悉的惊叫。他在认出莉迪亚的瞬间失去所有力量。是他的莉迪亚，他想起从前她赤身裸体躺在他身下时是什么模样。

随后瓦尔登用剑划伤他的手，紧接着又把剑刺进他的肩膀。在这段情节中，往事的的确确推动了当下故事的发展。这位无政府主义者只能无力地垂着手臂逃跑。在书的前四分之一部分，小说的主要焦点始终朝着费利克斯刺杀奥洛夫无情推进。结果出了岔子，因为杀手听到一个声音，见到一张来自过去的脸。费利克斯的失败至关重要。若是他成功了，小说还没真正开始就要早早结束了。

此后，情节的紧张程度直接翻倍。瓦尔登知道自己和奥洛夫面临生命危险，而这个杀手必然会坚持不懈地靠近俄国亲王，于是他针对神秘杀手展开反攻。福莱特可以找出一百个理由让费利克斯失败。但是他选择让费利克斯认出旧爱，因此瞬时麻痹，这一招非常巧妙。用这种方式将他年轻时澎湃的激情带回他的生命之中，是多么有力啊！费利克斯暗杀失败，落荒而逃，回到陈设简单的家中。在他安全之后，我们才终于知道那段爱情往事，知道费利克斯坐牢并遭受严刑拷打的事，这段记忆让他在扣动扳机之际僵住了。这段夭折的爱情发生在十九年前，但请注意，普佐每次写大事件时也会使用相似的技巧，回溯并不遥远的过去，将其戏剧化。在小说的其余部分里，福莱特继续使用同样的方法，利用发生在多年前的故事对冲、扭转和推动当前情节。

背景故事技巧

在《飘》和《教父》这样的大体量小说中，并不存在什么深刻影响当前情节的过去的秘密，背景故事都是专门用一两个章节来集中呈现，而不是零零散散地编织进主要设置在当下的数个章节之中。但要注意《飘》的一点：故事并不是开始于郝思嘉初次见到艾希礼并爱上他。米切尔安排郝思嘉亮相时，郝思嘉已经疯狂地爱上了艾希礼，爱得神魂颠倒。她发现自己陷入爱情的这一天或这一刻并没有被描述或进行戏剧性呈现。因为没有必要。她当下的激情已经绰绰有余。作者花了二十页描述的反而是郝思嘉的父母——杰拉德和艾伦的过往，这些往事点明郝思嘉从父母那里继承或学习来的性格特质，比如父亲的果决与母亲的管理能力。这一章以北乔治亚的邻居们为大背景，设置了郝思嘉一家与塔拉庄园的历史。同时还将整部小说框定在一个有着特定传统习俗、道德观念、政治与社会态度的环境中。背景故事为郝思嘉反复无常的个性与她所居住的丰富多彩的世界提供了基础。

注意，在《圣彼得堡来客》和《飘》中，两位作家在引入大量背景故事前，先牢固地树立起正在发展中的当前情节。这一点很重要。缺乏经验的作者有时候刚介绍完人物，还没有让读者代入人物眼下正面临的险境，就马上潜入过去。这不是什么好策略。作者应当利用人物当前面临的问题或困境，先把人物立起来。之后我们才更有可能对这个人物更感兴趣，想了解他的过去。

在《教父》中，在普佐插入一段占据三十二页的往事前，故事已经过去一半。再看《飘》，背景故事为整本书奠定基础，同时起到独一无二的作用。唐·柯里昂是一个组织的头目，这个组织敲诈勒索、打家劫舍、杀人如麻。然而他是小说的主人公，是我们感兴趣的人物，而且会让我们产生同情甚至钦佩之情。十二岁的男孩儿在父亲被杀时逃脱，因为一个凶犯的侄子而失去杂货店的工作，无法养活家人。他必须靠偷窃度日，还被同一个凶犯骗了，这些故事将唐塑造成一个受害者，一个努力想要活下去并且体面正派的人，也是有勇气反对压迫的人。随后我们便明白他是如何成为现在的他，我们如果处在他的境况，很有可能做同样的事情。

总而言之，在这三本书中，同发生在当下的情节相比，背景故事都很简短。一般而言，如果往事与正在发生的事情有直接关联，那么插入这段往事（通过闪回或人物回忆）是比较好的做法。要注意，福莱特只有在马车暗杀行动失败后切入莉迪亚和费利克斯的青春情史才是正确的。到这里我们才能明白费利克斯为何当场麻痹，但我们是在非常激烈的情节的衬托下才明白的。

一个同样不错的技巧是让人物面临抉择，再回溯过往，随后利用发生在过去的事件作为影响因素或触发因素，让其决定人物所做的选择。

从某种意义上来说，《目击者》的前一百页就是后面内容的背景故事。小说重新开始于十一年之后，在阿肯色州的比克福德，阿比盖尔仍旧担心被谢尔盖集团找到并杀害。她的过往创伤让她成为现在这个多疑且容易受惊的女人。即便是在小说转向爱情故事时，这段爱情故事的主要症结仍旧来源于她十六岁时遭遇的一切，比如无法相信任何人，尤其是男人。

至于阿比盖尔锐意进取的母亲，这段往事非常简短，却给女儿带来巨大的影响，最为突出的影响就是，阿比盖尔暗算了组织，林肯·布莱克试图收买她，在她出庭之前，她极力反对美国联邦调查局的助理再次将她带去安全屋。她立场坚定，一口回绝。

因此《目击者》对背景故事的处理方式和其他小说，比方说《教父》，都不一样。但发生在伊丽莎白十六岁时的事几乎决定了她此后的一切行动，直到全书结束都是如此。

至于布鲁克斯的背景故事，我们没得到什么细节，但我们也并不想了解更多。在他的过往中有一个关键元素就是，他认识小石城的高级警官安森，曾在其手下工作。他试图让安森帮他代表阿比盖尔同美国联邦调查局取得秘密联系。依据布鲁克斯在比克福德要处理的警务事件来看，我们遇见的这个小镇里的几个人物，都是他的童年伙伴，这些关系牢牢将他拴在这个令人愉快的环境中。在《目击者》中，背景故事不仅为小说本身提供了某些基础，使得人物形象更为丰满，同时也成为推动当前情节发展的动力。

当然，如果不透露背景故事，那么神秘感也将不复存在，因此作者别无选择，必须提前做好准备。但是大多数这类作品只在最后一两章揭晓答案时才插入关键性的过往元素，那么就对于整部小说的作用、提升小说质感而言，这些元素不再那么必要。而在斯科特·特罗的《无罪的罪人》和《举证责任》中，背景故事在当前情节中无孔不入，至关重要，几乎遍布每一章。这两本书是一类书的绝佳范例：整个故事建立在一系列过往事件上，往事和当下的情节一样引人入胜，过去的事件一次次进入当下的情节。

最后，我有必要提及，一些畅销作品（比如大部分电影）只有极少甚至没有背景故事。比如说约翰·格里森姆的《糖衣陷阱》就全部发生在当下。书中人物探讨往事，甚至还做了一点调查：美国联邦调查局先前的调查；年轻律师加入律所之前，两名同事无法解释的死亡；还有男主人公哥哥的入狱。然而，没有出现任何过去的场景。作者为了强化人物形象而放弃的，又用小说让人喘不过气的推进速度弥补。

编织细节满满的背景故事对你的小说是有帮助的。为你的每一个主要人物写人物小传，往其中加入他们的一些过往的人生故事。但要牢记，你的小说里并不是非要有许多背景故事。保持故事在当下的发展，让人物的过去在小小的冲突、喜悦和含蓄的挖苦中增强人物的深度和感染力，你或许可以因此得到更多的好处。或者从人物的过去中挑选几个关键场景，将其戏剧化。这样做或许最有助于改善作品。这些事件最好是他们人生中的转折点，无论是向好还是向坏的转折点。此外，我们还可以让一个当下的人物召唤回忆或插入闪回片段，让这些过去的场景帮助人物面对当前必须要做的决定。这样做就能干净利索地将这些闪回片段编织进当前的故事中。直接叙述人物的历史可能会中断小说的进程，然而一两个处理得当的场景能有力地呈现出人物的过往生活，同时还能推进你的小说。

收缩人物焦点

在情节编排中，值得重点关注的另一个元素是，组织每一个主要人物的驱动力（短期或长期目标），只有这样，情节才能不断变化。换句话说，一遍又一遍出现的大场景主要都安排在关键人物之间，并最低限度容纳新人物或次要人物，因为读者对这些人物不是很了解，也没什么兴趣。相反，困住主人公的场景才最有可能让我们兴奋并唤起我们的恻隐之心。

比方说，作者写了费利克斯同女房东、与无政府主义同伴、与一路上他打劫过甚至杀掉的人的对手戏，但他的大场景全都是他单独面对莉迪亚、夏洛特和瓦尔登或面对他们中的多个人，而且只是面对他们的场景。他从未和瓦尔登发生言语冲突，但是在马车里，是瓦尔登用剑攻击了他。在萨伏伊，是瓦尔登抓住硝化甘油炸药。当费利克斯被警察追着跑过屋顶时，瓦尔登就在那里，并且我们是通过他紧张参与其中的视角（混合着费利克斯的视角）来感受这一场景。夏洛特渴望从限制她的家教枷锁中解脱出来，成为得到解放的自由女人，这促使她溜出去参加争取妇女选举权的大游行。费利克斯正监视瓦尔登家，等待下一次接近奥洛夫的机会，因此尾随她，并救了她。没过多久，他就意识到她是自己的亲生女儿。最终，他甚至设法将她卷入自己的阴谋。但这里的重点是，尽管夏洛特和贝琳达、潘克赫斯特夫人、"失足"女仆安妮以及其他一些人有对手戏，但她的大场景只发生在她和妈妈、瓦尔登及费利克斯之间。福莱特不间断地让这些人物彼此对峙，这是编排情节的绝技。

控制人物数量

同一个技巧的另一面是淘汰不必要的人物，或者至少不要让他们成为视角人物。这样才有可能将注意力更多地集中到重要人物身上。在福莱特的第三版大纲中，迪特尔·哈特曼和安德烈·巴雷参与了八个场景。哈特曼买下并测试了决斗手枪，他还陪同费利克斯去了打算实施暗杀计划的舞会。但哈特曼真的必不可少吗？他难道不会分散读者对谋杀企图的注意力吗？在费利克斯获得武器后，作为读者的我们如果能单独和他在一起，共同参与行动，岂不是更有趣吗？福莱特显然是得出了这个结论，因此后来抛弃了德国人和法国的布尔什维克党人，更加聚焦于费利克斯。

多年前同瓦尔登有过风流韵事的女人邦妮，如今又同他旧情复炽。除了第一版大纲外，剩下三版大纲里全都有她。在第四版大纲中，她被赋予重要功能。她向瓦尔登透露他根本不能生孩子，因此不可能是夏洛特的亲生父亲。但在书中，他是从莉迪亚口中得知这件事的，那可是他的妻子，是他深爱的女人，比他在任何一版大纲中都要爱得更强烈。作者如此操作便让故事变得更为痛彻心扉，更具有戏剧性。去掉邦妮这个人物，不仅收缩了焦点，还提升了瓦尔登的形象。初次嗅到婚姻困境后，他不再投向另一个女人的怀抱寻求安慰，反而坚定不移、拼命努力，同自己深爱的妻子一起寻求解决问题的办法。

当你第一次读《飘》时，你可能会觉得这部小说是全景式的，因为它完全不理会什么收缩情节焦点。郝思嘉和杰拉德、保姆、查尔斯·汉密尔顿、普利西、弗兰克·肯尼迪、约翰尼·加利格、偷东西的洋基士兵、梅勒尼、乔纳斯·威尔克斯，还有其他十几个人物之间全有对手戏。尽管这部小说仿佛汹涌大河一样奔流向前，详细地展示整个时代，包括和平、血腥的战争、骇人的重建，并且充分描写了几十个密切相关的人物、几十段人物关系，然而事实上，这股巨流只包含两段关系，并且只受这两段关系的驱动，那就是郝思嘉与艾希礼，还有郝思嘉与白瑞德。除了一个部分的内容，大概在书的一半处，一百来页。那时郝思嘉回到塔拉庄园，努力工作养活家人，重建被摧毁的种植园。在这一时期内，艾希礼和白瑞德都去参军了，于是米切尔设法让这两个男人之一要么支配郝思嘉的思绪，要么就实际出现在她面前，通常辅以激烈的冲突，几乎每一章都有他们。作者一再扭转情节，一次又一次地回到人物具备情感关联的场景中，这些场景可能包含一些重复元素，但大部分是新鲜且不同的场景。对我来说，若要分析其中的每一个场景和人物的行动，这一章的空间远远不够。但你该花点时间，脑中带着这些编排情节的方法翻阅《飘》，只专注于这些场景及其内容的进程。

加入一个新人物来应对新的情节发展，这对作家来说往往更容易一些，也更贴近我们所理解的"现实主义"。但是，如果可以用某种方式将一个已经存在的视角人物安排进同样的情节，那作者就能获得丰满这个人物的机会，同时让这段情节更富有情绪张力。比如说，在《圣彼得堡来客》中，巴兹尔·汤姆森和他手下的警察已经锁定费利克斯的藏身处，并且马上就要把其揪出来了。在这样一场行动中，汤姆森或他手下某个指挥突袭的警官似乎成为理所应当的焦点。结果呢，福莱特巧妙地让汤姆森找来瓦尔登，而在现实生活中，这种情况是不太可能发生的。可读者完全处在兴奋的状态中，压根没有意识到这一点。毕竟比起汤姆森和某个面目模糊的警察，读者还是更关心瓦尔登，而瓦尔登又极度渴望费利克斯被逮捕归案。是瓦尔登狂热的愿望和最后的失望，外加费利克斯的狂怒，共同为这个场景注入力量，这力量远远超过一般追逐场景所能带来的力量。

编织你的情节串

如果你搞清楚了上述所有内容，那么是时候再看一遍你的大纲或草稿，从影响力和情感重量的角度评估或重新考虑每一个场景。如果你将没有聚焦于视角人物的情节组合起来，那么风险可能就是情感重量略轻，或压根不存在。你现在或许需要重新想一想，重新组织或者砍掉这些场景，要么重建场景，让所有场景都以视角人物为中心。

这个方法可以一直奏效，只要你的视角人物（哪怕是反面人物）多多少少分到一些同情的笔触。然而，如果场景中的主要人物非常可恶，而一个或多个次要人物也不讨喜，那你就遇上问题了。这样一来，就没有读者可以支持的对象了。他对这一场景的结果并不关心，你的作品很有可能让他厌烦。所以，还是那句话，要么砍掉这些场景，要么围绕一个重要人物重新组织场景，而这个人物至少能勾起你（和读者）内心的一点暖意，获得一点理解。

最后，浏览你的小说，弄清楚其中的戏剧性有多少是由主角和配角对峙的场景带来的。如果你的大部分高戏剧性情节都来自视角人物之间的碰撞，或发生在他们当中的骇人事件，那么你的故事很可能还不错。但是，如果在大量场景中，视角人物只是面对次要人物，那你需要重新审视一下你写出来的东西。你的故事，尤其是那些包含重要次要人物的场景，能否从整体上进行重新编排，更多地聚焦于主要人物，更多地在主要人物之间创造出扣人心弦的情节？如果你可以做到，那就更有机会吸引读者一直翻页读下去。

II.

情节编排的节奏

编织一部通俗小说同时也是一种轮换训练，在谋篇布局时多少要注意节奏的起伏跌宕。在某些场景中，主人公会从中获益或彻底获胜；而在另一些场景中，男女主角则遭受重创或被狠狠挫败。比较恰当的比喻是足球赛，两支实力不相上下的队伍频繁或偶尔交替处于上下风，你所声援的队伍有时占据优势，有时又落后，但在畅销小说中，他们通常会是最后的赢家。

次要情节

在足球比赛中，运动员和观众都会时不时地渴望从不间断的无情厮杀中解脱出来。在畅销小说中也是一样，从某方面来说，调整节奏是某种形式的解脱，让读者能从故事的紧张激烈和主人公的主要斗争中解脱出来。在小说里，这种解脱的形式往往是娱乐性的次要情节，或偶尔出现的能让人会心一笑的滑稽情节。

试举一个关于情节节奏的例子。我们来看一看普佐怎样为柯里昂家族设置起起伏伏，何时以及如何将我们的注意力从他们的血腥故事上转移开。

第一乐章是向上攀升。婚礼上，大家对唐提出的要求全都得到满足，连最难解决的问题，让沃尔茨雇用约翰尼·方丹他都办到了。在每个事例中，教父都为恳求他的人拿到了他们想要的东西；他似乎无所不能。但他很快就遇上索洛佐，陷入危险，派人去找卢卡·布拉西。随后哈根被绑架，唐中枪，几乎丧命，而勇猛的保护者卢卡被勒死。柯里昂家族受到重创。但在第三章里，他们的气势略有回升，因为年轻的迈克尔前来援助，先是在医院门口使得父亲免遭进一步的攻击，随后又杀掉流氓警察麦克拉斯基和索洛佐。

而后普佐用短短几行说 1946 年的五大家族大战已经打响，在这之后，小说立刻转了风向。已经给了我们十一章之多的非法阴谋、斗殴和杀戮，作家估计读者已经准备休息片刻，于是引入一段长达三十六页的迷你影射小说（基于真人真事），聚焦于闷闷不乐的约翰尼·方丹的性爱经历、家庭纠纷及职业生涯，这是根据弗兰克·辛纳屈的故事改编的。这些内容的出现是为了满足读者对名人绯闻和好莱坞臭名昭著的性道德的兴趣。这些与主要情节相关联的内容主要为家庭生活、好莱坞派对与交易场景，的确能让读者从残酷的匪帮事务中解脱出来。

既然我已指明道路，你或许会发现，继续对柯里昂家族接下来的所有故事进行这种分析，并／或记录费利克斯和麦吉故事中的高低起伏，是很有帮助的。而后再重新考察你正在写的小说，看看你是否已经为你的主人公绘制出足够有力的波峰与波谷。

有些次要情节非常精彩，比如《圣彼得堡来客》中的夏洛特的故事。处于青春期的她渴望了解性，她在皇宫的表现，她参加一场大派对，她领悟到穷人的困境和女性的二等公民身份。写这些内容似乎偏离了主要情节，但事实上短暂地满足了故事对节奏的需要。紧接着，福莱特抓住这条对主要情节近乎无意义的故事线，逐步将它完全编入主要情节的核心支柱中。从某种程度上说，这样做可谓是一箭双雕。这也是你应当掌握的一种方式。比起完全独立于小说中心人物和高潮的次要情节，一个与主要情节相关联并能影响主要情节的次要情节通常会让你的书变得更有力度。

喜剧调剂

要让读者从高度紧张的情绪中解脱出来，作家可以通过古怪的人物或喜剧人物来实现。这个人物在情节上没有什么重要作用，但可以分散读者的注意力或活跃气氛。在悲剧中，两个最有名的例子就是《哈姆雷特》中的掘墓人和《麦克白》中的看门人，这两个角色都是在激烈场景出现之前登台的。这些著名的喜剧场面让观众得以放松，缓和了气氛，让整出戏更加开放，也更容易被接受，并能用随后的惊人情节让观众更加震动。

提到转移注意力的喜剧人物，一个更为著名的例子是《飘》中以轻快笔触描绘的彼得大叔和皮蒂姑妈。在小说的大部分内容中，郝思嘉不仅是和秘密情敌梅勒尼住在一起，同时也是和梅勒尼生活不能自理、轻浮饶舌的姑妈生活在一起。这位姑妈是个孩子气的胖女人，热衷八卦，习惯昏厥。皮蒂同郝思嘉截然不同，也理应如此，她甜美，善良，无法决定任何一件事，完全依赖她专横但全身心投入工作的黑奴男仆彼得。米切尔聪明地利用了这两个人物，一次又一次调剂房子里的紧张氛围，因为整栋房子里充斥着郝思嘉的嫉妒，和战争及重建时期的恐慌。米切尔尤其突出了皮蒂的天真、虚荣和好骗等白瑞德可以利用的特质，他借此大献殷勤，从而打入这家人内部，得以与郝思嘉接触，而郝思嘉总想躲开他。皮蒂和彼得这两个人物很有趣，但在这部分内容里，作者写他们也是为了情节。

我刚刚描述的这些用来转移注意力的次要情节和人物可以完美地充实一部小说，但没有他们，小说也过得去。比方说，你在《糖衣陷阱》里就不会看到这种内容。但是每部大小说的确都需要高低起伏、间错交替的情节。

你的情节节奏

看看你自己的作品，主人公的命运是否足够跌宕起伏？这些起落多少都要渗透到你的整个故事当中。如果没有，那赶紧回到绘图板跟前，重新组织情节，让主人公最终可以拥有确定的尽管有时又很微妙的挫败与胜利，失败与成功，满足与悲伤。这样恐怕才是明智之举。

一个可以转移注意力的次要情节，或提供喜剧调剂的人物，可能对你的书有帮助，也可能没有帮助，这取决于书的类型和体量，当然也取决于你处理素材的技巧。如果你的小说极为紧张激烈，惊悚事件一章接一章，那么在这些章节之间穿插进一条既能缓和小说基调又具备一定喜剧色彩的次要情节线就是有意义的。正如我们在稍作休息之后，可以进行更高强度的体育训练，比如游泳、跑步、做俯卧撑，你的读者也是一样，如果你能在极富冲击力的场景和之前激烈的片段间让他们喘口气，他们就能做好准备，接受激烈场景的全方位冲击。

最理想的状态是，这些用来转移注意力的人物和场景虽然占据篇幅不大，但都应当和小说的核心部分一样富有戏剧性。夏洛特突袭父亲上锁的书柜，寻找一些读物，希望借此搞清楚孩子究竟是怎样来到这世上的。同费利克斯生死一线的行动相比，这个小插曲似乎微不足道，但对于当时当刻的她而言，这需求有着至高无上的重要性。

小说各不相同，因此读者什么时候需要转移注意力，你应该将用于转移注意力的情节设置在何处，又或者你要写多长或多短，就此给出普遍意见时，我往往比较犹豫。尽管如此，我还是建议你避免在一个情感浓度极高或赤裸裸的暴力情节之后紧接着再来一个这样的情节，你可以用其他类型的场景点缀这些情节，用一些可以转移读者注意力，以及／或者幽默好笑的场景。在《教父》里的枪击、绞杀和突袭情节之间，普佐会写爱情场景、性爱场景，意在调剂氛围，是一种战略部署。随后，在一个部分的高潮结束后，他就引入约翰尼·方丹和露西·曼奇尼这段次要情节。福莱特则用瓦尔登的谈判或夏洛特几乎贯穿每一章的冒险调节主要情节。如果你能够将夏洛特或者皮蒂姑妈这样的情节编织进故事，然后围绕人物发展情节，那么你很可能给你的小说注入了绝妙的发酵剂。

I2.

WRITING THE
BLOCKBUSTER NOVEL

故事点

畅销小说的结构有一个特点，那就是比起其他小说，它更能让读者不停地翻页——故事内容一往无前，不断在读者脑中重新定义人物，提出前所未有的戏剧性疑问。大小说的作者必须在每一个场景、每一个章节中都注意保持情节发展，翻转情节，让情节转入新方向，由此推动情节。从微观上来讲，即便是在小体量的单元里，他也必须在每一个场景中推动情节发展、翻转、转折，即便这一场景只占据一两页内容，甚至更少。

　　或许你要问，具体而言，推动情节究竟是什么意思呢？一言以蔽之，答案就是变化。在一页纸、一个场景或一章的篇幅中，人物做事情，了解事情，有事情发生在他们身上。这些情节可能有趣，可能引人入胜，也可能扭转（改善或恶化）某个人物的处境，改变人物之间的关系，让读者在脑海中对故事可能的走向或结局提出新的疑问，并为尚未发生的事件做好铺垫，给出预兆。《飘》中零零散散地包含一些笼统的历史背景，在《荆棘鸟》中，风景描写偶尔冗长，但这些元素很少连续占据一页以上的篇幅。在这五部作为范本的小说中，情节流多半都能保持突飞猛进，从不缓和。《飘》的第四十五章（我随便选的）超过二十一页，囊括二十六个故事点，也就是一些小事件，你也可以称之为节拍。故事点巧妙或不那么巧妙地替换、搅动、改变一个人物或多个人物、汽车、流行病、环境、城市、国家的情势。一言以蔽之，出现某种变化。

大行动

在深入本质、细微观察某一章或某个场景中一些循序渐进的故事点之前，我们首先看几个行动吧，也就是比故事点要更为重大的变化。写出这些行动是为了结束某些章节，推动读者进入下一章。例子当然是不胜枚举，我会指出一些。但是为了让你能从本章受益匪浅，你不妨先考察一下你正在读或正在写的小说。注意每一章（通常是每个场景）是怎样围绕令人物开心或不开心的事件、抉择、发现，改变事物状态（轻微或彻底）及暗示更多改变即将到来的行动构建的。

《圣彼得堡来客》的第一章就非常丰满，巧妙而扣人心弦地介绍了四个主要人物，并用灵动而富有节奏的语言将书中的环境给写活了。然而，一步步的准备只是为了一个主要行动：费利克斯决定去伦敦刺杀奥洛夫。第二章的结构与第一章相似，选中并继续推进莉迪亚和瓦尔登这一次要情节线，福莱特再一次精心编排了一个毫无疑问的主要行动。费利克斯正在读报纸，找出靠近奥洛夫的方法，随后偷了一支枪去实施计划：杀他。在第一章里，我们见证暗杀的决定，这让费利克斯显得英勇无畏，但似乎也有点超出他的能力范围。在第二章里，费利克斯厚颜无耻地偷了把手枪，这才让他的计划变得真实、具体、迫在眉睫。每一章结尾都包含一个至关重要的大变化，而这一变化将深刻影响费利克斯，以及小说里的其他所有主要人物。

在《目击者》中，阿比盖尔和布鲁克斯反复参与大行动。对母亲的反抗是她做出的第一个这样的行动；第二个行动是她手里握着枪，逃脱受到攻击的安全屋，想方设法跑去警察局。另一个类似行动基本发生在幕后，即在定居比克福德之前，她怎样隐姓埋名过了十一年秘密生活，从事计算机程序员及顾问工作。

一到比克福德，她就一次次试图避开布鲁克斯的温柔进攻。同时她还要躲避林肯·布莱克和摄影师，并在枪口的威胁下直面这两个人。布鲁克斯也卷入三段与他无关但紧张激烈的次要情节，在这三段情节中，他要捍卫比克福德的法律与秩序，而且在这些片段中，我们能够清楚地看到他勇敢且坚毅，也很善良。

故事点

现在你肯定能够发现，一个章节的主要行动往往很容易确定。为你自己书中的每个章节谋划出一个主要行动，这不太可能过度压榨你的创造力。但在每一章中布置十到三十个故事点——小行动和中等激烈程度的行动，它们如你所想，愈演愈烈，一往无前地通往高潮——是困难的。在初稿中，只能在脑海中想象一个场景，想象人物生活其中，然后写下来。通常除此之外，别无他法。在重写第二版、第三版甚至第十版草稿时，你才能逐步将所有你认为有必要存在的故事点加进去，从而保持故事节奏（同时拿掉多余的对话、描写、离题内容和其他松散部分），构建并强化每一页的行动和本章主要行动的关联。

《飘》中的故事点

为了搞清楚故事点这个概念——它们是什么，如何起作用——我们仔细看一看米切尔在《飘》的第四十五章如何控制节奏，推进情节。不过，为了全面领会这些内容，我们需要来自前面章节的一些背景资料。在前一章的结尾，郝思嘉遭到攻击，她的连衣裙被前来偷窃的流浪汉扯开，而她凑巧被大山姆给救了，大山姆是塔拉庄园从前的一个奴隶。然而，她的不幸从某种程度上来说是她自己招致的；总而言之，别人已经提醒她某片区域非常危险，可她还是坚持独自驾驶马车穿过那片区域。

第四十五章开始于当天晚上，郝思嘉来到梅勒尼家，回想起当天下午惊慌失措的返家路。她渴望安慰，但弗兰克镇定自若地扔下她去参加所谓的政治会议，这让她怒不可遏。注意到这第一个行动，也就是她同他闹脾气这个场景，就已经讽刺地为本章结尾做好了准备：郝思嘉震惊地发现温顺善良的丈夫正秘密地去给她复仇并永远不会再回来，因为他被杀死了。

在梅勒尼家，郝思嘉试图讲述那段可怕的经历，可梅勒尼不停地将话题引向别处。在这第二个行动中，郝思嘉的悲伤遭到忽视，这是她和弗兰克之间那段故事的重复，不过奇怪的是，让她沮丧的这个人竟然是梅勒尼。

郝思嘉随后便注意到对方古怪的举止和不寻常的紧张。多数晚上，梅勒尼收留的阿奇都是安静地睡在沙发上，但今天，他凶狠地把烟液吐到火上。梅勒尼一直都很善良，今晚却厉声斥责了姑妈，并且做了大量针线活。尹迪亚[1]满脸仇恨地看向郝思嘉。直到现在，郝思嘉依然满心都是自己的悲痛，完全没有注意到其他人的痛苦。那么新的行动就是她逐渐注意到异常。

接下来，郝思嘉振作精神，要求知道尹迪亚为什么整个晚上都盯着她。尹迪亚当即发作，指责郝思嘉被袭击是咎由自取。她们疯狂地冲彼此咆哮。尹迪亚差点就要脱口而出郝思嘉是如何使男人们的性命遭到威胁，阿奇让她俩都闭嘴。他听见有人来了。到现在为止，冲突在本章始终存在，但大多数时候都隐而不显。而现在，它激烈爆发，并把新的问题摆在读者和郝思嘉面前：男人们的性命怎么可能遭到威胁呢？

她还没能想出个所以然，白瑞德来了，面露急切。男人们去哪儿了？他听说了洋基佬设陷阱的事儿。生死攸关。场景从两个结了仇怨的女人之间的小争吵转变为确认尹迪亚的指控，并预警

1　艾希礼的妹妹。

了千真万确且可怕的危险。

阿奇和尹迪亚并不信任白瑞德，并且不让梅勒尼把一切都告诉他。但梅勒尼决定信任他，因此透露会议地点，白瑞德冲了出去。又一次变化。现在，白瑞德或许能拯救陷入危机的男人们。更为重要的是，白瑞德短暂的出现为他之后精心策划、拯救艾希礼做了铺垫，提供了可能性。在一个洋基军官的注视下，白瑞德让艾希礼假装自己之前整晚都在贝尔妓院，现在醉得不省人事。

白瑞德匆忙离开后，接下来的三个小节拍都是对郝思嘉的打击，一个比一个有力。首先，尹迪亚捡起白瑞德到来前的话题，指责郝思嘉要为可能的后果负责，艾希礼和弗兰克很可能会死掉。郝思嘉心慌意乱，几乎歇斯底里，紧接着又从梅勒尼那里得知她们的男人全都跟三K党一起去突袭洋基佬了，这让她目瞪口呆。此刻，郝思嘉极度害怕她会失去磨坊和商店，她想赶往城里看看情况。阿奇严厉阻止了她，并指责她：如果男人们没能回来，那她的手上等于沾了血。情节随着情势的变化向前发展。最终，郝思嘉明白自己做了什么，并深感恐惧，冲自己尖叫，叫喊着是她杀死了艾希礼。梅勒尼连忙起身保护她，但被朝房子这边小跑而来的马蹄声打断。

这些女人和她们的男人一直面临着潜在威胁，如今贾弗里队长及其兵士到来，威胁真正出现了。他们在搜寻弗兰克和艾希礼，梅勒尼宣称他们在弗兰克的商店，而队长冷酷地确认他们并不在那里。随后这些洋基佬便散落在房间各处，埋伏着等待男人们归来。之前一直被谈论、存在于想象中、似乎遥不可及的危险此刻无可逃避。郝思嘉必须直面这危险。

下一节将诸多人物的反应戏剧化了。当梅勒尼试图通过大声朗读《悲惨世界》保持镇定时，郝思嘉开始自说自话地抨击弗兰克违背承诺，加入三K党。她担心生意被毁，担心弗兰克和艾希礼可能会被绞死，她斥责自己是罪人，是引起这一切麻烦的源头，与此同时又为自己辩护。她需要钱，别无他法。比起新的故事材料，这部分的变化甚大，恐惧和自责更为激烈。这一小小的场景处在可怕的洋基佬的到来与假装醉酒的白瑞德和艾希礼归来中间，为二者提供了必要的间隙。

到此刻，我们已经概述了本章的大半内容。注意，真正关键的事情根本没怎么发生，但就在我们眼皮底下，这短短十二页中又发生了许多清楚无疑、推进故事发展的行动。这部分的内容已经如此紧张，但和接下来的内容相比却又算得上温和：白瑞德和艾希礼演戏，让贾弗里队长相信他们此前是在妓院里，而不是参与了三K党的偷袭；艾希礼几乎要失血而亡；郝思嘉知道弗兰克已经被杀害。撑起本章这另一小半内容的十三个左右的行动有力而明确。如果你觉得这有用，自己找出并分析这些行动。

在第四十五章中，同样值得一提的是米切尔选择聚焦于故事的这一部分。一个没那么有才能也不那么高明的作者很有可能带着读者跟着男人们去参与偷袭，戏剧化地表现他们的会议、计划、套上三K党长袍、进攻、遭反击，被白瑞德救下再护送到贝尔妓院。但这一章（包括整部小说）中真正的戏剧性并没有设置在男性人物身上，戏剧性并不在于他们做了什么、没做什么，而在于他们对女人的影响，尤其是对郝思嘉的影响。在故事的这一部分，最惊心动魄的行动是枪击与杀戮，这些都被明智地放在幕后。而郝思嘉呢，在这一章里，她从头到尾都被放在我们面前。她是领头羊，积极推动故事发展，她几乎没做什么事，而其他人拼命发挥人物的作用。然而在大多数时候，戏剧高点都是属于她的。是她深刻感受到却往往未说出口的反应、发现、新觉醒、否认以及自责使得这惊心动魄一章中的诸多独特的节点令人印象深刻，并将故事推向高潮。

在我们选作范例的小说或其他畅销小说中，并不是每一章都能展现出这种聚焦于单个人物的紧凑链条。但它们全都包含（如果你看一看）一组又一组非常清晰的行动、节奏、故事点，至少有十二组，往往更多，穿插在每一章的内容当中。这些元素让小说时刻处在变化之中，并不断朝前所未有的新情势前进。

你的故事点

现在，去看你自己写的某一个章节。标出各组行动和故事点。数量是一般还是较多？它们能否为这一场景中的视角人物提供一些跌宕起伏？如果你写了跨度十五页的一个章节，却只能在人物的动态关系中找到两三次转变，那你写的东西大概率是疲软的。

进行大幅删减，或者加入一些新元素，大概有助于将故事改善至《飘》的章节那样——一遍又一遍地扭转对峙人物的处境。

最后，仔细看一看你所写的场景的行动顺序如何构建并影响高潮。你的一分一秒的行动的大部分，都应当起到我们刚才分析过的那个场景中的行动的那种作用，但并非所有行动全都要如此。你需要不断为之后的场景与章节中的事件做准备；为了达成这一目标，有时不得不插入读者乍看之下觉得偏题的材料。但如果你在一个场景的开头设立好主要问题，并清楚地提出与之相关的戏剧性疑问，那你就可以短暂偏题，埋下一颗或几颗种子，这些种子会在之后的故事中萌芽，并一点点向高潮前进。

13.

修
订

到目前为止，你已经勤奋钻研了本书列出的所有技巧，为你自己的书改进了多版大纲，写完了你觉得最为可靠的一版大纲，并将小说完稿。那现在该做什么呢？把完稿放到一边，放个一两周。然后尽你所能冷静客观地重读小说。试着把它看成是别人写的。无情地指出稿件的缺陷，并想出解决办法。是时候写出第二版草稿了，或许你不得不重复整个流程三到四遍。尽管迪克·弗朗西斯和哈罗德·罗宾斯都因"一稿过"闻名，但绝大多数通俗小说作家至少要写两遍全稿才能得到最终定稿。据说西德尼·谢尔顿会重写十几遍，至于索尔·贝娄，重写十遍对他而言没什么可稀奇的。

　　重点是，小说初稿在每个方面都好极了的可能性微乎其微。把你自己当成雕塑家，要用一块大石头雕刻出复杂的形象或一组人像。第一轮工作，把石头凿成大致符合你需求的形状，但总的来说，形象不够清晰。第二次努力，设法精雕细琢一些部分，但其他部分仍旧不是你认为的它们应有的模样。最终，经过无穷无尽的劈砍、雕琢、抛光，枯燥而辛苦，雕像终于呈现出你想象中的样子。

　　这份工作看起来或许艰苦，但应该是整个工作中最令人愉快的部分。对于大部分作家而言都是如此。面前只有一张白纸，但呈现给你的选项似乎无穷无尽，因而无中生有往往被认为是小说创作最困难的部分。一旦你的故事和人物逐渐成形，有了足够的真实感，至少你自己开始相信他们，相信他们所做的事，这时你面前将出现真正具体而有形的原材料：词语、句子、篇章，你对人物塑造和故事叙述具有与生俱来的艺术感，你可以将它们掺入这些小说原材料，将你极有希望从这本书中获得的技巧也加进去。

有些作家认为，无论他们写了什么，都不需要进一步加工，并且应当原样出版，对此他们风险自担，因为他们已经取得过一些成功。在 20 世纪 80 年代中期，有那么几年，我代理了一个天赋异禀的小说家，他在英国获得极高的人气，可他的书在美国从未流行起来。我受雇推动他在这里的事业，为他已经完成的作品达成了一些还算有吸引力的交易。随后他发给我一份新稿件，这份稿件里有星星点点的闪光，但也有一些结构上的重大缺陷。我仔仔细细地研究了这部小说，给他写了一封十页还是十二页的长信，指出他可以如何改进这本书。在回信中，他炒了我。他的英国出版商很爱这本书。我又懂什么呢？他想从文学经纪人那儿得到热情的回应，而非建议。在那之后，他又写了八部以上的小说，没有一本让他在美国获得认可。

《圣彼得堡来客》的修订

从另一方面来说，正如你在读完第四章后极有可能已经得出的结论，肯·福莱特是个完美主义者，是个会一直工作到搞定一切的作者，无论花多长时间——增添一行字，一个场景，一个章节，人物性格的一个新面向，一个能给情节加把火的新翻转，一个能传递出些许地方色彩的画面。为了让你间接参与这一修订过程，我们现在看一看《圣彼得堡来客》中两个场景的连续两版稿子。在读完第一版稿子后，试着想一想你会做哪些变动来改善这份稿子。或者更进一步，写下你改善后的版本。然后再读福莱特的定稿，比较你所想象或写下来的变更与作者所做的变更。

为了能让你从接下来的内容中充分获益，辨认出所有变动，并能理解这些变动背后的原因，千万别只是精读一遍两版稿子，每版稿子你可能都要读上两三遍。你的努力一定会有回报。

开篇场景的初稿

"丘吉尔？温斯顿·丘吉尔？"瓦尔登问道，"在这儿？"

"是的，阁下。"管家回答。

"把这个讨厌鬼撵走。"瓦尔登说，"说我不在家。"

瓦尔登伯爵恼怒异常。星期四，丘吉尔给他送来一张便条，他看都没看。星期五，丘吉尔在伦敦拜访，瓦尔登拒绝见他。今天，星期六，丘吉尔一路跟着他来到乡下，扣响瓦尔登庄园的大门。

丘吉尔是自由政府的第一海军大臣——这个政府对传统英式生活方式的攻击越发变本加厉，上流社会，也就是说瓦尔登和他的朋友们，绝不会再让自由党政客踏进家门。

瓦尔登私下里觉得这有点丢人，因为伦敦的政治生活往往极为开放——是全世界的榜样，他会这样说。但不知怎么，通常被限定在上议院的争吵已经蔓延到上议院对面的圣詹姆斯公园和贵族的客厅。贵族先是不邀请首相及其幕僚参加规模更小更私密的宴会，随后在更大的集会上也将他们排除在外，这个进程直到现在依然在继续，瓦尔登不可能不怀有一丝背叛感就向自由党的后座议员脱帽致意。

他之所以感到丢人，主要是因为他是个礼貌的人，而他的彬彬有礼并非只是徒有其表的社交习惯，而是为人高贵的条件反射，而这份高贵或许就是他最根深蒂固的天性。他觉得，若一位绅士不能举止文雅，那么这些搞社会主义的家伙岂不就说对了——他这样的贵族无非就是放任自流的寄生虫。他还认为保守党人让政治争端私人化是战略性错误，因为，当一个人肚子里塞满你的烤牛肉和年份波特酒，他是难以对你的传统生活方式进行猛烈抨击的。

瓦尔登因此越发恼怒：首先，对丘吉尔的无礼回绝根本没有用；其次，基于自己内心的感受，拒绝见他并不完全正确。

男管家布里坦看上去也是心神不宁。他并不习惯拒绝内阁大臣。而老管家汤姆森肯定能沉着应对。但汤姆森已经六十五岁，退休了，在庄园一处小农舍的花园里种玫瑰花。而布里坦在这里做男仆已经快二十年，但还没能练就前任管家那不可侵犯的庄严。

"真是越来越无聊了。"莉迪亚说，她是瓦尔登的妻子。

其实她一点也不无聊。事实上，她内心很激动，他心想。但她之所以那样说，是因为她那个阶层的英国女性全都要说这样的话，而她又并非英国人，而是俄国人，所以很喜欢说典型的英国话，就像说法语的男人总是要说一大堆"alors"和"hein?"[1]一样。

布里坦咳了咳。

瓦尔登问："你怎么还在这儿?"

"阁下，丘吉尔先生告诉我，您很可能不在家，让我务必把这个交给您。"

瓦尔登这才意识到管家用托盘盛了一封信来。他决定不看信。"把信还给他——"

随即他瞧见了信封上的图章，仅此一回，瓦尔登伯爵胆怯了。

"别，等等。"他说。他拿起信，拆开，拿出了一张对折的重磅纸。

他看了起来：

1　分别指"然后"和"哦?"。

亲爱的瓦尔登,

你将见到小丘吉尔。

乔治.R

白金汉宫

1914 年 5 月 4 日

瓦尔登认出了笔迹。是国王的。

他无比尴尬,满脸通红。把国王陛下牵扯到这样的事里来真是无比糟糕。他觉得自己就好像是个学生,被劝说别再吵架了,继续去做作业。有那么一瞬间,他真想违抗国王。但后果嘛……他的妻子将不再被王后接纳,他的女儿将无法在皇宫进行社交亮相,人们将无法邀请他参加王室成员一定会出席的派对,瓦尔登一家将被从越来越多的邀请名单上逐一划掉……这可比保守党人对自由党人做的事糟糕多了。瓦尔登一家还不如去别的国家生活好。不,违抗国王是想都不要想的事。

他缴械投降,叹了口气。但这也是如释重负的一叹,眼下他要打破规矩,但无人能够责怪于他。"国王的来信啊,老伙计,没办法,你知道的。"

布里坦还在等。瓦尔登说:"请丘吉尔先生进来。"

莉迪亚翻了个白眼。瓦尔登把信递给她,随后踱过锃亮的地板,去到高大的窗户边。他看向窗外的一片开阔土地,那是一片平坦的草地,散布着业已成熟的树木:一棵欧洲赤松,两棵高大的橡树，一棵柳树，几棵栗子树。向左端详，在南骑楼外的碎石路上可以看到一辆庞大的汽车，丘吉尔就是乘这辆车来的。路上的灰尘已经落定，但汽车引擎依然咔嗒作响，冒着烟。一个戴着头盔和护目镜，身穿皮夹克的司机站在车边，一手搭在车门上，仿佛他必须像掌控马匹一样掌控住车子，谨防它逃窜。几个园丁和马夫正远远地盯着这边看。

越来越多的客人乘坐汽车来到瓦尔登庄园。在夏天，汽车会成为村子里的一件麻烦事，呼啸而过时在砂石路上掀起浓厚的尘土。瓦尔登正考虑在村子里铺上几百码的柏油路面。一般来说他是不会犹豫的，但自从 1909 年之后，道路就不归他管了，因为劳合·乔治在 1909 年竖起了路标。这是个典型的自由党决策：他们从瓦尔登这里拿钱，去干一些瓦尔登自己就会干的事儿，结果他们什么都没干成。这又让他的思绪回到丘吉尔身上。

莉迪亚把国王的来信递给他，说道："多奇怪啊。"

自由党人是真不知道君主制究竟应该怎样运行，瓦尔登心想。他说："乔治对这些家伙就是不够坚决。"这一点点的不尊重代表他想要拒绝国王要他见丘吉尔的那一点冲动，现在，他做好准备，将要表现得冷淡而礼貌。

布里坦进来说："温斯顿·丘吉尔先生到。"

丘吉尔四十岁，比瓦尔登年轻整整十岁。他是个瘦小的男人，瓦尔登觉得他的衣着过于精致，反而不那么绅士。他的头发全部向后梳，只在太阳穴处留下两绺卷发，短短的鼻子，眼中始终有戏谑的光芒，这一切让他整个人看上去很调皮。瓦尔登从前是喜欢过他的，他这人当然浮夸至极，但绝不是草包。

丘吉尔同他握了握手，说道："下午好啊，阁下。"并没有表露出一丝尊重。他冲莉迪亚鞠躬，"瓦尔登夫人，你好啊。"

瓦尔登让他坐下，莉迪亚给他倒了一杯茶。他似乎一点也不尴尬。他说："首先，我要道歉，也代表国王道歉，勉强你见我。"

瓦尔登点点头。

丘吉尔说："我可能得补充一下，除非有最为迫切的缘由，我是不会这样做的。"

"你最好告诉我你想要什么。"

"我想要俄国。"

这是个不错的开端，瓦尔登心想。自由党与保守党极少数的共识之一就是他们对俄国政府的态度。沙皇的统治无能、专横而残暴，然而在对抗德国这件事上，英国需要俄国这个盟友，这可真是尴尬啊。德国陆军是全欧洲最强的，为了让军队变得更强，德国政府征收了多达十亿马克的特殊税。按瓦尔登的估算，这是欧洲历史上的税收之最，在他看来，这样的税收只能是为了一个目的而搞出来的：战争。英国可以也的确是完全不把欧洲大陆上更优秀的陆军部队放在眼里，但敌人的海军是另一回事。丘吉尔作为英国第一海军大臣，积极采用了自由党和保守党前任的方针，这一方针便是，为了保卫英国至关重要的贸易大动脉，皇家海军要比次一级的两个海上霸主的海军联合起来还要壮大。如今德国追了上来，并直截了当地拒绝签署限制军备条约。因此英国需要盟友。德国的弱点是面对两条前线上的战争时极为脆弱，向来如此：西线对抗法国，东线对抗俄国。因此德国的外交目标是让俄国保持中立。出于同样的原因，过去八年来，耐心又狡诈的爱德华·格雷爵士一直在负责组建由英国、俄国和法国组成的协约国集团。

因此瓦尔登明确知道丘吉尔说的"想要俄国"是什么意思。瓦尔登说："法国和俄国之间有盟约。"

"但想想那个措辞。"丘吉尔回答，"如果法国成为侵略行径的受害者，俄国有义务出战。战事发生时，俄国决定法国究竟是受害者还是侵略者。每当战争爆发，双方都会宣称自己是受害者。因此盟约迫使俄国只能出战，如果她愿意。"

"对于所有的防御条约，你都可以这么说。"瓦尔登说。

"我同意。一切都取决于有没有出战的意愿。就拿英国和法国来讲，我们没有结盟，甚至连个协约都没有。但这些年来，那些军事会谈营造的气氛是这样：万一危机出现，我们便有义务并肩战斗。当然，在公众面前我肯定得讲反话。"

瓦尔登忍俊不禁。丘吉尔同他不谋而合。

丘吉尔继续说道："三角形的第三条边就是英国与俄国的关系。"

"我原本以为，你们这些家伙是不会和别人结盟的。"瓦尔登说。

"那你看错我们了。如果国家利益十万火急，我们是会去和暴君做交易的。"

"你的支持者可不会喜欢你这样。"

"他们是不会知道的。"

现在瓦尔登来了兴趣。他开始想知道这一切将会通往何处，而前景令人心潮澎湃。他说："你有什么想法？秘密合约？非书面协议？"

"两者都要。"

瓦尔登眯起眼睛看向丘吉尔。这个颇具煽动性的年轻政客或许也是有脑子的，他心想，而这个脑子或许不能为我的利益工作。那么自由党是想不顾公众意见，与沙皇进行秘密交易——但为什么要告诉我呢？他们想用某种方式把我套进去，这一点很清楚。为什么呢？因为如果事情进展不顺利，他们能有个保守党人替罪羊？要把我引入那种陷阱，得想个比眼前这个更高妙的阴谋。

瓦尔登说："继续。"

"我已经同俄国人就海军进行了会谈，类似我们同法国的军事会谈。此类会谈一直都在进行中，但相对漫不经心，但现在要严肃起来了。有个年轻的俄国海军上将要来伦敦。他的名字是阿列克谢·安德烈维奇·奥勃洛莫夫亲王。"丘吉尔看了莉迪亚一眼，"我相信他是您的亲戚，瓦尔登夫人。"

"是的。"莉迪亚回答，但她看起来有点心神不宁，个中原因瓦尔登也猜不透，"他是我表亲的儿子，所以他是我的……"

"远房表亲。"瓦尔登主动说。

"作为海军上将，他太年轻了。"莉迪亚补充说。她还是往日镇定自若的模样，于是瓦尔登认定莉迪亚刚才那个不安的瞬间是他自己想象出来的。

"他三十岁。"丘吉尔马上说。瓦尔登想起，丘吉尔四十岁，作为整个皇家海军的负责人真的是很年轻。丘吉尔的表情似乎在说，世界属于我和奥勃洛莫夫这样聪颖、激进的年轻人。

但在某些事情上，你还是需要我，瓦尔登心想。

"此外，"丘吉尔继续说道："奥勃洛莫夫是沙皇的侄子，更重要的是，是除了拉斯普京之外为数不多沙皇喜欢并信任的人。如果俄国海军当中有任何人能够让沙皇转变立场，站到我们这边来，那这个人一定是奥勃洛莫夫。"

瓦尔登问出一个在心中盘桓已久的问题："我在这些事中扮演的角色是？"

"你认识沙皇。你了解俄国，俄语流利。过去你在圣彼得堡至少完成了一场外交大逆转。"丘吉尔顿了片刻，"尽管如此，你并非我们认为的代表英国参加谈判的首选人物。但威斯敏斯特目前的情况就是这样……"

"没错，没错。"瓦尔登并不想讨论这件事，"可是，有什么事情让你改变了想法。"

"简而言之，你是沙皇的选择。你似乎是他能够略感信任的唯一一个英国人。不管怎么说，他给他的表兄乔治五世国王陛下发了电报，坚持让奥勃洛莫夫同你谈判。"

当那些激进分子得知，他们必须把一个反动的保守党老议员纳入这样一个秘密计划中，瓦尔登能够想象到他们的愕然。"我有理由认为你们肯定很困扰。"他说。

"完全没有。在外交事务上，我们的方针同你们的没有什么不同。而且一直以来我都觉得国内政治分歧并不能成为让国王陛下的政府失去你的才能的理由。"

真是傲慢自大，瓦尔登心想。他大声说："这一切要怎么保密？"

"看起来就像是社交访问。如果你同意，奥勃洛莫夫将住进你在伦敦的房子里，度过伦敦的社交季。你将把他引荐给社交界。我想到你们的女儿今年要进入社交界，没错吧？"他看向莉迪亚。

"没错。"她说。

"所以你们无论如何都能做笔大买卖。顺便一提，奥勃洛莫夫还是单身，显然非常合适。所以我们可以对外宣称他正在寻觅一位英国妻子。或许他真能找到一个呢。"

"好主意。"瓦尔登突然间意识到自己非常享受。他曾是半官方外交官，为索尔兹伯里和贝尔福的保守党政府工作，但在过去八年中，他在国际政治中毫无作为。现在他即将重返舞台，他回忆起外交事务是多么精彩，多么迷人：保守秘密，谈判中的赌徒的艺术，个性冲突，谨慎地利用劝服、恐吓或战争威胁。他越是思考自己的新使命，这使命就显得越发重要。比起法国，德国军队更强大，装备更好，更现代化，也被领导得更好。来自英国的任何帮助都显得小家子气，而且为时已晚。法国必有一战，但她赢不了。然而，如果可以指望俄国在东线攻击德国，那德国就不得不从西线抽调兵力保卫大后方，情况便会有所改变。在瓦尔登看来，如果俄国参战，德国就赢不了。而他的工作正是让俄国参战。

丘吉尔说："那么，我可以这么认为吗，你愿意做这件事？"

"当然。"瓦尔登回答。

开场部分定稿

这是个慢悠悠的礼拜日下午，是瓦尔登喜欢的那种时光。他站在一扇敞开的窗户边，目光越过庭院。大地辽阔，平坦的草地上散布着成熟的树木：一棵欧洲赤松，两棵高大的橡树，几棵栗子树，还有一棵柳树，柳树仿佛一颗头颅，长满女孩子般的卷发。太阳高悬，树木投下黯淡阴凉的影子。鸟儿无声，但一群心满意足的蜜蜂嗡嗡着从开满花的藤蔓处飞到窗边。屋里也悄无声息。大多数佣人都请了下午的假。唯一的周末访客便是瓦尔登的弟弟乔治，以及乔治的妻子克拉丽莎，还有孩子们。乔治去散步了，克拉丽莎正躺着，孩子们不知跑哪儿去了。瓦尔登很是惬意：他之前穿了件长礼服去教堂，这是当然的；一两个小时之内，他将打上白色领带，换上燕尾服去吃晚餐；但此时，他身上穿着自在的西装和一件软领衬衫。此刻他想，如果莉迪亚今晚能弹一弹钢琴，那这可真是完美的一天。

他转向妻子："你要弹琴吗，晚饭过后？"

莉迪亚微微一笑："如果你想听的话。"

瓦尔登听到一些动静，于是回到窗边。在车道尽头，差不多四分之一英里远的地方，一辆汽车出现。瓦尔登心中浮起一丝恼怒，仿佛暴风雨来临前右腿轻微的刺痛。为什么要让一辆车扰我清净？他心想。他并不反对汽车，他自己就有一辆劳斯莱斯，并频繁用其往返伦敦，但到了夏天，这些汽车对于村庄来说真是不速之客，疾驰而过时掀起碎石路上的滚滚尘土。他正考虑沿着这条街铺几百码的柏油路。通常他是不会犹豫不决的，但自从1909年之后，道路就不归他管了，那时劳合·乔治竖起路标——他意识到，这就是他恼怒的根源。这可真是一条典型的自由党法规：他们从瓦尔登这里拿钱，就为了自己去做瓦尔登本来就会做的事情；然后他们什么也没做成。我猜，到头来还得是我把这条路给铺了，他心想，只是要付两次钱真是让人不舒服。

汽车拐进铺满砾石的前院，正对宅邸南门吵闹而震颤地停下来。尾气飘到窗前，瓦尔登屏住呼吸。司机下车，司机戴着头盔、护目镜，穿着件沉甸甸的皮衣，为乘客打开车门。一个身着黑色外套、头戴黑色礼帽的小个子男人下了车。瓦尔登认出这个人，心脏一沉：平静的夏日午后结束了。

"是温斯顿·丘吉尔。"他说。

莉迪亚说："太尴尬了吧。"

这个男人拒绝被冷落。星期四，他给瓦尔登送了张便条，瓦尔登没看。星期五，他去拜访瓦尔登位于伦敦的家，被告知伯爵不在家。现在，星期日，他一路从诺福克驱车而来。他会再一次被拒之门外。他是不是觉得自己的固执能让人敬佩？瓦尔登很想知道。

他不愿粗鲁待人，但丘吉尔是自找的。丘吉尔任大臣的自由党政府正对英国社会的根基进行恶毒攻击——征收地产税，动摇上议院权威，企图把爱尔兰拱手让给天主教徒，削弱皇家海军，屈服于工会和该死的社会主义者的敲诈。瓦尔登和他的朋友们是不会同这种人握手的。

门开了，普里查德进屋。他是个子高高的伦敦东区人，有一头乌黑油亮的黑发，气质严肃，但明显是强装出来的。他少年时偷跑到海上，然后在东非登陆。瓦尔登当时在那儿游猎，雇用他管理本地的搬运工，从那以后他们就一直在一起。普里查德现在是瓦尔登的大总管，跟着他从一栋房子到另一栋房子。作为仆人，他已经最大限度地同瓦尔登成了朋友。

"第一海军大臣人在这里，阁下。"普里查德通报。

"我不在家。"瓦尔登说。

普里查德看起来不太自在。他并不习惯撵走内阁大臣。爸爸的管家可以眼睛都不眨就把这事儿办了，瓦尔登心想，但老汤姆森已经退休，住在村里的小农舍里，在花园里种玫瑰，而普里查德不知怎的从未掌握这种不可侵犯的庄严感。

普里查德又开始口齿不清了，这标志着他要么非常放松，要么就是格外紧张。"丘吉尔先生说您肯定会说您不在家，阁下，他说把这封信给您。"他用托盘端上一封信。

瓦尔登不喜欢被人强迫。他愤愤地说："把信还给他——"话音戛然而止，他又看了一眼信封上的字迹。这大而清晰的斜体字似曾相识。

"哦，天啊。"瓦尔登道。

他拿起信封，打开来，拿出一张对折起来的白色重磅纸。顶端印着红色的王冠。瓦尔登看信：

> 亲爱的瓦尔登
> 你将见到小温斯顿
> 乔治 R.I
>
> 白金汉宫
> 1914 年 5 月 1 日

"是国王的信。"瓦尔登告诉莉迪亚。

他无比尴尬，满脸通红。把国王陛下牵扯到这样的事里来真是无比糟糕。他觉得自己就好像是个学生，被劝说别再吵架了，继续去做作业。有那么一瞬间，他真想违抗国王。但后果嘛……他的妻子将不再被王后接纳，人们将无法邀请他参加王室成员一定会出席的派对，最糟糕的是，他的女儿将无法在皇宫进行社交亮相。一家人的社交生活就此完蛋。还不如去别的国家生活好。违抗国王是想都不要想的事。

瓦尔登叹了口气。丘吉尔赢了他。从某方面来说，这也算一种解脱，毕竟现在他可以打破规则，而无人能够责怪于他。"国王的来信啊，老伙计，"他会这样解释说，"没办法，你知道的。"

"请丘吉尔先生进来。"他对普里查德说。

他把信递给莉迪亚。自由党人是真不知道君主制究竟应该怎样运行，他心想。他自言自语："对这些家伙就是不够坚决。"

莉迪亚说："真是越来越无聊了。"

其实她一点也不无聊。事实上，她内心很激动，他心想。但她之所以那样说，是因为她那个阶层的英国女性全都要说这样的话，而她又并非英国人，而是俄国人，所以很喜欢说典型的英国话，就像说法语的男人总是要说一大堆"alors"和"hein？"一样。

瓦尔登踱至窗边。丘吉尔的车依然咔嗒作响，冒着烟。司机站在车边，一手搭在车门上，仿佛他必须像掌控马匹一样掌控住车子，谨防它逃窜。几个园丁和马夫正远远地盯着这边看。

普里查德进来通报："温斯顿·丘吉尔先生到。"

丘吉尔四十岁，比瓦尔登年轻整整十岁。他是个瘦小的男人，瓦尔登觉得他的衣着过于精致，反而不那么绅士。他的头发全部向后梳，只在太阳穴处留下两绺卷发，短短的鼻子，眼中始终有戏谑的光芒，这一切让他整个人看上去很调皮。不难看出漫画家为什么总是喜欢把他画成一个邪恶的小孩。

丘吉尔同他握了握手，说道："下午好啊，瓦尔登阁下。"并没有表露出一丝尊重。他冲莉迪亚鞠躬，"瓦尔登夫人，你好啊。"

瓦尔登心想：他身上究竟是什么地方让我这么恼火呢？

莉迪亚给他倒了茶，瓦尔登让他坐下。瓦尔登不打算闲谈，他等不及想知道这么小题大做到底是要干什么。

丘吉尔开口了："首先，我要道歉，也代表国王道歉，勉强你见我。"

瓦尔登点点头。他并不打算说没关系。

丘吉尔说："我可能得补充一下，除非有最为迫切的缘由，我是不会这样做的。"

"那你最好告诉我是什么缘由。"

"你知道金融市场现在正发生什么事吗？"

"知道。贴现率上升。"

"从一点七五个百分点涨到快三个百分点。涨幅巨大，而且是在几星期内发生的。"

"我想你知道这是为什么。"

丘吉尔点头："德国公司一直都在大规模地做债务保理，收集现金，购买黄金。只需要几周时间，德国就能从其他国家拿回属于自己的一切，然后把账单留给别的国家，自己置之不理——她的黄金储备将达到前所未有的数额。"

"他们在为战争做准备。"

"通过这种方式，还有其他方式。他们已经征收了十亿马克的税，远远超过正常税收，用这笔钱壮大本就是欧洲之最的陆军。你肯定记得 1909 年，劳合·乔治将英国税收提升了一千五百万英镑，差点就闹革命了。好吧，十亿马克等于五千万英镑。这是欧洲历史上数额最大的税种——"

"是的，的确。"瓦尔登打断他。丘吉尔正越来越夸张，瓦尔登可不想让他长篇大论："我们保守党人担心德国军国主义有一段时间了。现在，到了最后一刻，你来告诉我们，我们是对的。"

丘吉尔丝毫不受干扰："德国要攻打法国，几乎是板上钉钉了。问题是，我们要成为法国的外援吗？"

"不行。"瓦尔登惊讶地说，"外交大臣已经向我们明确表示，我们对法国没有义务——"

"爱德华爵士是真诚的，毋庸置疑。"丘吉尔说，"但他搞错了。我们与法国达成的共识是，我们不可能置身事外，看她败给德国。"

瓦尔登极为震惊。自由党说服了所有人，包括他，保证他们不会将英国引向战争。但现在呢，他们的大臣之一说出意思完全相反的话。政客的欺诈的确令人气恼，但瓦尔登马上开始思考战争的后果，因此忘了这一茬。他想到自己认识的年轻人，他们必须上战场：庭院里耐心的园丁，鲁莽的门房，脸庞棕黑的务农男孩，闹哄哄的大学生，圣詹姆斯俱乐部里无所事事的懒汉……随后另一个念头盖过这些思绪，这个念头更为冰冷。他问："我们能赢吗？"

丘吉尔面色凝重："我不看好。"

瓦尔登盯着他："上帝啊，你们这些人都干了什么？"

丘吉尔马上自卫："我们的方针一直都是避免战争，但你不可能既反战，同时又把自己武装到牙齿。"

"可你们没能避免战争。"

"我们仍在尝试。"

"但你觉得你们会失败。"

有那么一瞬间，丘吉尔看上去充满攻击性，但他吞下自己的骄傲："没错。"

"接下来会怎么样？"

"如果英国和法国联合起来也不能打败德国，那我们就得有另一个盟友，一个站在我们这边的第三国——俄国。如果德国兵力遭到分散，在两条战线作战，我们就能赢。当然了，俄国军队无能又腐败，那个国家里的一切都是如此，但没关系，只要他们能牵制住德国部分兵力就行。"

丘吉尔明明知道莉迪亚是俄国人，当着她的面贬低她的祖国也太不明智了，但瓦尔登不打算计较了，因为他对丘吉尔说的话非常感兴趣。"俄国已经跟法国结盟了。"他说。

"远远不够。"丘吉尔说，"如果法国成为侵略行径的受害者，俄国有义务出战。战事发生时，俄国决定法国究竟是受害者还是侵略者。每当战争爆发，双方都会宣称自己是受害者。因此盟约迫使俄国只能出战，如果她愿意。而我们需要俄国明确且坚定不移地站在我们这边。"

"我无法想象你们这些家伙要跟沙皇携手。"

"那你就看错我们了。为了拯救英国，我们愿意跟魔鬼合作。"

"你的支持者可不会喜欢你这样。"

"他们是不会知道的。"

现在瓦尔登来了兴趣。他开始想知道这一切将会通往何处，而前景令人心潮澎湃。他说："你有什么想法？秘密合约？非书面协议？"

"两者都要。"

瓦尔登眯起眼睛看向丘吉尔。这个颇具煽动性的年轻政客或许也是有脑子的，他心想，而这个脑子或许不能为我的利益工作。那么自由党是想不顾公众对沙皇残暴统治的憎恶，与沙皇进行秘密交易——但为什么要告诉我呢？他们想用某种方式把我套进去，这一点很清楚。为什么呢？因为如果事情进展不顺利，他们能有个保守党人替罪羊？要把我引入那种陷阱，得找个比丘吉尔更狡猾的阴谋家才行。

瓦尔登说："继续。"

"我已经同俄国人就海军进行了会谈，类似我们同法国的军事会谈。此类会谈一直都在进行中，但相对漫不经心，但现在要严肃起来了。有个年轻的俄国海军上将要来伦敦。他的名字是阿列克谢·安德烈维奇·奥洛夫亲王。"

莉迪亚惊呼："阿列克谢！"

丘吉尔看了莉迪亚一眼，"我相信他是您的亲戚，瓦尔登夫人。"

"是的。"莉迪亚回答，但她看起来有点心神不宁，个中原因瓦尔登也猜不透，"他是我姐姐的儿子，所以他算是我的……表亲？"

"外甥。"瓦尔登说。

"我都不知道他成了海军上将。"莉迪亚继续说，"一定是刚刚提拔的。"她还是往日镇定自若的模样，于是瓦尔登认定莉迪亚刚才那个不安的瞬间是他自己想象出来的。他很高兴听到阿列克谢将要来伦敦，他很喜欢这个年轻人。莉迪亚说："作为海军上将，他太年轻了。"

"他三十岁。"丘吉尔马上说。瓦尔登想起，丘吉尔四十岁，作为整个皇家海军的负责人真的是很年轻。丘吉尔的表情似乎在说，世界属于我和奥洛夫这样聪颖、激进的年轻人。

但在某些事情上，你还是需要我，瓦尔登心想。

"此外，"丘吉尔继续说道，"奥洛夫是沙皇的侄子，更重要的是，是除了拉斯普京之外为数不多沙皇喜欢并信任的人。如果俄国海军当中有任何人能够让沙皇转变立场，站到我们这边来，那这个人一定是奥洛夫。"

瓦尔登问出一个在心中盘桓已久的问题："我在这些事中扮演的角色是？"

"我希望你代表英国与他会谈——我想让你搞定俄国。"

这家伙真是永远也抵挡不住浮夸的诱惑，瓦尔登心想。"你想让我和阿列克谢协商英俄军事同盟的事。"

"没错。"

瓦尔登马上就看到这项使命的艰难、挑战与回报。他掩饰住兴奋，克制住自己，没有站起来踱步。

丘吉尔正在说："你认识沙皇。你了解俄国，俄语流利。在姻亲关系上，你是奥洛夫的姨父。你曾经说服沙皇站在英国这边，而不是支持德国。那是 1906 年，你出面干预，阻止《比约克条约》获批。"丘吉尔顿了片刻，"尽管如此，你并非我们认为的代表英国参加谈判的首选人物。但威斯敏斯特目前的情况就是这样……"

"没错，没错。"瓦尔登并不想讨论这件事，"可是，有什么事情让你改变了想法。"

"简而言之，你是沙皇的选择。你似乎是他能够略感信任的唯一一个英国人。不管怎么说，他给他的表兄乔治五世国王陛下发了电报，坚持让奥洛夫同你谈判。"

当那些激进分子得知，他们必须把一个反动的保守党老议员纳入这样一个秘密计划中，瓦尔登能够想象到他们的愕然。"我有理由认为你们肯定很困扰。"他说。

"完全没有。在外交事务上，我们的方针同你们的没有什么不同。而且一直以来我都觉得国内政治分歧并不能成为让国王陛下的政府失去你的才能的理由。"

奉承来了，瓦尔登心想，他们迫切地需要我。他大声说："这一切要怎么保密？"

"看起来就像是社交访问。如果你同意，奥洛夫将住进你在伦敦的房子里，度过伦敦的社交季。你将把他引荐给社交界。我想到你们的女儿今年要进入社交界，没错吧？"他看向莉迪亚。

"所以你们无论如何都能做笔大买卖。顺便一提，奥洛夫还是单身，显然非常合适。所以我们可以对外宣称他正在寻觅一位英国妻子。或许他真能找到一个呢。"

"好主意。"瓦尔登突然间意识到自己非常享受。他曾是半官方外交官，为索尔兹伯里和贝尔福的保守党政府工作，但在过去八年中，他在国际政治中毫无作为。现在他即将重返舞台，他回忆起外交事务是多么精彩，多么迷人：保守秘密，谈判中的赌徒的艺术，个性冲突，谨慎地利用劝服、恐吓或战争威胁。他还记得，俄国人不好对付，他们总是反复无常、执拗顽固、傲慢自大。但阿列克谢比较好应对。瓦尔登和莉迪亚结婚时，阿列克谢参加了婚礼。那时他还是个穿着水手服的十岁小男孩，之后他在牛津大学读了几年书，并在假期到瓦尔登庄园来。这孩子的父亲已经去世，因此瓦尔登花了很多时间在他身上，平常他不太可能花这么多时间在一个青少年身上，并欣然接受这年轻活泼的心灵回馈给他的友谊。

这是促成谈判的雄厚基础。我相信我可以做到，他想，这将是多么巨大的成功啊!

　　丘吉尔说:"那么,我可以这么认为吗,你愿意做这件事?"

　　"当然。"瓦尔登回答。

对两个版本的分析

　　上述两个版本,从本质上来看,大大小小的情节就算不是一模一样,也是相差不大。我不打算强调每一处细微的不同,否则得写上一页又一页。而且,如果由你自己做这件事,或许对你的帮助更大。关键问题是,我们可以从福莱特的成果中得到一些关于构建畅销小说的启发吗?

　　对人物的第一印象至关重要。一个文学人物如何出场,或许会决定读者在阅读整本书时对他的感觉。瓦尔登,我们这本书的主角,在初稿里专横、瞧不起人,还多少有点刻板,和书中的任何人物似乎都没有什么明显的亲密联系。而在定稿中,作者提到他时没有再疏远地称他为瓦尔登伯爵,我们遇见了一个沉醉于周日午后之美的男人,他的弟弟一家前来造访,他觉得晚餐后能听到妻子弹奏钢琴这一天便是完美的,而他的大总管普里查德比起佣人更像是朋友。在接见丘吉尔时,瓦尔登自问,他身上到底有什么地方让我如此恼怒呢? 的确,在他同丘吉尔会面的场景中,他的感受与情绪,能体现出其人性一面的特质,全都得到生动的强调,包括丘吉尔不得体地贬低俄国人时,他为妻子抱不平。当战争迫在眉睫，瓦尔登并不像在初稿中那样，只把战争看成是一个西洋大象棋[1]棋局，而是为自己认识的年轻男子们担心。当他了解到自己的俄国谈判对象是阿列克谢·奥洛夫时，他非常激动。阿列克谢不仅仅是莉迪亚的外甥，在牛津上学时，他还常来做客，瓦尔登同他有着牢固的友谊。总而言之，瓦尔登被塑造得更为善解人意、反应敏捷，在情感上更贴近他生活中的人们，并且更具冒险精神，渴望接受这项充满挑战的任务。

读者都希望同书中的人物一起"在那儿"，能够陷入他们所处的环境，能够看、听和嗅到人物做了什么。初稿以丘吉尔的到来切入，但定稿首先设置了场景。注意福莱特简练的笔法。我们看到种了几棵树的前院——一棵欧洲赤松，两棵高大的橡树——了解到瓦尔登穿了长礼服去教堂，并将打上白色领带、穿上白色燕尾服用晚餐，但此刻呢，他穿着一身西装，搭配软领衬衫。只用一页内容，就巧妙搭建出瓦尔登的家庭环境。读者对环境有了初步的感觉。之后，随着故事徐徐展开，也是出于故事的需要，富丽堂皇的房子和广阔的庄园中越来越多的特色都被描绘得栩栩如生。

恰当选择并设置的事实细节能说服我们搁置怀疑，相信那些我们明知为虚构的人物和事件。比如，我们通过初稿知道，丘吉尔所在的自由党政府对英国传统生活方式的攻击越发肆无忌惮，因此被社交界封杀。但所谓的攻击的基础和组成要素都是缺失的，

---

1 西洋大象棋 (grand chess)，荷兰人在 1984 年推出的新式国际象棋。

没有这些，那么攻击很抽象，读者无法感知。在定稿中，福莱特为它提供了牢固的根基。自由党对英国传统生活方式的攻击包括"征收地产税，动摇上议院权威，企图把爱尔兰拱手让给天主教徒，削弱皇家海军，屈服于工会和该死的社会主义者的敲诈"。

与此同时，这部小说的基础之一就是瓦尔登和阿列克谢之间具有决定性的谈判。惊悚小说中的风险必须是巨大的，而在这本书中，只有当大家认为英国危在旦夕，这种高风险才会出现。在初稿中，瓦尔登预料到英国同德国之间的战争，但几乎没有考虑到自己或整个英国都可能受到伤害。相比之下，在定稿中，他同丘吉尔的对话充满强烈的感情——惊讶，矛盾——有了更多真实的细节。听说英国必须援助法国，他无比震惊，而当丘吉尔承认即便法国和英国联合起来也无法打败德国，他更是目瞪口呆。现在，要救英国只有一条路：与沙皇携手。而实现这一切的重担全部落到瓦尔登身上。

福莱特也做出许多别的调整，比如描述了丘吉尔的抵达，刻画了普里查德的特征，提炼了对话，加强了描写，把内心独白或作者叙述里的内容挪到生动的对话中去，把一个场景中的内容挪到另一个场景中。而我想指出的一个小变化是莉迪亚在丘吉尔第一次提到俄国亲王时的反应。在初稿中，丘吉尔说——

"他的名字是阿列克谢·安德烈维奇·奥勃洛莫夫亲王。"丘吉尔看了莉迪亚一眼，"我相信他是您的亲

13

戚，瓦尔登夫人。"

"是的。"莉迪亚回答，但她看起来有点心神不宁，个中原因瓦尔登也猜不透，"他是我表亲的儿子，所以他是我的……"

"远房表亲。"瓦尔登主动说。

"作为海军上将，他太年轻了。"莉迪亚补充说。她还是往日镇定自若的模样，于是瓦尔登认定莉迪亚刚才那个不安的瞬间是他自己想象出来的。

在定稿中，丘吉尔说——

"他的名字是阿列克谢·安德烈维奇·奥洛夫亲王。"

莉迪亚惊呼："阿列克谢！"

丘吉尔看了莉迪亚一眼，"我相信他是您的亲戚，瓦尔登夫人。"

"是的。"莉迪亚回答，但她看起来有点心神不宁，个中原因瓦尔登也猜不透，"他是我姐姐的儿子，所以他算是我的……表亲？"

"外甥。"瓦尔登说。

"我都不知道他成了海军上将。"莉迪亚继续说，"一定是刚刚提拔的。"她还是往日镇定自若的模样，于是瓦尔登认定莉迪亚刚才那个不安的瞬间是他自己想象出来的。

在这两个版本中，作者都想让莉迪亚对这位亲戚的到来表现出心烦意乱，这个人让她想起从前在圣彼得堡的生活，那是她始终想要掩埋并忘却的一段人生。在初稿中，丘吉尔提到他的名字和他们的亲戚关系。莉迪亚的回答没什么抑扬，"是的。"而在第二版中，丘吉尔只提了他的名字。莉迪亚惊呼："阿列克谢！"显然是激动并吃惊的反应。这时丘吉尔才问到亲戚关系。正因为有这样的前提，瓦尔登才会觉得妻子心神不宁。也要注意，奥勃洛莫夫被改成奥洛夫，从远亲变成外甥，莉迪亚的话也被稍微俄国化了一些，"我都不知道他成了海军上将"，而且她没能想出外甥这个词。这两小段对话中的变化非常小，微乎其微，但正是成百上千这样细微的变化汇聚到一起，最终成就了一部一流的作品。

第一章最后一小节初稿

费利克斯透过火车车窗向外张望，太阳悬在肯特郡的果园和啤酒花田上方。他于深夜抵达多佛，因而这是他看向英国的第一眼。他还记得，年轻时，他和其他的俄国极端分子都将英国的君主立宪制奉为理想的政府组织形式。那是在他们认识到需要更激烈的变革之前。

在一个像英国这样葱葱郁郁、满眼翠绿的国度，政治稳定一定很容易达成，他思索。他一直都在被欧洲的美震慑：工整的田地，精致的房屋，肥硕的动物，还有胖乎乎、面带微笑的人们。他第一次看到这一切时便深受震动，因为他就像每一个俄国农民一样，无法想象世界可以是这样的。这些人一定很快乐，他心想，并且很温柔。

他回想起故乡村庄里的黎明：铅灰色天空云朵翻涌，凛冽的风；冰冻的沼泽地布满冻成冰的小水洼，一丛丛粗糙的野草结满冰霜；他穿着破旧的帆布罩衫，双脚在毛毡袜和木头鞋里已经失去知觉；他的父亲大步流星地走在他身边，身穿属于贫困乡村牧师的破旧长袍，争辩说上帝是善良的。

他的父亲深爱俄国人民，因为上帝深爱他们。可呈现在费利克斯眼前的一切是那么清楚，上帝明明痛恨这些人，因此才如此残酷地对待他们。意识到上帝并没有那么善良，这是朝意识到上帝根本就不存在迈出的一小步。那么从逻辑上来讲，费利克斯不应该再关心俄国民众，可他发现，他还是关心，最终他意识到，人类才是唯一值得关心的对象。他还是去教堂，因为他没有别的信仰。

讽刺的是，当他前往圣彼得堡的学校受训成为牧师时，他的信仰却变了。他对大学里的世俗学生很友善，受邀去他们的宿舍，听到有关共和主义的狂言，还有民主政体，最终他听到无政府主义。像"一切财产都是偷盗"这样的口号一开始晦涩难懂，但之后便充满启迪。无政府主义回答了他的问题。为什么贵族拥有土地？回答：他并不拥有土地，土地是他从人民那里偷来的。沙皇拥有什么权力？回答：沙皇根本无权统治，他是个暴君。这些观念突然击中费利克斯，让他深受真理冲击，而这些真理一旦被确切阐述出来，都是那么显而易见。

他花了更长的时间来摆脱父亲的非暴力哲学。回到1894年，他拒绝参与暗杀沙皇亚历山大三世的行动，尽管他理解、从某种程度上也钦佩制订那些计划的人。他们成功暗杀了沙皇，但遭到逮捕。费利克斯站在八万人的队伍中，围观对暗杀者施行绞刑。那是极为野蛮的一幕，具有典型的俄国气质。其中一个死刑犯是个女人，佩罗夫斯卡娅；另一个是雷萨科夫，是个小男孩，十八岁，比费利克斯还年轻。绞刑吏喝醉了。被绞刑吏一脚踹开的凳子太矮，因此他们全都没有马上死亡；米哈伊洛夫脖子上的索套没系紧，松脱了，因此他得被再次吊起来，再受一次绞刑，不是一次，而是两次。

费利克斯几乎改变了自己对暴力之必要性的看法。他想到：这是一场战争，我们被迫杀戮。但他还是继续逆来顺受。不到一年之后，他被秘密警察逮捕，遭受严刑拷打，但他依然不崇尚暴力。

他们放了他后，他开始在俄国的乡村游荡，打扮成修道士的模样，传播无政府主义者的福音。他告诉农民，土地属于他们，因为是他们在耕地；森林里的木材属于砍倒树木之人；除了他们自己，没有任何人有权统治他们，因为自治就是压根没有政府，这就是无政府状态。他是个厉害的传道者，让许多人皈依。如果农民当中的一小部分现在开始接受政治教育，那么他可以厥一份功。

他就这样过了十年。如今，当火车载着他驰过英国的园圃时，回望那段时期，他能看到自己和父亲有多么相似。当然，信仰截然不同；可他依然是在布道，依然是同他们说话，与他们一起生活，努力给他们智慧和更好的生活。

这一时期终于他再次被捕。这一次他被送到西伯利亚。多年来的漫游让他喜欢上寒冷、饥饿与痛苦。但如今，与一群戴镣铐的囚犯共同工作，用木头工具从矿里挖出金子，锁在他身侧的男子坠落身亡时他继续工作，目睹小男孩和女人遭受鞭笞，他逐渐了解黑暗、苦难、绝望，直至仇恨。在西伯利亚，他了解到人生的真相：偷窃或挨饿，躲藏或被打，抗争或死亡。他在那儿习得狡猾与冷酷，他在那儿杀了一个人。他了解到压迫的终极真相：它起作用的方式是让受害者彼此对抗，而不是对抗压迫者。他了解到自己的终极真相：他完全可以像大部分野蛮疯癫的农民那样穷凶极恶。

他逃得非常巧妙，营地长官都以为他死了，他甚至拿身份不明的尸体骗了他们，所以没人追他。但是，同逃出西伯利亚相比，从营地逃出来容易得多。他有时骑马，有时跳进装满矿石的小火车或装满皮毛的马车，但他是通过步行走过绝大部分路途。这花费了他两年时间。在那段时间里，他不人不鬼，绕着文明的边缘走，靠打劫垃圾过活。他同动物一起睡，吃动物饲料，他在暴风雪中搭乘敞篷轨道车。有一次，他偷了一匹矮脚马，一直到把马给累死，然后吃了一点马肉。他随时都可能疯掉，或许他已经疯了一段时间。

而后，当他最终进入一座小镇，像个人类一样走在街上，对于自己，他发现了一件很明显的事：他失去了恐惧的能力。

似乎没有什么能吓到他。要是饿了，他就偷；要是被追赶，他就藏起来；要是受到威胁，他就杀人。他什么也不想要。什么都伤害不了他。爱，骄傲，渴望，怜悯，全都是被遗忘的感情。

最终，它们全都回来了，除了恐惧。

他脱掉身上的破布，换上看起来多多少少像是衣服的东西，随后想起如何让自己保持清洁。他不再吃垃圾，恢复坐在餐桌边使用刀叉的习惯。他开始与人说话，做了一段时间苦力。有一天他发现一本书，记起该如何读书，随后他知道，他已经从坟墓里爬了出来。

他又变成精力旺盛的革命家。简直难以相信他曾不愿意朝贵族扔石头，拥有西伯利亚囚徒矿场的正是这些人，杀死他们显然是便宜了他们。他加入一个革命小组，学会操作炸药，并且没有一丝顾虑就完成了一桩暗杀。他成为这个组织的重要成员，但他和任何人都不算亲近，因为他的目光中有些东西让别人紧张。随后组织遭人出卖，所有类似组织迟早如是；秘密警察在午夜来到他们的基地，除了费利克斯，所有人全部被捕；他杀了一个警察，弄伤另一个，然后逃跑了。

这件事发生之后，他必须离开俄国。他去了瑞士，那里有许许多多形形色色的俄国革命者。他在那里变得更加文明开化。他不再喝伏特加，改为喝啤酒，娴熟地使用刀叉，戴领结和领带，去听管弦音乐会。他在书店觅得一份工作，内心深感不满。

俄国一片混乱。沙皇尼古拉斯二世是堕落贵族能培养出的最无能、最愚蠢的统治者。国会疲软无力，石油工人正与哥萨克人交战，有一百万人正在罢工。这个国家就是一触即燃的火药桶，而费利克斯想成为那一星火花。但回国是行不通的。乔·斯大林回去了，一只脚刚踏上俄国大地没多久，就被送去了西伯利亚。比起还在国内的革命者，秘密警察更了解那些流亡他国的革命者。

衣领、皮鞋和周遭环境都让费利克斯恼火。他终于看到一个行动机会时，马上就抓住了。

这是警备队（沙皇的秘密警察）里的卧底传出来的消息。警察雇平民扮演革命者，参与革命组织，汇报革命组织的行动，鼓动革命者制造爆炸和其他暴行。但是他们雇用的某些人的确就是革命者，而其他人呢，在原本要刺探消息的会议上听完会议内容后就加入了革命队伍；因此警备队里遍布卧底。有个卧底了解到奥勃洛莫夫亲王即将前往英国，同瓦尔登伯爵签订军事条约，迫使俄国为英国而战，如果真的开战。

费利克斯勃然大怒。这场仗肯定要让俄国的农民来打。他一生中的大部分时间都是同这些人一起度过的。他们冷酷，乖戾，思想狭隘，皆是因为他们所过的生活；但他们愚蠢的慷慨和偶尔自发迸发出的纯粹的欢乐透露出，他们若是生活在一个公平的社会会是什么样子。他们考虑的是天气、疾病、生孩子、战胜地主。有那么几年，少年时代快结束的时候，他们身强力壮，背挺得笔直，能笑，能飞奔，能调情；但他们很快就会弯腰驼背，头发灰白，行动缓慢，郁郁寡欢。如今，奥勃洛莫夫亲王和瓦尔登伯爵就要带走这些正值青春期的小伙子，强迫他们直面炮火，被子弹打成筛子，终身残疾，或因痢疾半死不活——毫无疑问是为了国际外交这个最正当的理由。

因此费利克斯要去英国杀掉奥勃洛莫夫和瓦尔登。

在苏黎世无产者酒吧的密室里，无政府主义小组已经充分讨论了这样一次暗杀可能带来的后果。首先也最显而易见的结果就是，刺杀可以让这场关于杀人条约的谈判戛然而止。其次，一旦大家知道杀手是个旅居国外的无政府主义者，英国和俄国之间的旧日争执就会再度被翻出来：难民问题。英国和瑞士一样，奉行自由移民政策，接纳被迫逃离俄国的政治颠覆分子。这令沙皇勃然大怒，他说，这些难民除了暗中策划如何回国并杀掉他，其他什么事也不做。这话的确不假。英国当局并不是很乐意接纳这些人，因为他们偶尔会为了活动资金打劫银行，而且比起土生土长的小偷，他们时刻准备动刀动枪。但是因为公众意见还有自由党政府的良知，英国不会送他们回国去坐牢、受刑，被沙皇凶残的秘密警察处决。对此的争论向来非常激烈，如果奥勃洛莫夫遭到难民杀害，争论一定会升级，并能阻止两方继续会谈。

第三也最重要的可能结果是，组织会宣布奥勃洛莫夫和瓦尔登之所以被杀，是因为他们密谋将俄国人民拖入战争，而这场战争同俄国人没有丝毫关系。而俄国国内对这份申明的反应不仅可能让俄国置身战事之外，还有可能引爆一场群情激奋的起义。无政府主义者最终可能得到自己想要的结果：摧毁沙皇俄国。

车窗外的乡村全景被房屋和工厂灰头土脸的背面遮挡了一会儿，随后遮挡频率越来越高。此刻，田野消失殆尽，费利克斯意识到火车正穿过伦敦城郊。

他又一次回忆起瑞士。他回想起关于谁应该去伦敦的讨论非常迅速就结束了。他比其他人都想去，所以就是他了。在无政府主义小组里，决定就是这样做出的：不讨论纪律、团体或少数服从多数，因为这些理念全都与压迫相关，与自由无关。这也是个明智的决定，因为在这类事务上，他比其他人都更有经验。

大家凑钱为他买了车票——一路都是三等车厢，还给他买了个硬纸板做的行李箱。他并不需要箱子，因为他曾没用一个行李箱就穿越了半个世界。但为了伪装，他还是带上了行李箱。

第一章最后一小节定稿

费利克斯坐在火车车厢里，等待列车驶出多佛站。车厢里很冷。他快要冻僵了。窗外一片漆黑，他能在车窗上看到反射出的自己：一个高个男人，留着整洁的胡须，身穿黑色外套，头戴黑色圆顶硬呢帽。他头顶的支架上放着个小小的行李箱。他可能是个瑞士手表商的旅行销售代表，只是，任何人只要仔细观察，就会发现他的外套很廉价，行李箱是硬纸板做的，而这张脸也不是卖手表的男人的脸。

他在想象英国。他还记得，年轻时，他和其他的俄国极端分子都将英国的君主立宪制奉为理想的政府组织形式。这想法现在逗乐了他，映在车窗上那张干瘪苍白的脸朝他微微一笑。后来他心目中理想的政府组织形式变了。

火车启动，几分钟后，费利克斯看到太阳升至肯特郡的果园和啤酒花田上方。他好早前就被欧洲的美震慑。第一次看到这一切时，他深受震动，因为他就像每一个俄国农民一样，无法想象世界可以是这样的。他回忆起那时他就是在火车上。他穿越俄国人口稀少的西北省份，跨越数百英里，一路上看到树木发育不良，悲惨的村庄被积雪掩埋，还有弯弯曲曲的泥土路；而后，某天早晨，他醒过来，发现自己身在德国。看着齐整的绿色田野，铺好的道路，干净村庄里精致的房屋，阳光充足的火车站台上的花床，他以为自己身在天堂。随后他到了瑞士。他曾坐在瑞士小旅馆的门廊上，远眺积雪覆盖的山脉，沐浴温暖阳光，喝着咖啡，吃着新鲜的脆皮卷。那时他想：这里的人一定特别开心。

此刻，清晨时分，英国的农田渐渐苏醒，他回想起故乡村庄里的黎明：铅灰色天空云朵翻涌，凛冽的风；冰冻的沼泽地布满冻成冰的小水洼，一丛丛粗糙的野草结满冰霜；他穿着破旧的帆布罩衫，双脚在毛毡袜和木头鞋里已经失去知觉；他的父亲大步流星地走在他身边，身穿属于贫困乡村牧师的破旧长袍，争辩说上帝是善良的。他的父亲深爱俄国人民，因为上帝深爱他们。可呈现在费利克斯眼前的一切是那么清楚，上帝明明痛恨这些人，因此才如此残酷地对待他们。

这一发现是一段漫长旅途的开端，这段旅途带着费利克斯从基督教启程，穿过社会主义，抵达无政府主义的恐怖行径，让他从坦波夫省出发，穿过圣彼得堡和西伯利亚，一直到达日内瓦。在日内瓦，他做了个决定，这个决定将他带到英国。他回忆起那场会议。他差一点就错过了……

他差一点就错过了会议。他去了克拉科夫，和波兰犹太人谈判，这些人将《哗变》杂志跨境走私入俄国。天黑后他抵达日内瓦，径直去了乌尔里希偷偷摸摸开的小印刷厂。编委会正在开会——四男两女，围着蜡烛坐成一圈，在商店后面，在闪闪发光的杂志后面，嗅着印刷纸和油腻机器的气味，计划着俄国革命。

乌尔里希让费利克斯了解了会议内容。他见过了约瑟夫。约瑟夫是俄国秘密警察警备队的间谍。约瑟夫私下里同情这些革命者，给警备队传假消息换钱。有时候，无政府主义者会给他一些真实但没什么危害的边角料，作为回报，约瑟夫会提醒他们警备队的行动。

这一次，约瑟夫带来的消息引起轰动。"沙皇想跟英国缔结军事同盟。"乌尔里希告诉费利克斯，"他正要派奥洛夫亲王去伦敦洽谈。警备队之所以会知道，是因为他们得将亲王一路护送到欧洲。"

费利克斯脱下帽子，坐了下来，想知道这到底是不是真的。有个女孩用玻璃杯给他倒了茶，她是个愁眉苦脸、衣衫褴褛的俄国姑娘。费利克斯从口袋里掏出一块吃了一半的糖块，放到牙齿间。透过糖块小口喝茶，这是农民的喝茶方式。

"重点在于，"乌尔里希继续说，"英国之后很有可能跟德国打仗，并让俄国参战。"

费利克斯点点头。

衣衫褴褛的姑娘说："战死的肯定不会是亲王和贵族——必将是普通的俄国民众。"

她是对的，费利克斯心想，这场仗肯定要让俄国的农民来打。他一生中的大部分时间都是同这些人一起度过的。他们冷酷，乖戾，思想狭隘，皆是因为他们所过的生活；但他们愚蠢的慷慨和偶尔自发迸发出的纯粹的欢乐透露出，他们若是生活在一个公平的社会会是什么样子。他们考虑的是天气、疾病、生孩子、战胜地主。有那么几年，少年时代快结束的时候，他们身强力壮，背挺得笔直，能笑，能飞奔，能调情；但他们很快就会弯腰驼背，头发灰白，行动缓慢，郁郁寡欢。如今，奥洛夫亲王就要带走这些正值青春期的小伙子，强迫他们直面炮火，被子弹打成筛子，终身残疾，或因痢疾半死不活——毫无疑问是为了国际外交这个最正当的理由。

正是诸如此类的事情让费利克斯成了一名无政府主义者。

"要做点什么？"乌尔里希问。

"我们必须通过《哗变》的头版把这个消息散播出去！"衣衫褴褛的姑娘说。

于是他们开始讨论怎么写这篇报道。费利克斯静静地聆听。他负责分发杂志，撰写如何制作炸弹的文章，但他内心毫无满足感。他在日内瓦变得过于文明开化。他不再喝伏特加，改为喝啤酒，戴领结和领带，去听管弦音乐会。他在书店觅得一份工作，内心有个填不满的深坑。与此同时，俄国一片混乱。沙皇尼古拉斯二世是堕落贵族能培养出的最无能、最愚蠢的统治者。国会疲软无力，石油工人正与哥萨克人交战，有一百万人正在罢工。这个国家就是一触即燃的火药桶，而费利克斯想成为那一星火花。但回国是行不通的。乔·斯大林回去了，一只脚刚踏上俄国大地没多久，就被送去了西伯利亚。比起还在国内的革命者，秘密警察更了解那些流亡他国的革命者。衣领、皮鞋和周遭环境都让费利克斯恼火。

他环顾这一小群无政府主义者：乌尔里希，印刷商，满头白发，围裙漆黑，他是个知识分子，借蒲鲁东和克鲁泡特金的书给费利克斯，但同时也是个实干家，曾帮助费利克斯抢劫银行；奥尔加，那个衣衫褴褛的姑娘，她似乎爱上了费利克斯，直到有一

天她目睹他打折一个警察的胳膊，便开始害怕他；维拉，风流女
诗人；叶甫诺，哲学生，总是在谈论血与火的净化浪潮；汉斯，
钟表匠，似乎能看穿人的灵魂，好像每个人都被他放在了放大镜
下；彼得，破产贵族，撰写经济领域的真知灼见和发人深省的革
命社论。他们都是真诚且工作努力的人，都很聪明。费利克斯深
知他们的重要性，因为他曾置身俄国，身处绝望的大众之中，他
们急不可耐地等着走私报纸和手册，接力传阅，直到翻散架为止。
可还是不够，经济类文章无法抵挡警察的子弹，充满火药味的文
章也无法烧毁宫殿。

　　乌尔里希说："应当更广泛地传播这个消息，光靠《哗变》远
远不够。我想让每一个俄国农民都知道奥洛夫将把大家领向和他
们毫不相关的无用而血腥的战争。"

　　奥尔加说："首要问题是，人们是否相信我们。"

　　费利克斯说："首要问题是，这事是不是真的。"

　　"我们可以查一查。"乌尔里希回答，"伦敦的同志可以在奥洛
夫应该抵达的时间看看他是否抵达，有没有去见他应当见的人。"

　　"光传播消息还不够。"叶甫诺激动地说，"我们必须阻止这
件事！"

　　"怎么阻止？"乌尔里希越过金丝眼镜的上缘看向叶甫诺，反
问道。

　　"我们应当呼吁暗杀奥洛夫——他是个叛徒，背叛人民，应当
被处以极刑。"

"那样就能阻止会谈吗?"

"肯定能。"彼得伯爵说,"如果杀手是无政府主义者,那就更有胜算。记住,英国给无政府主义者提供政治庇护,沙皇对此很生气。现在,要是有个亲王在伦敦被我们的同志干掉,沙皇很可能暴跳如雷,取消整个谈判。"

叶甫诺说:"那我们将得到一篇多棒的文章啊!我们可以说奥洛夫因背叛俄国人民而被我们中的一员刺杀。"

"全世界的每一份报纸都会转载这篇报道。"乌尔里希自言自语。

"想想它将在祖国产生的影响。你们都清楚俄国农民对征兵的看法——死刑。每当有男孩入伍,他们就会举行葬礼。要是他们知道沙皇正谋划着让他们去参与一场欧洲大战,会血流成河⋯⋯"

他是对的,费利克斯心想,叶甫诺总是那么说话,但这一次,他是对的。

乌尔里希说:"我觉得你是在做梦,叶甫诺。奥洛夫是在执行秘密任务,他不可能坐着敞篷马车在伦敦穿街过巷,向人群挥手。再说了,我很清楚伦敦的同志们,他们从来没有刺杀过任何人。我看不出怎么做成这件事。"

"我来。"费利克斯说。大家全都看向他。他们脸上的阴影切入明灭的烛光,"我知道怎么能做成。"他的声音连自己听来都觉得陌生,仿佛喉咙被扼住了,"我会去伦敦。我会杀了奥洛夫。"

屋里瞬间一片死寂,有关死亡与毁灭的讨论霎时变得真实而具体。他们惊讶地盯着他，除了乌尔里希。他了然地笑了笑，仿佛他早就盘算好了，事情本就会如此发展。

对两个版本的分析

瓦尔登场景修改的重点是扩展并强化人物特征。但在这一场景的定稿中，重点则放在压缩内容和将内容戏剧化上，这样做无疑也强化了人物特征。在之前列举的修订中，作者在人物、场景、结构细节方面做了描述上的改善，但在这个例子中，这些都是次要的。费利克斯这个人物能够被清晰定义，并不是因为他有什么肉眼可见的显著改变，而是因为他基本都处在戏剧性场景之中；而且其人物特征不像在初稿中那样，只通过内心独白和作者叙述来表现。在定稿中，火车车厢和印刷店这两个场景都设置得更为鲜活，而且福莱特还增加了对费利克斯外貌的描述，这样我们就能"看"到他了。俄国双重间谍的名字、费利克斯的共谋者的名字和描述、他为之工作的革命报纸的背景，这类真实细节也是不错的额外的改进。

在定稿中，两个最重要的改进之一是福莱特做了删减。费利克斯占据三页的人生故事消失了，这段往事从他在圣彼得堡接受神职培训开始，结束于他的革命小组陷入危险、遭遇突袭后他杀掉警察。这些以作者叙述呈现的大幅传记内容拖慢了节奏，打断了情节和小说的推进。这是信息，但不是戏剧性情节。在这个节点上，读者需要理解费利克斯，理解他要去做什么，但这些信息远远超过读者所需。从另一方面来说，作家最好为自己汇总这些信息并了解所有背景资料。比如说，定稿的第二章有一节占据两页的戏剧性倒叙精彩绝伦，而其基础便是费利克斯发现自己丧失了恐惧的能力。但在这一章的这一片段中，费利克斯初次亮相，最需要作者做的事情是快速进入主题，推进暗杀情节，让其开始运转。为此，有关人物生平的新闻报道就成了阻碍。在定稿中，福莱特把人物生平浓缩在很短的篇幅里。

他的第二个关键改进，是把与瑞士无政府主义小组相关的几页内容由平淡的作者叙述拓展并转变成接近四页的高潮场景，这一高潮场景充满了戏剧性。我们现在不再是通过编年史般的报告深入了解费利克斯，而是在事件中看他。他参与了一个秘密会议。我们分享了他对正在讨论的重大新闻的剧烈反应，也分享了他对一些琐碎小事的感受，比如觉得硬领把脖子磨得难受。作者还写到他的同谋者，让我们了解他对每一个人的想法，也娴熟地赋予了这些人个性。他们讨论要在自己主办的地下杂志上号召大家暗杀奥洛夫，但也只是说说而已。怎么可能做得到呢？于是理所当然地轮到费利克斯站出来说："我会去伦敦。我会杀了奥洛夫。"他震惊了所有人，除了乌尔里希。

正如我在第五章所言，个性是通过行动，通过人物在我们眼前而非幕后做了什么揭示的。还记得吗，白瑞德在《飘》中始终遭到轻视，甚至被指责，就因为他不忠于南方。但无所谓，他是在舞台之下做出这些举动的。我们从来没有亲眼看见。所以我们对他的看法在很大程度上只是基于我们亲眼看见他做了什么。

在第一稿中，费利克斯前往英国刺杀奥勃洛莫夫和瓦尔登的情节作为既成事实，被编织进无人称叙述。费利克斯没有跟其他人物形成鲜明对比。他意识到俄国存在极度的不公，这次行动就是他矫正这种不公的方式。而在定稿中，他被置于同侪之中。福莱特描述了他们，这样就能体现出他们柔弱，而费利克斯冷硬，他们犹犹豫豫，而他顽强不屈。而后，在必须做出决定的那个激动人心的瞬间，费利克斯站了出来，担下重任，明确他真的会去伦敦，完成谋杀，这是其他人都不敢做的事情。他们目瞪口呆，一如我们，于是费利克斯"大于生活"的形象便得以成立。

把平淡的作者叙述转换成生动的戏剧性情节，这同刻画费利克斯一样重要。费利克斯差点错过那场带来轰动消息的会议。正是在这设置于此刻而非过去的紧张环境中，我们了解到他为何成了无政府主义者。他的同侪讨论应该在杂志上刊登什么内容。而他感兴趣的只有写文章教大家如何制作炸弹，如何引爆革命。福莱特巧妙地设置了一个热火朝天的场景，次要人物在其中互动，对彼此做出反应，与此同时，他让费利克斯同大家形成鲜明对照，从而立住人物形象。这个新增的场景，激发了全新的刺激和焦虑。

现在，我们来做一个完全不同的比较吧，比较一下小说尾声（第十三章、十四章和十五章）与第四版大纲的结尾，也就是从十二到十五章这部分。如果你还没有这样做，那么你将注意到诸多变化，有些变化很细微，有几处则变化巨大。出版商对福莱特的大纲非常满意，但作家自己呢，一旦正式开始写，显然对大纲并不满意。为什么？有几处改进体现了小说技巧的重要性，我们只要看这几处就可以，这些技巧中的大部分本书前面的内容已经分析过，或有所涉及。

在大纲中，重点几乎完全放在情节本身和费利克斯的计谋上——他试图前往瓦尔登庄园，完成暗杀任务——同时也聚焦于瓦尔登及其同僚努力预防暗杀发生。在故事结尾，费利克斯在"八角形"藏了炸弹，协议将在这个房间签署。夏洛特绝不能任由父亲被杀死，拒绝参与其中。费利克斯便透露说自己才是她的亲生父亲。但夏洛特不为所动，冲进"八角形"，提醒所有人撤出，而费利克斯紧抱即将爆炸的炸弹，跳出窗户，炸死自己，救了夏洛特。

所以，这有多糟糕呢？并不糟糕，但也没那么精彩。这个结尾很仓促，甚至可以说纯粹是出通俗剧。它的确包含一个真诚的场景，那就是莉迪亚向瓦尔登坦白。然而，除此之外，这个结尾没能处理并解决许多致命的秘密和其他微妙的人性难题，在整部小说中，这些秘密和难题被戏剧化地埋藏于主要人物之间，尤其是在瓦尔登家族成员之间。对于想圈钱的作品而言，这是个合适的结尾，但对性格小说[1]而言就不合适了。

---

1 以刻画人物性格为主要目标的小说。从 18 世纪至 20 世纪初，欧美小说发展的重要标志之一，就是性格小说取得了辉煌的成就。

　　正如你可以从成书中看到，福莱特大幅度删减了大纲里的内容，作为替代，又写了一系列片段。这些片段一方面成因果关联，环环相扣，另一方面，又让充满人情味的真相袒露与实际行动场景交替出现。

　　比如说，在这部小说第十四章的开头部分，夏洛特发现费利克斯藏在树林里，提醒他放弃，快点离开。有一百五十个人在搜寻他，他根本没有机会，而她绝不想参与他的自杀式行动。紧接着，他刚一抵达瓦尔登庄园，便透露自己是她的生父。此时，没有即将爆炸的炸弹，所以小说有时间和空间让这个消息颠覆夏洛特的世界。两人之间的关系得到增强，本身就令人激动，并且能够支配他和她在最后五十页中的行动。这个真相最直接的影响是，夏洛特答应将他藏到屋子里。而这一举动可能会导致她与父母发生冲突。

　　之后的情节便是个绝佳例证，证明紧密的人物关系能够制造出强烈的戏剧性。在大纲中，莉迪亚在向瓦尔登坦白时，也透露夏洛特告诉费利克斯，奥勃洛莫夫在瓦尔登庄园，瓦尔登因此把夏洛特关在房间里。在成书中，这一消息被写成大震撼弹，因为夏洛特的背叛是由局外人巴兹尔·汤姆森告知给瓦尔登的。瓦尔登面上无光。然后这两人去同夏洛特对峙，但夏洛特什么也没说，于是汤姆森威胁说要以谋杀罪让她上法庭。单独同女儿在一起时，瓦尔登极为不安，为她的未来担忧，只要能拯救她，他什么都愿意做。他恳求女儿相信他，只因为他是她的父亲。她很爱他，但她现在知道他并非自己的亲生父亲。他的两颊被泪水浸湿，因为他没能好好抚养她，不然她一定会信任他。而她呢，瓦尔登擤完鼻涕，转身离开，将她锁在房内时，她泪如雨下。他们分明深爱彼此，渴望接近彼此，却失败了，因为即将发生的混乱，逼近的谋杀，眼看就要将他们包裹。利用这一新出现的对峙，福莱特为这两人之间的戏剧性提供了必要场景。这一冲突也促使瓦尔登在小说结尾处不顾一切地从烈火中救出夏洛特。

随后，作者为夏洛特和莉迪亚、莉迪亚和费利克斯、莉迪亚和瓦尔登都创作了同样强有力又各不相同的高潮场景。最后的高潮在费利克斯和瓦尔登之间，房子烧起来，他们并肩冲进蔓延的大火之中，去救夏洛特。尽管小说的主干显然是围绕刺杀奥洛夫展开，但在终稿中，费利克斯开枪打奥洛夫被一笔带过。在亲生父亲和养父联手拯救女儿的高潮中，暗杀企图显然是次要的。成书的整个结尾完全背离了大纲的设定，转而利用之前章节建立起的人物间的深厚感情将情节推向高潮。

与此同时，还要注意对人物行动的改进，注意同大纲相比，暗杀计划是怎样在令人紧张焦虑的氛围中计划并实施的。在大纲中，费利克斯一到庄园，就在夜间偷偷溜进"八角形"，把定时炸弹的爆炸时间设置在签订条约的时刻。除了制服两个守卫和莉迪亚，他什么也没做，直到夏洛特冲进房间，试图拯救自己的父亲。但成书截然不同，是通过六个短小的场景一步步走到射击这一步，其中散布着上面所讨论的人物冲突。费利克斯的阴谋使得悬念不断叠加。首先，费利克斯哄骗夏洛特给他画房子的平面图。之后，长夜将尽时，他设法找到枪房，偷走一把猎枪。随后他想出一个计划。只有把奥洛夫从守卫森严的房间里弄出来，才能将其射杀，为此他要放火烧房子。他在外面找到一根软管，把管子穿过好几个房间，连上谷仓里的油箱，并且在这样做的时候把一个打扰他的哨兵给打晕了。在第四个场景中，他放了火。在第五个场景中，他在外面找好位置，等奥洛夫一露面就射杀他。福莱特就这样谨小慎微、一步一步，为费利克斯扣动扳机做了漂亮的铺垫。还有个场景为夏洛特面临的危险做了充分铺垫：女儿的房间着了火，莉迪亚试图打开房门，但失败了。

从上述分析，以及从已经确定的结构点，你可以得出这样一个结论：为了写出一部高风险小说或任何一部小说，即便对于一丝不苟写出来的第四版大纲，也无须亦步亦趋地遵从。

14.

WRITING THE
BLOCKBUSTER NOVEL

付梓出版，登上畅销书榜

你已经把初稿过了无数遍，耐心而仔细地调整结构、重写，让它符合这本书所提出的所有或大部分原则。你认为它绝对够好了，甚至不可思议。那么你接下来要做什么呢？把它寄给文学经纪人或是出版商？不。你得寻求认可，主要是寻求专业人士的帮助与指导。

编辑

　　事实上，所有畅销通俗小说都需要得到其他人的帮助，从而可以丰富人物形象、最大限度地提升戏剧张力。那些拿了大额预付金的成功作家，往往还没有在纸上写下一个字，出版商就已经为他们安排了编辑。编辑会仔细研读作者的原稿，对大纲和随之而来的稿件提出细致的意见和建议。有时候，也会有像编辑一样训练有素的文学经纪人同作者一同工作，或者有小说家同侪能同他们交换意见。但是类型小说家、作品销量平平的作者，或缺乏这些私人关系的新作者，以及试图打入这个顶级作者圈的人，他们交出一份值得赞扬的原稿，但原稿在某些方面又有所欠缺——节奏缓慢，模糊难解——简而言之，绝不是吸引人的一记好球，

他们通常不会从出版商那里获得专业的帮助，并且稿子极有可能
被拒。

出版社的编辑全都劳累过度。他们整天在办公室里接听来自
作者和文学经纪人，公司内部营销部、市场部及制作部门的电话；
参加讨论封面、新报价和出版日程的会议；面试、雇用或开除助
手；为他们想要取得版权的书、为这些书的营销预算、为自己的
升职加薪同管理部门协商。结果就是，他们要将大部分的编辑工
作以及通常所有的读稿工作推到晚上和周末，但时间还是远远不
够，因为他们会遭受雪崩般的稿件攻击，这些稿件不断挤进他们
的工作中。他们必须将大部分精力投入到已签约的项目，也就是
公司已经投入相当多资金的书，这些投资必须有编辑的悉心支持
和保驾护航，他们要帮助作者把书做到最好。这一切都让编辑只
有那么一点点宝贵的时间和精力分给一个新作者，除非这个作者
的作品非同凡响。

找到专业读者

现在你已经通过不懈努力完成了稿件，并认为它非同凡响。
你的配偶和好友甚至比你还要激动。那现在该做什么？别相信自
己和爱你的人。找一个职业小说家，一个你并无私交的人，他和
你没有任何利益关系，也不会讨好你。付费请这个人读你的作品，
请他就亮点与缺点提出中肯的评价，并就如何优化并提升给予你

写作上的建议。

　　如何才能找到这样一个人呢？或许比你以为的要容易得多。附近书店或离你最近的大城市里的书店老板或经理通常都认识当地作家。每当新作出版，作家往往会到书店参加签售会，再不济也会给书店的库存签名。查阅这些作家的作品，挑选一位与你的作品类型相同的作家，然后联系他，准备好付钱。如果你已经投入一年或数年时间写一本小说，你期待这本小说为你带来遍及世界的读者，并让你实现经济自由，那么你理应用金钱保护你投入的时间，让其增值。你要能为通读作品和一般建议支付七十五到一千五百美元，为在原稿上标记、详细评论支付三千到六千美元。具体支付多少费用，取决于你的小说长短以及你接触的作者的分量。

　　如果你的预算不足，或者就是找不到能够评价你的初稿的作家，就算付钱也不行，那我建议你加入或者组建一个小说工作坊。多数大学里都有，但这种工作坊也完全可以是私下的，可以在乡间小屋、教堂和作者的家里碰面。在这样一个组织中，你可以大声将自己写的小说章节读给团体里的其他作者或潜在作者听，而团体成员（这样的团体有时由小说家或编辑牵头）会评论，提出建议，让你知道人物是迷人的、令人厌恶的，还是无聊的，故事里的哪些片段引人入胜，哪些枯燥乏味，你的情节串是否从头到尾都联系紧密并连贯。

　　在接受对作品的评价时，你必须筛选批评和建议，无论是来自知名作家还是工作坊伙伴的批评和建议，你都要自己决定采纳哪些、如何采纳，以及忽略哪些。切记，没有人能够客观对待自己的作品。因此，如果你得到负面意见，问题极有可能是存在的，不过关于如何解决问题，你获得的建议可能正确，也可能没那么正确。

付梓出版

在你通过某个人或一群人的帮助修改完小说后，最好再请从来没读过这部小说的专业人士读一遍。最初和你一起工作的人脑子里极有可能只有你取得的进步，意识到这本书改善了不少。所以他们远远不够冷静客观。能够冷静客观地阅读你的小说的人，可以告诉你小说能不能提交出去。

好了，你已经撕掉原稿，从头至尾重写了一遍。现在，你的作家顾问或工作坊伙伴，甚至情况更好一些，你的第二位场外专业人士告诉你，你的小说已经尽善尽美，和《纽约时报》畅销书榜上的作品同样优秀，你已经做好前所未有的准备，可以大显身手了。现在该做什么？

找个文学经纪人

你需要一个文学经纪人，而且不是随便的一个文学经纪人。

《文学市场》是美国和加拿大出版业的圣经和年鉴。它列出了数百个文学经纪公司和独立的文学经纪人。但其中的二十多个代理了我们百分之九十的畅销小说家。这一小群文学经纪人提交的稿件往往能够得到出版社高层迅速而认真的对待。这些文学经纪人很熟悉一流编辑和出版商的口味与偏好，并有能力做大交易，大交易有助于将一本没什么名气的书推成畅销书。因此，如果你的书是一颗宝石，如果你能从这些文学经纪人中找到一个接手你的书，那么你至少有机会一鸣惊人。

那么这些文学经纪人都是谁呢，你会问，我又该如何找到他们呢？还是那句话，没有那么困难。选一个你欣赏的作家，而且你相信他的作品同你的作品有一定的相似性。看看是谁代理的这位作家，去书店（或者图书馆）查询这位作者的出版商的当季书目。大部分出版社的书目通常包含"衍生权利信息"，也就是说，谁（始终都是作家的文学经纪人）掌握影视改编权及／或翻译权。这一信息有时会在作家最新作品介绍页面的最下方，有时是在书目结尾处。如果书目没有公开披露这一信息（这种事偶有发生），那就在《文学市场》上找出版社的衍生权利总监的名字，给他写邮件或打电话，告诉他，你有意获取这本小说的影视版权。然后你就会被介绍给文学经纪公司或者文学经纪人。

现在你知道了文学经纪人的名字。你接下来该做什么呢？顶级文学经纪人就和整形医生一样忙，甚至更忙，你或许得等上三个月才能见到他们。他们的首要责任是经营他们已经代理的作者，这些作者带来的收入支撑着他们的生活。这些作者不断上交大纲和原稿，他们必须得读；他们必须就新报价和出版社和影视公司谈判；他们还会在报酬支付、封面、截稿期、出版日期、巡回宣传、书名、营销素材、人际冲突、印刷错误等方面从出版商那里体验到无穷无尽的麻烦。所有这些麻烦事，文学经纪人都要参与或努力解决，然后他们才能考虑潜在新客户的作品。因此，你如果尝试联系他们，却没有得到及时的回复，别太惊讶。

眼下的难点是你该如何与文学经纪人沟通。首先，不要费劲地打电话。重量级文学经纪人根本没时间听自己不认识的人滔滔不绝，除非致电的人"受到认可"——要么是他本人受到认可，要么就是文学经纪人认识的什么人（通常是作者或者编辑）认可他。发邮件一向是更好的选择。小说是书面媒介，如果你设法写出一封极为诱人的邮件，文学经纪人或许会觉得你有可能写了一本不错的书。邮件要简短，一页足矣。要有几行介绍你的故事；用不长的篇幅说明这个故事为什么精彩绝伦、冲击力强、独一无二，是数百万读者翘首以待的作品；再来几句介绍你身为写作者的经历与成就。

如果你之前出版过小说，无论是长篇小说还是短篇小说，比起没有出版经验的作者，文学经纪人一定会倾向于更认真地考虑你的作品。如果你随函附上一封推荐信，推荐信出自出版过作品的作家、写作老师，最好是出自这个文学经纪人的客户，这将有助于你得到回复。拥有非虚构、新闻报道、电影剧本创作经验，比没有专业写作经验更有价值，但有过这类作品的作者往往需要在小说创作上颇费一番功夫才能成功。如果你从来没有出版过任何文字，那么考虑文学经纪人的问题或许为时尚早。我的建议是，首先尝试在文学杂志或者发行量较大的杂志上发表短篇小说，或者长篇小说的片段。一旦你成功发表作品，就等于有了文学业绩，这有利于文学经纪人考虑你的小说。

一旦有文学经纪人接受了你的稿件，在他让你知道你的稿子出局了，或者给你打电话，表示有出版商愿意出版你的作品之前，你没什么事可做。如果你的作品遭到拒绝，别放弃。如果一个优秀的文学经纪人非常喜欢你的小说，愿意花费时间、精力和金钱将你的作品提交给各家出版社，你便有了相当不错的机会。有了出版商退稿信中的仔细分析，还有特约编辑的进一步帮忙，你便有可能成功修改作品。另一方面，如果你的文学经纪人打电话给你，说有出版商对你的作品提出了报价，他建议你接受报价，那你就接受。毕竟，你付钱给他所得到的服务之一就是专业意见。

市场

你的出版之旅的第一步将是额外修订。我曾为多位不那么知名的作者的小说争取到约一百万美元的预付金，即便是这些稿件也需要修订相当一部分。修订工作完成。但从稿子的"最后验收"到成书出现在书店，一年就过去了。比较理想的情况是，你得到一笔丰厚的预付金。在这种情况下，出版商的宣传和推广部门很有可能会使出浑身解数，大力宣传你和你非同凡响的作品。但要谨记，出版一部小说并非易事。卖出一本小说并将它推上畅销书榜的最佳途径就是上电视，比如说，在《早安美国》和《新鲜空气》上亮相。但脱口秀主持人都更喜欢直面问题的非虚构作者而不是小说家，前者是能够轻松阐述大众普遍感兴趣的问题的专家，观众不必读过他们的书才能欣赏他们，理解他们。但小说家不同，在五到七分钟的电视谈话中，小说的情节和人物难以讲述，不好理解。

但是，如果你的小说关注的是大家普遍感兴趣的议题，比如相互依赖症、性瘾、环境保护——哪怕只是点到为止——抑或你本人拥有一段非凡人生，那么你的出版商或者你雇用的公关公司就可以把你推荐给电视节目，就算不是全国性的电视节目，你也有不错的机会上地方节目。为了吸引电视媒体的目光，趣味盎然或颇具煽动性的媒体资料包能帮上大忙，在获取新闻报道和采访方面也能起到作用。这项工作通常由出版商的推广部承担，但我认识的一些作家自己准备这样的资料包，发出新闻稿，供媒体采用。还有些作家会把书里脍炙人口的部分发给八卦专栏作家，或让《出版人周刊》刊出。请牢记，主流出版商为期四个月的春季、秋季和冬季书目上都有三十到五十种出版物。即便你已经拿到一大笔预付金，你的书也只能分得推广部门的一点点时间，因此你理所当然要尽你所能提供协助。

在你的书刚刚上市时，为了助力小说销售，雇一个专精作家网页的设计师。一旦设计师做出你喜欢的个人网站，就把文学经纪人、编辑和作家朋友的评论放上去，基于他们的评价和建议提升网站的影响力。还要尽可能将它和其他网站互链，多多益善，从而创造出更多可能，让遍布各地的人都能注意到你的书，注意到这本书有多了不起。你还可以做一张卡片，印上你的书封和少量图书信息以及你的个人信息，把它发给你认识或曾经认识的每一个人——高中或大学同学，基督教会或犹太教会的教友，家长教师联谊会的熟人，室友或者俱乐部成员。还可以请你的好友和亲戚向其身边最亲近的人发出二三十张卡片。卡片上的个人说明能促使收到卡片的人去买书，最好集中在某一周里去连锁书店购买，可以是你在书店看到这本书后的第三周，到这时，它在全国的铺货应当已经完成了。通过这一举措，你或许能够带来一两千本的销量。除了圣诞季，这种做法至少可以将一本精装小说推到畅销书榜的尾巴上。一旦书籍上榜，读者、书店老板和经理、特价书店和特价读书俱乐部、图书馆员等全都会注意到这本书，如果他们喜欢，畅销指日可待。

你可以做的另一件事是，让你认识的所有人都去亚马逊以及巴诺书店和苹果有声书网页上写评论。尽可能多地接触书店，并讨好他们。在书店工作的人通常很爱书，看到作家就算不激动，也会很开心。你如果想让这些人读你的作品，爱你的作品，并把它推荐给别人，如果负担得起——又来了，把这件事想成是对你和你事业的投资——一个比较好的方法就是毛遂自荐，买一本你自己的书，把它交给书店老板或者店员，劝他读你的书。出版商也希望将书直接推荐给读者，所以给许多书店送了大量用于营销的试读本，因为数量巨大，多半都没有人读。然而，作家本人呈上的就不同了。你可以给店主签名题词，你的作品被阅读的可能性极大，并有很大希望被推荐给书店的客人。你还可以给书店所有库存都签上名。买书的读者收到签名本往往会很开心，尤其当其是礼物时。

让书店经理对你和你的书产生兴趣的另一种办法是请他们来参加一场聚会。在纽约这样的城市，作家云集，书店经理过得辛苦烦乱，他们很有可能会推辞。但在其他规模较大的城市，如果有密友或亲戚愿意把房子借给你，那你就能克服办聚会的最大障碍。通常你能从出版商在当地的销售代表那里获得书店经理的名字和地址，在这个过程中，你应当努力争取销售代表成为你的盟友，因为他们往往和书店经理私交甚密。聚会本身无需多么复杂。最理想的聚会是，书店经理在这样友好的环境中见过你后，愿意回去后读读你的书。

封面和广告页里知名作家或其他名流对你作品的夸赞，也很有用。这些内容通常由出版商和文学经纪人去获得，但无论你通过什么方式得到这种背书，都能助力你的事业发展。

最后的话

切记，这一章里的全部内容都可以说是锦上添花。你的主要工作仍旧是写出一本令人过目难忘的小说，其主题具有广泛的吸引力。如果你能做到这一点，你的文学经纪人和出版商（在你的帮助下）能够让你的书获得它应得的成功。

致　谢

除了精心打磨的最终成果，作家通常小心翼翼，不愿暴露自己作品中的错误、失败的开头及其他所有的不完美之处。因而，肯·福莱特竟允许我出版他的大量初稿，这委实有些惊人，他真是慷慨。如果不是他以非凡的勇气和仁慈，允许我使用这些素材，那么这本书绝不可能完成，它对诸位读者的巨大潜在价值也将不复存在。

我还应该向我们文学经纪公司的老客户诺拉·罗伯茨表达感激。如果没有她在《目击者》一书中的优秀表现，我这本书将大为逊色。我也同样感谢普佐的恩惠，他的《教父》给我提供了大量绝妙的范例。同样还要感谢考琳·麦卡洛的《荆棘鸟》为我提供了大量范例。最后，感谢玛格丽特·米切尔，《飘》为我们展示了小说家的技艺可以多么高超。

还要感谢丹·韦斯联合会的六位编辑对初稿提出意见。有些意见非常尖刻，但的确很有用，我对他们万分感激。也感谢丹组织了这场文学批评活动。

西蒙·利普斯卡值得我特别鸣谢，他构建了最初几个章节的框架。特别是，他还承担了大量辛苦的工作。他通读了《圣彼得堡来客》的四版大纲的草稿，删除一份又一份草稿中的重复素材，同时对选段进行归纳整理，使文稿读起来连贯通畅。他还阅读了本书的第一份完稿，给出了一些尖锐但极富洞察力的建议，我也要为此感谢他。

最后我想感激我的好朋友、出版人汤姆·多尔蒂，感谢他冒险出版这本二十二岁高龄的旧书，也感谢梅丽莎·辛格细致的编辑工作。